L'été des fleurs sauvages

KATHRYN TAYLOR

L'été des fleurs sauvages

traduit de l'allemand par Penny Lewis

Ce livre a été publié sous le titre *Wildblumensommer* par Bastei Lübbe, Cologne.

Éditions de Noyelles,
avec l'autorisation des Éditions de l'Archipel

31, rue du Val de Marne, Paris

ISBN : 978-2-298-17219-5

1

Zoe dévala le chemin étroit et sinueux qui descendait la colline verdoyante en direction des falaises. Arrivée à la hauteur d'une tour de pierre en ruine, non loin du bord, elle marqua une pause, le temps de reprendre son souffle face à la mer.

Au lever du soleil, la fraîcheur prédominait mais c'était encore une chaude journée d'été qui s'annonçait. Les embruns et le parfum des fleurs sauvages qui poussaient un peu partout ici étaient pour Zoe indissociables de ses rendez-vous secrets avec Jack. Mais, ne le trouvant pas ici non plus, son désarroi grandit.

Où pouvait-il bien être ? Elle l'avait déjà cherché partout car elle devait lui parler de toute urgence, or il ne se trouvait ni à la pension, ni à la ferme.

— Jack ! cria-t-elle du plus fort qu'elle put.

Elle tendit l'oreille mais eut pour seule réponse le grondement des vagues qui s'écrasaient sur la plage en contrebas.

À bout de forces et bouleversée, Zoe s'adossa contre un muret et se laissa glisser jusqu'au sol. Elle n'allait pas tarder à perdre la tête, si elle n'annonçait pas très vite à Jack qu'elle partait avec lui pour le Canada.

Au début, cela n'avait été qu'une idée un peu folle. Jack Gallagher avait toujours des projets plein la tête, et c'était précisément la raison pour laquelle Zoe l'aimait. De plus, il ne se contentait pas de rêver, il agissait, il allait toujours au bout de ce qu'il entreprenait, et aujourd'hui il était fermement décidé à quitter les Cornouailles, dont il se sentait prisonnier, pour découvrir enfin le monde. Son départ était prévu dans deux semaines, et il avait proposé à Zoe de l'accompagner.

En pensant à lui, Zoe éprouva un sentiment de manque alors qu'ils s'étaient vus la veille au soir. Pour Jack, l'amour de sa vie, elle était prête à affronter tous les obstacles, et il y en aurait. George Bevan, par exemple : il n'appréciait pas Jack, le fils d'agriculteur qu'il ne jugeait pas assez bien pour sa fille, et avait toujours désapprouvé leur relation. Même si Zoe allait avoir dix-huit ans dans quelques jours et serait alors libre d'agir à sa guise, elle redoutait la confrontation qui se profilait. Si elle ne pouvait pas compter sur le soutien de sa mère, qui osait rarement contredire son époux, elle avait espéré que son frère serait de son côté. Chris s'entendait bien avec Jack, et il savait ce que Zoe éprouvait pour lui.

Pourtant, lorsqu'elle avait demandé conseil à Chris la veille au soir, il avait eu une réaction pour le moins inattendue. Au lieu de l'encourager, il lui avait reproché d'être égoïste, de ne pas penser aux répercussions qu'une fuite avec Jack aurait sur la famille, avant d'assener que cette décision ressemblait à s'y méprendre à un caprice. Zoe, profondément déçue, l'avait alors accusé d'être lâche et de se laisser dicter sa conduite par leur père, avant de quitter précipitamment la pièce. Plusieurs heures plus tard, alors qu'elle se retournait dans son lit en cherchant le sommeil, elle en était arrivée à la conclusion que l'animosité inhabituelle dont Chris avait fait preuve cachait forcément autre chose. Elle reviendrait à la charge plus tard dans la journée et en aurait le cœur net. Mais d'abord, elle devait trouver Jack afin de lui communiquer son choix. Pour l'heure, la désapprobation de Chris et la colère de son père lui importaient peu. De toute façon, elle…

Zoe distingua soudain des éclats de voix par-dessus le grondement des vagues et releva brusquement la tête. De toute évidence, il y avait du monde en bas, dans la crique.

Intriguée, elle se mit debout et parcourut les quelques mètres qui la séparaient du précipice. Cette falaise n'étant pas pourvue de garde-corps, contrairement à celle qui surplombait la plage principale, elle offrait une vue dégagée sur une mince bande de sable et de gros rochers que la marée montante n'allait pas tarder à recouvrir.

Alors que la plage était habituellement déserte à cette heure-ci, Zoe aperçut plusieurs personnes qui s'affairaient près d'un rocher où elles semblaient avoir découvert quelque chose. Zoe se pencha encore un peu plus pour distinguer ce dont il s'agissait. Et lorsqu'elle eut compris, elle en oublia de respirer.

Un corps disloqué gisait dans le sable. Non loin, une dizaine de personnes, dont certaines en uniforme de policier, allaient et venaient en se criant des instructions. Quelqu'un était tombé de la falaise. Quelqu'un qui portait un jean. Et un blouson en cuir sombre, comme celui de Jack…

Soudain, Zoe sentit son cœur palpiter jusque dans sa gorge. Aveuglée par l'angoisse, elle tourna les talons et rejoignit précipitamment le sentier en pente raide qui menait à la plage. Sur les derniers mètres, les marches qui avaient été taillées grossièrement à même la roche étaient si glissantes qu'elle faillit perdre plusieurs fois l'équilibre. Puis, une fois en bas, elle courut aussi vite que le lui permit le sable lourd et humide.

— Jack !

« Mon Dieu, je Vous en supplie, faites ce que ce ne soit pas lui », implora-t-elle intérieurement en accélérant encore.

Lorsque son cri parvint par-dessus le grondement des vagues aux personnes attroupées, un homme se détacha du groupe et vint à sa rencontre. Cette silhouette lui était familière, et lorsqu'il fut assez près, elle reconnut sa démarche, ses cheveux auburn…

— Jack !

Submergée par un immense soulagement, elle se jeta contre lui et l'enlaça.

— J'ai cru que c'était toi, balbutia-t-elle.

Alors qu'elle enfouissait son visage dans son cou, les battements de son cœur se calmèrent quelque peu.

Jack la serra un long moment dans ses bras, puis se dégagea doucement et tourna la tête vers l'endroit où gisait le corps.

— C'est moi qui l'ai trouvé, dit-il d'une voix étranglée.

Zoe, la gorge serrée, suivit son regard tout en déglutissant avec difficulté.

— Quelqu'un est tombé de la falaise ?

Jack acquiesça, le visage blême. Spontanément, Zoe se blottit contre lui et posa les mains sur son torse, cherchant à la fois à le réconforter et à trouver refuge auprès de lui. Lorsque son regard se posa sur le T-shirt qu'il portait, elle se souvint pourquoi elle avait eu si peur.

— J'étais là-haut, sur la falaise, et j'ai cru que c'était toi, murmura-t-elle tandis qu'un frisson d'effroi lui parcourait l'échine. Cet homme a le même blouson.

Elle se haussa sur la pointe des pieds et plissa les yeux pour mieux voir, mais les policiers l'en empêchaient. C'était la première fois qu'elle était face à un cadavre, et si la scène bouleversait Jack à ce point, il était préférable qu'elle s'abstînt d'approcher. De toute façon, les policiers ne la laisseraient certainement pas passer. Étant donné la gravité de la situation, ils n'avaient pas besoin de curieux qui…

— C'est bien mon blouson, Zoe.

À ces mots, elle le regarda avec stupeur. Jack avait le teint plus blême encore et les lèvres qui tremblaient.

— Quoi ?

— Il me l'a emprunté quand il est passé tard hier soir à la maison.

Elle secoua lentement la tête, perplexe.

— Mais de qui tu parles ?

— Je suis vraiment désolé, Zoe.

Soudain, son sang se glaça.

— Non !

Elle tenta d'écarter Jack pour passer, mais il la retint par le bras.

— N'y va pas, Zoe !

Elle se dégagea d'un mouvement brusque et courut vers un homme qui déroulait un ruban de signalisation. Il lui cria de s'arrêter mais elle l'ignora, se fraya un chemin parmi les policiers jusqu'à l'homme gisant inanimé dans le sable et poussa un hurlement strident. Elle eut tout juste le temps de sentir ses jambes se dérober et des bras l'empoigner avant de sombrer dans un trou noir.

— Je suis navré de vous avoir fait attendre.

Zoe sursauta et leva la tête vers le Dr Kashrani, qui venait de prendre place à son bureau. Il sourit en voyant l'expression sur son visage.

— Je vous ai effrayée ? Ce n'était pas mon intention.

— Non, je... J'étais perdue dans mes pensées.

Zoe sentit son cœur tambouriner dans sa poitrine tandis qu'elle essayait de chasser de son esprit la scène de cette terrible matinée sur la plage.

Après quatorze années passées à refouler ces images, les événements d'autrefois resurgissaient dans sa mémoire, son cerveau lui rejouant encore et encore ce moment où sa vie avait basculé, comme pour la forcer à se souvenir. Maintenant. Tant qu'elle en avait encore la possibilité...

Le Dr Kashrani étala devant lui les différents documents qu'il avait apportés. Le soleil qui éclairait la pièce par une fenêtre située dans son dos donnait un éclat bleuté à son épaisse chevelure noire. Avec son teint mat et son visage aux traits fins, Zoe trouvait qu'il paraissait encore jeune, alors qu'il avait passé le cap de la soixantaine. Le Dr Kashrani avait beau être l'un des neurochirurgiens les plus réputés du pays, on ne pouvait pas le taxer d'arrogance. Il savait mettre ses patients à l'aise avec sa voix mélodieuse, teintée d'un léger accent, et son sourire chaleureux. Sauf qu'en cet instant, il ne souriait pas.

— Les résultats de l'examen nous sont parvenus, et hélas, l'IRM confirme mon diagnostic, annonça-t-il d'un ton serein qui tranchait avec la gravité de son propos. Il faut opérer.

« Oh non », songea Zoe. Sentant son cœur palpiter de plus belle, elle regarda fixement le bord du bureau pour tenter de se calmer.

— Mademoiselle Bevan ? Vous m'avez entendu ?

— Oui, murmura-t-elle. Oui, bien sûr.

Elle prit une profonde inspiration et leva les yeux vers le médecin.

— Il n'y a vraiment aucune alternative ? Vous m'aviez dit qu'il ne serait peut-être pas nécessaire d'opérer.

— C'est vrai, acquiesça le Dr Kashrani. Seulement dans votre cas, la localisation et les dimensions de l'anévrisme ne nous laissent aucune autre possibilité.

Zoe accusa le coup.

— Et qu'en est-il des risques de séquelles ?

Le Dr Kashrani se cala dans sa chaise et joignit les extrémités de ses doigts.

— Une telle intervention comporte toujours des risques, nous les avons déjà évoqués ensemble. Une hémorragie au cours de l'intervention n'est pas à écarter, mais les séquelles seraient encore plus importantes en cas de rupture soudaine. Il faut donc agir au plus vite.

Zoe le regarda fixement tandis que les pensées se bousculaient dans son esprit.

— Et s'il y a des complications, combien de temps durera la convalescence ?

Le médecin haussa les épaules.

— Difficile à dire. Quelques semaines dans le meilleur des cas, mais elle sera certainement plus longue.

Zoe secoua la tête en pensant à ses projets professionnels en cours.

— C'est impossible, on compte sur moi au travail.

— Je crains que vous n'ayez pas le choix. C'est une bombe à retardement que vous avez dans le cerveau, et elle risque d'exploser à tout moment. Vous avez de la chance que l'anévrisme ait été diagnostiqué en amont. Dans la majorité des cas, il est souvent trop tard.

« De la chance ? », pensa Zoe avec amertume. Devait-elle donc s'estimer heureuse d'être tombée la semaine dernière dans la salle de conférences, alors qu'elle étrennait de nouvelles chaussures ? De s'être cogné la tête si violemment contre un coin de table qu'elle avait eu une commotion cérébrale ? Et d'avoir été soumise à tous ces examens qui avaient permis de diagnostiquer cette anomalie vasculaire ? En fait de chance, c'était un nouveau coup du sort.

— Et si je refuse l'opération ? demanda-t-elle en croisant les bras. J'ai très bien vécu jusqu'à présent avec ce... problème, il ne m'a jamais empêchée de mener une vie normale. Rien ne dit que l'anévrisme évoluera.

Le Dr Kashrani soupira.

— Cette décision vous revient et je comprends tout à fait que vous hésitiez, mais l'anévrisme ne disparaîtra pas comme par enchantement. Vous devez affronter ce problème maintenant, mademoiselle Bevan. Dans le cas contraire, ce serait reculer pour mieux sauter.

Zoe ne répondit pas, bien consciente qu'il avait raison. Elle ne pouvait pas prétendre que tout allait bien, cela n'aboutirait à rien. Pas cette fois. Elle s'éclaircit la voix.

— Et quand... Quand aurait lieu l'opération ?

— Je pense qu'il faut la programmer au plus vite. Un instant, je vous prie.

Le Dr Kashrani appuya sur le bouton de l'interphone qui lui permettait de communiquer avec son assistante.

— Alice, pouvez-vous me dire quelle est la première date disponible pour l'intervention sur Mlle Bevan dont nous avons parlé ensemble ?

— Début septembre, donc à la fin de la semaine prochaine.

Le Dr Kashrani fronça les sourcils.

— Ce n'est vraiment pas possible plus tôt ?

— Cette date me convient, intervint Zoe. Ce serait... ce serait parfait.

Le médecin la considéra quelques instants.

— Très bien, alors inscrivez Mlle Bevan pour vendredi en huit, confirma-t-il auprès d'Alice.

Il relâcha le bouton puis prit le temps de réfléchir.

— Effectivement, c'est peut-être mieux ainsi. Vous avez sans doute des dispositions à prendre.

Zoe calcula. Elle n'avait que dix jours devant elle, mais au moins, elle bénéficiait d'un bref répit. Tandis que le Dr Kashrani passait encore en revue tout le déroulement de l'opération afin de la rassurer, Zoe eut la réaction inverse et sentit que son angoisse grandissait encore. Celle-ci dut se lire sur son visage, car au moment de prendre congé, le médecin la regarda avec une douceur particulière.

— Je sais ce que vous ressentez, dit-il. Mais si l'opération est un succès, vous pourrez à nouveau mener une vie tout à fait normale.

Zoe voulut sourire poliment mais ne parvint à esquisser qu'une vague grimace. Le Dr Kashrani était un expert dans son domaine, raison pour laquelle ses patients n'hésitaient pas à débourser des sommes importantes en échange de ses services. Cependant, un « si » n'était en rien une garantie, et tous deux le savaient.

— Merci, murmura-t-elle en lui serrant la main.

Elle traversa le secrétariat puis la salle d'attente au haut plafond décoré de moulures et sortit dans Harley Street. Alors qu'il n'était même pas 10 heures du matin, le ciel sans nuages annonçait déjà une nouvelle journée caniculaire, bien loin de ce qu'elle avait connu lors des étés passés à Penderak avec ses parents. Dans la capitale, les poubelles et les gaz d'échappement empestaient encore plus qu'à l'accoutumée. « Enfin, peut-être pas ici », se dit Zoe en contemplant la rue tranquille bordée de splendides demeures où résidaient les médecins les plus réputés de Londres. Elle connaissait bien ce quartier pour y avoir accompagné sa mère lors de consultations chez différents neurologues – dont le Dr Kashrani, sans se douter qu'un jour, elle aussi serait sa patiente.

Entendant une sonnerie retentir dans son sac, elle sortit un portable au design élégant et constata que c'était son assistante, Maureen, qui l'appelait.

— Votre père a dû se rendre en urgence sur le chantier de Winchester et m'a chargée de vous prévenir, annonça-t-elle sur le ton froid et professionnel qu'elle prenait toujours pour transmettre les instructions de George Bevan. Comme il ne rentrera certainement pas avant ce soir, il souhaite que vous vous occupiez du rendez-vous de 10 h 30 avec les représentants de Lombardi.

Zoe consulta sa montre. Elle avait une demi-heure, pas plus. Elle arriverait à temps, à condition de trouver un taxi tout de suite. Mais à l'idée de retourner si précipitamment au bureau, elle ressentit soudain une immense fatigue.

— Ça ne va pas être possible, dit Zoe, se remémorant les paroles du médecin.

Quelque temps auparavant, une telle réponse aurait été du domaine de l'impossible. Elle se serait démenée pour arriver à l'heure et honorer ce rendez-vous afin de donner satisfaction à son père. « L'entreprise avant tout », telle était la devise de George, et Zoe l'avait faite sienne en intégrant Bevan Constructions après ses études de commerce. Elle vivait pour son travail, investissant toute son énergie dans les projets qu'elle gérait. Enfin, en temps normal. Or, à présent, sa vie était sens dessus dessous.

— Je ne vais pas pouvoir venir au bureau aujourd'hui, annonça Zoe en poussant un gros soupir.

— Comment ? s'exclama Maureen, estomaquée. Mais qui va...

— Philip... Pardon, M. Freeman connaît le projet Lombardi, il peut se charger de la présentation. Et demandez-lui d'assurer également mes autres rendez-vous.

— Mais...

— Au revoir, Maureen.

D'une main tremblante, Zoe coupa la communication et rangea son portable dans son sac.

Elle hésita un instant à sauter dans un taxi pour rentrer directement chez elle, à Hampstead. Finalement, redoutant soudain de se retrouver seule dans sa grande villa, elle se dirigea vers un café situé au coin de la rue où elle trouva, malgré l'affluence, une petite table près de la fenêtre.

Alors qu'elle venait de commander à la serveuse une tasse de thé et une eau plate, son portable sonna à nouveau. Cette fois, c'était Philip.

— Maureen vient de me dire que tu as annulé tous tes rendez-vous de la journée, dit-il d'une voix grave. Quelque chose ne va pas ?

Zoe hésita un instant à lui parler de l'opération, ce qu'elle aurait déjà dû faire depuis longtemps, puisqu'ils étaient fiancés. Seulement elle ne voulait inquiéter personne et surtout pas son père, à qui Philip ne manquerait pas de tout raconter. Non, c'était une épreuve qu'elle devrait affronter seule, comme celles qui avaient précédé.

— Je... Je ne me sens pas bien, j'ai une grosse migraine, expliqua-t-elle, ce qui n'était qu'un demi-mensonge. Il vaut mieux que je rentre à la maison et que je m'allonge.

Philip, aussi déconcerté que Maureen, se tut quelques instants. Son étonnement était justifié, car Zoe n'avait jamais manqué une seule journée de travail. Tout au plus s'était-elle absentée quelques heures quand sa mère était tombée malade. Tout de suite, il pensa à sa chute survenue la semaine passée.

— C'est peut-être normal après la commotion cérébrale, dit-il avec inquiétude. Je t'avais dit de rester à l'hôpital plus longtemps. Tu es toujours à Shoreditch, chez l'architecte ?

— Oui, tout à fait.

Zoe se mordit les lèvres en se remémorant le prétexte qu'elle avait invoqué pour cacher son rendez-vous chez le médecin.

— Mais j'appelle un taxi tout de suite. Tu peux te charger de mes autres rendez-vous ?

— Bien sûr, je m'occupe de tout et je passe te voir ce soir. J'ai un vol tôt demain matin, mais je peux toujours...

— Non, tu n'as pas besoin de tout ce stress supplémentaire, l'interrompit Zoe. Je crois que j'ai besoin de repos, c'est tout. Ça devrait aller mieux très vite. Et puis il faut que tu sois en forme pour New York.

En effet, Philip devait s'y rendre pour affaires. Si Zoe l'informait de l'opération à venir, il insisterait pour rester et c'était hors de question. Il avait travaillé dur pour le contrat qu'il allait très certainement signer là-bas, et ce succès serait amplement mérité. Mieux valait donc ne rien lui dire.

— D'accord, mais appelle-moi si je peux t'être d'une quelconque aide.

Philip semblait préoccupé mais compréhensif. Il savait rester en retrait et ne s'imposait jamais, une qualité que Zoe appréciait grandement.

Alors qu'elle s'apprêtait à raccrocher, Philip s'éclaircit la voix une dernière fois.

— Autre chose, Zoe : j'ai eu Simon Fielding au téléphone, tu sais, l'avocat de ce Grec qui est intéressé par la villa. Apparemment, il y a un dernier détail dont il voudrait discuter avec toi.

Zoe sentit son ventre se tordre.

— Dis-lui que je l'appellerai.

Philip poussa un profond soupir.

— Il dit que c'est très pressé et qu'il a déjà essayé de te joindre plusieurs fois.

C'était exact, Zoe devait le reconnaître. Maureen lui avait transmis les messages de Simon Fielding, mais elle avait toujours trouvé une bonne raison de ne pas le rappeler. Et lorsque l'avocat avait fini par l'appeler directement sur son portable, elle n'avait pas décroché.

— Je sais que tu as des scrupules vis-à-vis de ta mère, mais la somme que ce Grec te propose est largement supérieure au prix du marché, et on devrait vraiment…

— Je ne me sens pas bien, Philip, l'interrompit Zoe. On est obligés d'en discuter maintenant ?

— Excuse-moi.

Zoe, le sentant contrarié, sut qu'il n'en resterait pas là. Il la pressait depuis un certain temps de vendre enfin la demeure familiale de Hampstead afin qu'elle emménageât chez lui, à Chelsea, au prétexte que la demeure était bien trop grande pour elle seule et qu'il vivait plus près du siège de l'entreprise. Philip, très terre à terre, ne voyait aucune raison de refuser cette offre aussi inattendue qu'exceptionnelle. Il ne concevait tout simplement pas que cette villa représentât davantage pour sa fiancée qu'un simple bien immobilier.

Après avoir raccroché, Zoe balaya la salle du regard et constata qu'aucun autre client n'était seul. Toutes les autres personnes présentes conversaient gaiement, en couple ou en petit groupe. Ses yeux s'arrêtèrent notamment sur une jeune femme blonde, la vingtaine tout au plus, qui riait d'une remarque de son accompagnateur. Le cœur gros, Zoe se dit que même à cet âge-là, elle n'avait pas connu pareille insouciance.

Alors qu'elle contemplait la tasse de thé posée devant elle, elle repensa à la conversation qu'elle venait d'avoir avec le médecin et sentit sa gorge se serrer encore un peu plus.

C'est une bombe à retardement que vous avez dans le cerveau, avait dit le Dr Kashrani. Or la nouvelle lui faisait moins l'effet d'un compte à rebours que d'une condamnation, comme si sa vie était de toute façon sans issue. Comme si elle se trouvait face à un mur trop élevé pour qu'elle vît ce qui l'attendait au-delà. Et encore, si quelque chose l'attendait.

Ces derniers jours, Zoe s'était abondamment renseignée sur les anévrismes, aussi bien sur Internet que dans les ouvrages spécialisés. Elle savait donc qu'il s'agissait de la dilatation anormale d'une artère dont les parois devenaient si fines qu'elles risquaient de rompre à tout moment, entraînant une hémorragie interne dont on ne pouvait anticiper les séquelles. Surtout quand le cerveau était touché, comme chez Zoe. Si elle avait de la chance, elle survivrait à cette hémorragie mais risquait par exemple de perdre l'usage de ses jambes. Ou de la parole. Ou la mémoire, comme sa mère, qui souffrait de la maladie d'Alzheimer.

Zoe finit son thé à la hâte en tentant d'ignorer le sentiment d'impuissance qui l'étreignait en permanence. Le temps lui manquait, il ne lui restait plus que quelques jours dont chacun prenait une nouvelle valeur à ses yeux. *Vous avez sans doute des dispositions à prendre.* En ces termes, le Dr Kashrani avait fait allusion à ses obligations professionnelles, mais Zoe prit soudain conscience qu'elle avait une affaire autrement plus importante à régler. Une affaire qui la tourmentait depuis des années.

Elle sortit une tablette de son sac et entra dans le moteur de recherche le nom qui lui revenait sans cesse à l'esprit depuis l'annonce du diagnostic.

Penderak.

Des photos de la petite ville de Cornouailles apparurent à l'écran, ainsi que les sites de plusieurs hôtels et pensions.

Zoe parcourut les résultats jusqu'à ce qu'elle trouvât ce qu'elle recherchait, une grande maison blanche au toit de chaume au milieu d'un vaste jardin délimité par un muret en pierre. Les mots « Pension des Fleurs sauvages » étaient inscrits en lettres calligraphiées sur une grande enseigne en émail au-dessus de la porte, tandis que les montbrétias et les roses folles qui fleurissaient abondamment la façade de la bâtisse faisaient honneur à son nom. Excepté les cadres des fenêtres peints en bleu et le jardin qui paraissait plus luxuriant encore, rien ne semblait avoir changé. Et à en croire les informations indiquées sur le site, la pension appartenait toujours à la famille Gallagher.

L'espace d'un instant, Zoe revit le corps disloqué de Chris qui gisait dans le sable. Puis cette image atroce disparut au profit de son visage souriant.

Sa mort demeurait un mystère. La police n'avait pas réussi à déterminer s'il avait chuté de la falaise par accident ou s'il s'était volontairement jeté dans le vide. En l'absence de témoins et de lettre d'adieu, aucune de ces deux possibilités n'avait pu être écartée avec certitude. L'hypothèse d'un meurtre avait également été soulevée, et le père de Zoe, aveuglé par le chagrin, s'y était raccroché de toutes ses forces dans son besoin de blâmer quelqu'un pour la mort de son fils. Mais là encore, il n'y avait aucune preuve. Comme personne n'était parvenu à reconstituer le déroulement précis de cette nuit-là, l'enquête avait été rapidement close et l'affaire classée.

Sauf pour Zoe, qui n'avait pas pu faire son deuil du fait de cette incertitude, au point de se jurer de revenir un jour sur les lieux en quête de réponses. Elle avait repoussé ce voyage maintes fois, d'abord parce qu'elle avait craint de ne pas en avoir la force, puis parce que le travail lui avait pris tout son temps. Seulement, aujourd'hui, l'opération qui se profilait rebattait les cartes.

Vous devez affronter ce problème maintenant.

Et cela ne valait pas que pour la maladie.

L'espace d'un instant, elle s'autorisa à repenser à Jack, parti pour le Canada conformément à ses projets. Elle le savait par les lettres qu'elle avait échangées avec sa sœur pendant quelque temps. Elle eut beau se répéter pour se rassurer qu'elle ne risquait pas de le croiser à Penderak, ses doigts tremblèrent tout de même un peu lorsqu'elle remplit le formulaire de réservation en ligne.

Zoe écrivit rapidement son adresse et laissa un message qu'elle voulut le plus neutre possible dans le champ « remarques », en se demandant comment les Gallagher réagiraient.

Elle relut une dernière fois ce qu'elle avait écrit puis, craignant que son courage ne l'abandonnât au dernier moment, se dépêcha d'appuyer sur « envoyer ».

2

Lorsque Rose découvrit la demande de réservation qui venait de lui parvenir, elle garda les yeux rivés un long moment sur l'écran de son ordinateur. Si elle avait l'habitude des réservations de dernière minute, jamais personne ne demandait expressément à séjourner à la maison de la plage, qui n'était pourtant plus proposée sur le site depuis longtemps. Et puis ce nom… Incroyable. S'agissait-il vraiment de… ?

— Maman !

Sarah ouvrit la porte du bureau si brusquement que Rose sursauta.

— Tu peux venir ? Henry ne trouve pas ses chaussures de foot.

— Elles doivent être dans sa chambre, répondit Rose, la tête ailleurs.

— Il dit que non.

Sarah, agacée de jouer les messagères pour son petit frère, planta les poings sur ses hanches, et Rose dut se retenir de pouffer devant ce geste qui lui rappelait tant sa mère. Daisy Gallagher était une femme aussi généreuse que têtue, et si Sarah lui ressemblait déjà autant à treize ans, Rose n'allait certainement pas s'ennuyer au cours des années à venir.

— Dis-lui de chercher un peu mieux.

— Déjà fait, il dit que tu dois venir et…

Dans le cottage retentit un cri suivi de pas qui dévalaient l'escalier. Quelques instants plus tard, Henry, sept ans, déboula dans le bureau en bousculant sa sœur, suivi de près par son frère Luke, âgé de dix ans et manifestement contrarié.

— Maman, Henry m'a piqué ma locomotive ! cria le petit garçon. Dis-lui de me la rendre.

Henry, cachant quelque chose dans son poing serré, se faufila derrière la chaise de sa mère, qu'il défia du regard.

— C'est un cadeau d'oncle Jack à nous deux ! Moi aussi, je veux jouer avec !

Rose poussa un profond soupir. Si elle adorait ses enfants, elle se faisait parfois l'effet d'une dompteuse dans un cirque. Henry et Luke s'entendaient bien la plupart du temps, mais le circuit de train en bois qu'ils avaient retrouvé par hasard au grenier quelques mois plus tôt était source de bien des conflits. Ils se disputaient surtout la locomotive automatique que Jack, le frère de Rose, leur avait offerte récemment pour compléter l'ensemble.

— Tu ne peux pas jouer maintenant, c'est l'heure de ton entraînement de foot, rappela Rose à son fils cadet. Donc rends la locomotive à Luke, et à ton retour, vous jouerez tous les deux avec. D'accord ?

À en juger par l'expression sur son visage, ce compromis n'enchantait pas Henry.

— Mais je peux pas aller au foot, je trouve pas mes chaussures !

— Je parie que tu les as laissées derrière, sur la terrasse, répondit Rose. Alors va les chercher et file.

Henry hocha la tête, dépité, et posa à contrecœur la locomotive dans la main de sa mère. Rose attendit qu'il eût quitté la pièce pour donner le jouet à Luke.

— Vous devez arrêter de vous chamailler, lui dit-elle, avant d'ajouter avec le sourire : oncle Jack vient d'appeler, il te propose de venir l'aider. Il comptait sur William mais ton cousin est apparemment introuvable, une fois de plus.

Le visage de Luke s'illumina.

— À la ferme ?

— Évidemment, à la ferme ! s'exclama Rose en riant. Jack doit renforcer ses clôtures et aurait bien besoin d'un coup de main. Ça te dit ?

— Oh oui ! Je suis déjà parti.

Luke sortit du bureau en courant. Il était en admiration devant son oncle et ne demandait pas mieux que de passer du temps aux champs avec lui.

Rose le suivit des yeux puis se tourna vers sa fille.

— Tu ne sais pas où est William, par hasard ?

Sarah et William avaient quasiment le même âge et s'entendaient bien. Pour l'instant, la fille de Rose était d'ailleurs la seule qui arrivait à communiquer avec cet adolescent particulièrement renfermé.

— Aucune idée, répondit Sarah en haussant les épaules. Peut-être aux falaises, il est souvent fourré là-bas.

— Ah bon ? Jack ne le lui a pas interdit ?

— C'est justement pour ça qu'il y va, maman, soupira Sarah avec un regard lourd de sens. Tu le connais.

« En effet, songea Rose, c'était logique. » En ce moment, les relations entre père et fils n'étaient pas au beau fixe, loin de là. William reprochait à Jack de l'avoir forcé à quitter le Canada pour rentrer en Cornouailles. Toute la famille avait cru que ce n'était qu'une passade, qu'il allait rapidement s'adapter, mais il ne desserrait pas les dents depuis six mois maintenant. Seul le temps permettrait sans doute d'apaiser la situation.

Sarah, entendant biper son portable, le sortit de sa poche et sourit en lisant le texto qu'elle venait de recevoir.

— Debbie est chez Rachel, elle propose qu'on se retrouve en ville. Je peux y aller ?

— Oui, bien sûr.

Une fois seule, Rose se cala dans son fauteuil en soupirant. Heureusement que les enfants se plaisaient à Penderak et profitaient un minimum de leur été. Bien sûr, ils vivaient au bord de la mer, mais Rose aurait aimé les faire changer d'air et échapper quelque temps au train-train quotidien. Mais à cause de Matt, qui ne payait pas la pension alimentaire, elle n'avait pas le budget suffisant pour les emmener en vacances.

Rose secoua la tête en pensant à l'attitude pour le moins désinvolte de son ex-mari envers ses propres enfants. Ses visites en Cornouailles étaient de plus en plus espacées – la dernière remontait à trois mois – et il ne versait plus à Rose le montant pourtant stipulé noir sur blanc dans la convention de divorce. Dès qu'elle abordait le sujet, Matt se cachait derrière des prétextes fumeux et, dernièrement, ne répondait même plus au téléphone.

Pour Rose, la situation devenait difficilement tenable, et c'était d'autant plus rageant que Matt avait largement les moyens de payer. Il avait certainement une nouvelle conquête qu'il couvrait de cadeaux pour l'impressionner, tandis que Rose peinait à boucler les fins de mois.

« Moi, je n'ai rien d'une femme fatale », songea-t-elle avec un soupir. Certes, elle était plutôt jolie avec ses boucles auburn et sa silhouette élancée qu'elle avait réussi à conserver malgré trois accouchements. Seulement, parfois, elle doutait d'avoir un jour vraiment plu à Matt, qui avait rapidement multiplié les aventures pour à chaque fois revenir la bouche en cœur, assurant à Rose qu'il était désolé et qu'il voulait se battre pour leur couple. Elle l'avait cru, surtout pour les enfants, puis elle avait fini par comprendre qu'il ne changerait jamais. Elle avait alors demandé le divorce et quitté Truro, où ils s'étaient installés, pour rentrer à Penderak avec les enfants. Matt, lui, avait trouvé un poste de banquier d'investissement dans la City. Il devait profiter à fond de la vie londonienne tandis que Rose se débrouillait pour joindre les deux bouts en Cornouailles.

Ce n'était plus possible, les choses devaient changer, seulement elle hésitait à le poursuivre en justice. Elle avait beau savoir qu'elle était dans son bon droit, les honoraires d'avocat et la procédure fastidieuse qui s'annonçait la décourageaient d'avance, et elle avait encore l'espoir de régler ce litige à l'amiable. Plus d'une fois elle avait failli sauter dans sa voiture et rouler jusqu'à Londres pour faire entendre raison à Matt, seulement c'était un long trajet, et en cette saison estivale, elle n'avait pas une minute de libre.

En parlant de Londres… Rose se tourna à nouveau vers l'ordinateur et relut fixement le message qu'elle avait reçu juste avant l'irruption des enfants.

Zoe Bevan. Ce n'était pas un nom courant. De plus, cette cliente demandait expressément le cottage que les Bevan avaient eu pour habitude de louer plusieurs semaines par an. Ce ne pouvait pas être une coïncidence !

Mais s'il s'agissait bien de Zoe, pourquoi s'était-elle contentée d'un message aussi impersonnel dans la rubrique « remarques » ? Rose avait été très proche d'elle et de sa famille – jusqu'à ce terrible matin où Chris avait été retrouvé mort sur la plage.

Le ventre de Rose se serra à ce souvenir. Le choc avait été violent pour tout le monde, d'autant que les circonstances du décès n'avaient jamais été clairement établies. Par la suite, Zoe avait coupé les ponts et les Bevan n'étaient plus jamais revenus à Penderak. Rose avait continué à écrire à Zoe pendant quelque temps puis, n'obtenant pas de réponse, avait fini par baisser les bras.

Depuis, de l'eau avait coulé sous les ponts. Mais si le sujet était très rarement évoqué dans la petite bourgade, personne n'avait oublié.

Rose s'était souvent demandé ce qu'était devenue son ancienne amie. Elle avait bien eu quelques nouvelles par Matt, qui était tombé sur un article à son sujet dans une newsletter à laquelle il était abonné. Il y était précisé que Zoe avait reçu le titre de « manager de l'année » pour son travail au sein de Bevan Constructions. Sur la photo, Rose n'avait pas reconnu la blonde sérieuse au sourire réservé, à des années-lumière de la jeune fille joyeuse dont elle se souvenait. Cela l'avait renforcée dans l'idée que Zoe avait tiré un trait sur tout ce qui s'était passé à Penderak. Manifestement, elle s'était trompée, sinon pourquoi Zoe voulait-elle revenir, de plus en s'y prenant à la dernière minute ?

Il n'y avait qu'une seule façon de le savoir, et comme Rose n'était pas du genre à tourner autour du pot, elle saisit son téléphone et composa le numéro indiqué sur le formulaire de contact.

Après deux sonneries, elle entendit une voix de femme. Rose s'éclaircit la voix.

— Bonjour, je suis bien sur le portable de Zoe Bevan ?

Son interlocutrice ayant confirmé, Rose prit une profonde inspiration.

— Zoe, c'est Rose à l'appareil. Rose Riley... enfin, Rose Gallagher. Est-ce que tu te souviens de moi ?

*

Zoe, qui se trouvait dans un taxi, crispa la main autour de son portable et le colla tout contre son oreille.

— Rose, murmura-t-elle dans un souffle.

Elle s'était bien entendu doutée que les Gallagher réagiraient à son courriel, mais pas que Rose la contacterait en personne. Sans qu'elle sût pourquoi, elle avait été persuadée que son amie d'enfance ne vivait plus à Penderak. Peut-être parce que la photo sur le site ne montrait que Daisy et Brian, ses parents. Ou alors c'était ce que Zoe avait espéré inconsciemment, prise de remords en repensant à son attitude passée.

— Il s'agit de ma réservation ? demanda-t-elle, la gorgée nouée.

— Oui... Enfin, non, répondit Rose d'une voix aimable mais hésitante, visiblement décontenancée par le ton distant de Zoe. En fait, je voulais seulement m'assurer que c'était bien toi. Comme on ne s'est pas donné de nouvelles depuis une éternité, j'ai cru halluciner quand j'ai lu ton message.

Zoe eut un pincement au cœur et ne sut que répondre. Elle se souvint des lettres de Rose auxquelles elle n'avait jamais répondu. Comment trouver les mots pour s'excuser d'avoir ainsi rayé quelqu'un de sa vie ?

— Je ne te reproche rien, s'empressa d'ajouter Rose. Au contraire, je suis ravie que tu te manifestes. Mais disons que ça m'a... surprise.

Zoe déglutit avec difficulté.

— Je sais, je suis désolée.

— Alors, quoi de neuf ?

L'intérêt que lui témoignait Rose avait beau être sincère, sa question ne pouvait pas tomber plus mal.

— Rien de spécial, éluda Zoe. Et toi ? Tu as pris la relève de ta mère à la pension ?

— Non, c'est toujours elle qui la gère, je m'occupe seulement de ce qui relève de l'informatique. Ma mère se bagarre avec tout ce qui ressemble de près ou de loin à un ordinateur. Moi, je confectionne des sacs et du prêt-à-porter que ma sœur vend dans sa boutique sur le port. Mes créations ont leur petit succès auprès des touristes.

— J'imagine, sourit Zoe en repensant à la Rose adolescente qui avait rêvé de devenir styliste. Ton nom de famille, c'est Riley, maintenant ? Tu as épousé Matt ?

Zoe se souvenait de ce garçon charmeur, fils du capitaine du port de Penderak. Comme il avait cinq ans de plus qu'elles, il les avait toujours snobées mais cela n'avait pas empêché Rose d'avoir le béguin pour lui. Zoe, n'appréciant pas Matt, avait essayé de lui faire entendre raison, convaincue qu'ils ne finiraient jamais ensemble.

— Je me suis donc trompée.

— Pas complètement, puisqu'on a divorcé, soupira Rose. Il s'est avéré que Matt a beaucoup de mal avec le concept de fidélité. Maintenant, il vit à Londres et ne donne quasiment jamais de nouvelles, ni à moi ni aux enfants.

— Tu en as combien ?

Rose lui parla non sans fierté de sa fille et de ses deux fils. Zoe calcula rapidement : Rose était une jeune trentenaire, comme elle, et si sa fille avait treize ans, elle l'avait eue très jeune. Cela n'étonna pas Zoe, car Rose avait toujours eu l'instinct maternel. Un jour, elle avait recueilli un oisillon blessé sur la plage de Penderak et l'avait montré à un vétérinaire qui avait émis un pronostic réservé. Rose l'avait tout de même soigné consciencieusement, et le petit avait finalement survécu. Même pour un simple pique-nique, on pouvait compter sur elle pour prévoir de quoi bien manger et bien boire. C'était tout Rose, elle aimait s'occuper des autres.

Il y eut un silence. Zoe comprit que c'était son tour de se lancer dans un résumé de sa vie mais, fidèle à des tactiques apprises lors de centaines de négociations avec des clients, elle détourna la conversation sur un terrain qui l'arrangeait.

— Qu'en est-il de la maison de la plage ? Est-ce que je peux la louer ?

Elle craignit un instant que sa tentative de diversion ne fonctionnât pas, car la Rose qu'elle avait connue, loin de tomber dans le panneau, lui aurait tiré les vers du nez. Mais Rose se contenta d'hésiter avant de répondre.

— Désolée, on ne propose plus que les chambres de la pension à la location.

— Oh, murmura Zoe, si déçue qu'elle reçut un coup au cœur. Vous avez vendu la maison ?

— Non, mais c'est moi qui l'occupe avec les enfants depuis le divorce.

— Tu vis à la maison de la plage ?

— Eh oui.

Zoe en resta sans voix. Elle avait eu tellement à cœur de retourner dans cette maison de Penderak qu'elle n'avait envisagé aucune alternative.

— Et il vous reste des chambres de libres à la pension ?

— Non, hélas. C'est la haute saison, tout est complet. Mais je peux te proposer plus tard, par exemple… J'ai une disponibilité la première semaine d'octobre. Je te réserve une chambre ?

— Non, murmura Zoe, soudain démoralisée et envahie par une immense lassitude. Je ne peux venir que maintenant.

Il y eut un nouveau silence que Rose finit par rompre.

— Dommage, ça m'aurait fait plaisir de te revoir, dit-elle, déçue également. Mais on peut toujours se donner rendez-vous quelque part à Londres. J'ai prévu d'y aller bientôt pour régler certaines choses avec Matt. Qu'est-ce que tu en penses ?

Zoe se mordit les lèvres.

— Mon emploi du temps est un peu flou pour les semaines à venir.

— Ah bon ?

— Oui, je… je vais devoir m'absenter. Enfin, c'était sympa de discuter avec toi.

Rose, semblant comprendre que Zoe ne souhaitait pas s'éterniser, n'insista pas.

— Dans ce cas, à une prochaine. J'espère…

— Attends !

Zoe eut soudain une idée un peu farfelue que Rose refuserait certainement, mais elle devait tout de même tenter sa chance.

— J'ai une proposition.

3

— Tu veux prêter la maison de la plage à Zoe Bevan ?

Daisy Gallagher, qui n'en croyait pas ses oreilles, planta les poings sur ses hanches et secoua ses boucles aux reflets argentés.

— Et les enfants ? Ils vont se retrouver à la rue ?

— Tout est déjà organisé, protesta Rose. Sarah dormira chez sa copine Rachel, et Iris peut héberger Henry et Luke.

Elle lança un regard implorant à sa petite sœur, qui était assise à côté d'elle dans la cuisine de la pension.

— Bien sûr, confirma Iris. Sarah ne tient plus en place et les garçons sont d'accord. Et avant que tu poses la question : les stocks sont bien fournis à la boutique. Rose peut très bien partir quelques jours, ce n'est pas un problème.

En voyant le sourire confiant d'Iris, Rose s'interrogea une fois encore sur les raisons qui poussaient sa sœur à penser que ce séjour à Londres tombait à point nommé, alors qu'elle-même avait des réserves sur l'échange de maisons proposé par Zoe.

Sur le papier, c'était pourtant simple comme bonjour. Pendant que Zoe séjournerait à la maison de la plage, Rose profiterait de sa villa de Hampstead. Elle y avait rendu visite à Zoe autrefois et se souvenait des pièces aux hauts plafonds décorées de belles antiquités. Elle y serait bien mieux qu'à l'hôtel, et la perspective d'avoir enfin l'occasion de régler ce problème de pension alimentaire avec Matt l'avait poussée à accepter immédiatement. Seulement, après quelques heures de réflexion, elle commençait à appréhender, et la réaction de sa mère la renforçait encore dans ses doutes. Tout le contraire d'Iris, visiblement emballée.

— Maman, Rose ne peut laisser passer une occasion pareille ! Elle n'aura même pas à prendre le train, vu que Zoe lui prêtera aussi sa voiture. C'est le genre de proposition qui ne se refuse pas !

Daisy regarda par la fenêtre en poussant un soupir réprobateur.

— Mais nous sommes en train de parler de Zoe Bevan ! Qu'est-ce qui lui prend de débarquer ici du jour au lendemain ?

— Elle ne s'est pas étendue au téléphone, répondit Rose en haussant les épaules. En tout cas, ce séjour avait l'air de lui tenir à cœur.

Daisy émit un grognement et se tourna vers le plan de travail où l'attendait une pâte à pain étalée sur une grande planche en bois. Elle se mit à la pétrir avec des gestes vigoureux qui en disaient long sur son état de tension.

— Ce n'est pas une bonne idée, murmura-t-elle, inquiète. Si Zoe revient ici après toutes ces années, les gens vont recommencer à parler, et ton frère peut vraiment se passer de ragots en ce moment. Imagine qu'ils se croisent ! Elle sait que Jack est rentré ?

Rose secoua la tête.

— Elle ne m'a pas parlé de lui.

Rose en avait déduit que, le temps faisant son œuvre, Zoe avait tiré un trait sur leur histoire. À moins que…

— Attends, tu crois que sa venue a un rapport avec lui ?

— Bien sûr que non, assena Iris avec la conviction dont elle était coutumière. Les amis de Jack ne sont pas tous au courant qu'il est rentré, alors ça m'étonnerait que la nouvelle soit arrivée jusqu'à Londres. Et puis je doute que leur histoire d'amour passionne encore les foules. Ça remonte à près de quinze ans ! Zoe a certainement une bonne raison de revenir ici, mais ce ne sont pas nos affaires. Le plus important, c'est que Rose change d'air, et elle n'a pas à renoncer à cette escapade sous prétexte que Jack risque de croiser une ex !

Iris pensait avoir convaincu Daisy et Rose, or toutes deux se turent. Et lorsque leurs regards se croisèrent, Rose comprit que sa mère pensait à la même chose.

Iris, très jeune à l'époque, ne savait pas à quel point les événements survenus cet été-là les avaient marqués, surtout Jack. Mais ce n'était pas la seule raison qui faisait hésiter Rose.

— Je crois que maman a raison, cet échange de maisons n'est vraiment pas une bonne idée.

Bien sûr, elle aurait aimé aller à Londres, non seulement pour tout clarifier avec Matt mais aussi pour souffler un peu, ce qui ne lui était pas arrivé depuis très longtemps. Non que sa vie ici lui pesât, mais le quotidien de mère célibataire avec trois enfants à charge n'était pas de tout repos, loin de là. Rose n'avait pas une minute à elle, et la simple perspective de passer quelques jours dans une grande ville en étant libre de toutes contraintes suffisait à la faire rêver. Or, justement, elle culpabilisait de partir seule.

— Si je vais à Londres, ce sera avec les enfants. Ils n'ont pas eu de vraies vacances depuis une éternité, je leur dois bien ça.

— N'importe quoi ! s'exclama Iris. Les enfants seront très bien ici. Ils n'ont pas école et tu peux compter sur nous pour les chouchouter. Je suis sûre qu'ils se passeront très bien de toi quelques jours. Hein, Henry ?

— Hm ?

Le fils cadet de Rose, qui venait d'entrer dans la cuisine, regarda sa tante. En voyant ses joues rouges et les taches qui maculaient son T-shirt, son short de sport et ses genoux, Rose conclut qu'il avait joué au foot avec les fils Peterson, qui séjournaient à la Pension des Fleurs sauvages.

— Tu te souviens, on t'a dit que ta maman aimerait aller à Londres, poursuivit Iris en lui caressant les cheveux. Pendant ce temps, toi et Luke, vous pourriez dormir chez moi. Tu serais toujours partant ?

— Ouais, répondit Henry distraitement avant de se tourner vers sa grand-mère. Je peux prendre une bouteille d'eau ? Avec les copains, on meurt de soif.

— Bien sûr, mon trésor.

Daisy sourit tandis que Henry se servait dans le réfrigérateur.

— Tu vois ? lança Iris lorsque le petit garçon eut quitté la pièce sans un regard pour sa famille. Allez, Rose, c'est réglé. Va à Londres et profite de la vie.

Rose poussa un profond soupir et dut une nouvelle fois se rendre à l'évidence : quand sa petite sœur avait une idée en tête, rien ne pouvait l'en détourner.

À vingt-sept ans, Iris avait beau être la cadette de la fratrie, elle dépassait d'une demi-tête Rose et Daisy, toutes deux petites et menues. Comme Jack, elle tenait sa stature de leur père, Brian, et sa forte personnalité de leur mère.

— Franchement, Rosie, c'est une occasion en or, insista-t-elle. Tu vas peut-être enfin rencontrer quelqu'un. Ton célibat a assez duré, et j'ai comme l'impression qu'aucun habitant de Penderak ne trouve grâce à tes yeux.

« Ah, c'est donc ça », se dit Rose en ne pouvant réprimer un sourire. Voilà pourquoi Iris était si enthousiaste, et elle aurait dû le comprendre bien plus tôt. Sa sœur était une incorrigible romantique qui ne pouvait se résoudre à voir sa sœur vivre seule depuis son divorce. Enfin, Rose n'y était pour rien : on ne pouvait pas dire que les candidats se bousculaient à Penderak, et les rares célibataires des environs étaient soit trop jeunes, soit des célibataires endurcis.

Pendant longtemps, Iris n'avait eu de cesse de chercher un compagnon pour sa sœur, qui avait fini par mettre le holà. Pour autant, elle ne s'était pas avouée vaincue, et encore maintenant, quand Rose était invitée à dîner chez Iris, il n'était pas rare qu'un ami de son beau-frère Gordon, passât « par hasard ». Rose, elle, était résignée. Non seulement elle ne croyait plus au grand amour depuis son divorce, mais elle savait pertinemment que les éventuels prétendants avaient de quoi être refroidis par ses trois enfants.

— Je ne cherche personne, rappela-t-elle à Iris.

— Toi, peut-être, mais à mon avis, il y a pas mal de mecs qui ne seraient pas mécontents de tomber sur toi, rétorqua sa petite sœur du tac au tac, seulement ça ne risque pas d'arriver si tu continues à t'enterrer ici. Et puis tu as bien mérité une pause après t'être coltinée cette horrible Américaine.

— Oh là là, ne m'en parle pas.

Rose gémit en repensant à Felicity Myers, une quinquagénaire de Boston pour le moins dynamique qui ne l'avait pas lâchée d'une semelle durant ces deux dernières semaines. En passant à la boutique, elle avait eu un tel coup de cœur pour les créations de Rose qu'elle l'avait chargée de la relooker de la tête aux pieds. Elle lui avait commandé deux pantalons, trois tuniques, trois chemisiers, deux T-shirts, une veste et plusieurs sacs. Rose s'était pliée en quatre pour satisfaire chacune de ses exigences, tout en s'efforçant de ne pas prendre la mouche à cause des compliments à double tranchant dont cette femme arrogante était coutumière.

— Je ne m'attendais pas à trouver dans ce coin tranquille quelqu'un qui soit à ce point au fait des dernières tendances. Mais où donc allez-vous chercher tout ça ? avait-elle ainsi répété avec un sourire mielleux, l'air de sous-entendre que Rose était une campagnarde par rapport à elle, l'élégante citadine.

Enfin, Felicity Myers n'avait peut-être pas tout à fait tort. Rose, qui n'avait pas quitté les Cornouailles depuis des lustres, sentit son cœur s'emballer à l'idée de flâner parmi les stands colorés du marché de Camden ou dans les petites boutiques d'Islington, de Shoreditch ou de Soho. Ce changement de cadre pourrait donner un nouveau souffle à ses créations, et les prochaines clientes qui passeraient par Penderak n'auraient qu'à bien se tenir.

— Je dois avouer que c'est tentant, soupira Rose.

— Alors vas-y, répondit contre toute attente Daisy qui, après avoir mis la pâte à pain au four, se tenait accoudée au plan de travail et réfléchissait en fronçant les sourcils.

Rose la regarda avec surprise.

— Mais tu viens de dire que ce n'était pas une bonne idée.

— C'est la venue de Zoe qui ne me dit rien qui vaille à cause de ce qui s'est passé avec Jack, mais je n'avais pas pensé à ce que ça représentait pour toi.

Daisy s'assit, tendit le bras au-dessus de la table et caressa la main de sa fille.

— Tu as besoin de te reposer, et s'il faut pour ça que Zoe séjourne à la maison de la plage, eh bien soit.

Daisy semblait toujours aussi circonspecte, mais en la voyant s'efforcer de sourire, Rose sentit une vague d'amour filial la submerger.

Sa mère non plus n'avait pas été épargnée au cours de ces dernières années. Elle tenait la pension à bout de bras depuis que Brian, son mari, avait développé une forme aiguë de rhumatismes qui le gênait dans ses mouvements. Les rares traitements qui le soulageaient étaient coûteux et ne lui apportaient qu'un soulagement temporaire, si bien qu'il avait de plus en plus de mal à gérer l'exploitation agricole, leur deuxième source de revenus avec la pension. Après des années de fonctionnement au ralenti, la situation s'améliorait depuis que Jack était rentré du Canada. Et heureusement, car Rose occupant la maison de la plage depuis son divorce et son retour à Penderak, celle-ci n'était plus disponible à la location. Malgré le manque à gagner que cela représentait, Daisy n'avait pas hésité à mettre le cottage à la disposition de sa fille. Elle répondait toujours présent pour les siens et travaillait du matin au soir sans jamais se plaindre, ce qui lui valait l'admiration de Rose.

— C'est surtout toi qui as besoin de vacances, maman.

— Sauf que c'est à toi qu'on propose un échange de maisons, répondit Daisy en consultant le calendrier accroché au mur. Tu partirais quand ?

— Demain matin.

Rose sourit, soulagée de ne pas avoir à se décommander auprès de Zoe.

— Dans ce cas, je te conseille de commencer à préparer tes bagages dès maintenant, dit Iris en se levant. Je dois y aller, mais je repasserai après dîner pour te donner un coup de main. On pourra rediscuter de tout ça, si jamais tu es prise d'un doute de dernière minute.

Rose lança un clin d'œil à sa sœur puis, une fois seule avec sa mère, reprit son sérieux.

— Tu es sûre que ça ira, maman ?

— Mais oui, acquiesça Daisy, et puis toi, tu as bien besoin de prendre un peu de bon temps. Pour le reste, ma foi, Zoe ne va pas rester longtemps et Jack sera occupé de son côté. Si ça se trouve, ils ne se croiseront même pas.

— Tu ne vas pas le prévenir ? demanda Rose, surprise. Il risque de nous en vouloir si nous ne lui en parlons pas.

— Je n'ai pas l'intention de lui cacher quoi que soit mais il va falloir y aller doucement, car je doute que cette nouvelle l'enchante.

Daisy alla vérifier la cuisson du pain, rangea les ustensiles de cuisine dans le lave-vaisselle et se lança dans la préparation du dîner.

— Attends, je vais t'aider.

Rose prit un saladier de pommes de terre qu'elle posa sur la table à côté d'une marmite remplie d'eau. En les épluchant, elle réfléchit à ce que sa mère venait de dire à propos de la façon dont Jack réagirait en apprenant la venue de Zoe.

Risquait-il vraiment de mal le prendre ? Toute cette histoire remontait à des années. Peut-être qu'Iris avait raison et qu'il avait tourné la page depuis longtemps.

Rose revit soudain le visage de son frère, sa bouche réduite à une simple fente, ses poings serrés, son regard noir de colère le jour du départ de Zoe.

Que se serait-il passé si celle-ci avait décidé de rester ?

Rose avala sa salive avec difficulté. « Tout va bien se passer », se dit-elle en essayant de se concentrer sur ce qui l'attendait à Londres.

4

— Je pars pour Penderak demain, annonça Zoe, assise au bord du lit où Brenda, sa mère, était allongée les yeux fermés. J'ai eu Rose au téléphone. Rose Gallagher, tu te souviens ? Elle me prête la maison de la plage où nous logions l'été et, en échange, elle viendra passer quelques jours à la villa. L'idée nous est venue comme ça. J'avais un certain nombre de détails à régler avant de partir, mais ça y est, tout est arrangé. Demain, c'est le grand jour.

Elle guetta quelques instants une réaction de sa mère, mais celle-ci continua à respirer calmement.

— Je sais que tu as toujours voulu retourner là-bas, et que papa t'en a empêchée car il ne supporte pas l'idée d'un tel voyage. Je m'en suis longtemps crue incapable, moi aussi, mais aujourd'hui, je ressens le besoin d'y aller.

Zoe prit la main de sa mère et la serra fort.

— J'aimerais tant que tu puisses venir avec moi, maman. Je ne serais pas toute seule, et nous pourrions...

En voyant soudain Brenda ouvrir les yeux, Zoe se tut et retint instinctivement son souffle.

— Maman ?

Celle-ci la fixa un long moment, le regard vide, puis fronça les sourcils.

— Qui êtes-vous ? demanda-t-elle en dégageant brusquement sa main.

Zoe aurait pu lui expliquer qu'elle était sa fille, mais elle savait que c'était peine perdue. Les bons jours, il arrivait à Brenda de sourire, et l'espace de quelques instants, Zoe se prenait à croire qu'elle ressentait la force du lien qui les avait unies autrefois. Or ces éclairs de lucidité se faisaient de plus en plus rares.

— Qu'est-ce que vous me voulez ? renchérit Brenda en regardant Zoe avec méfiance et hostilité.

— Je venais aux nouvelles, répondit cette dernière le plus calmement possible afin de ne pas l'agiter davantage. Est-ce que je peux vous apporter quoi que ce soit ?

Sa mère, désorientée, regarda autour d'elle et réfléchit.

— Un thé, peut-être ? insista Zoe.

Lorsque, ignorant la proposition, Brenda rejeta les couvertures et voulut quitter son lit, Zoe la retint par le bras.

— Non, restez allongée.

— Laissez-moi, je dois rentrer à la maison. Fichez le camp !

Brenda profita que Zoe la lâchât pour se lever. Pieds nus, vêtue d'une simple chemise de nuit, elle marcha jusqu'à la porte, l'ouvrit et sortit dans le couloir. Elle n'alla pas plus loin car Zoe appuya sur le bouton situé près de la table de nuit. Une aide-soignante accourut aussitôt et entreprit de la raisonner.

— Madame Bevan, que faites-vous dans le couloir ? Vous ne préférez pas retourner au lit ? Vous allez prendre froid.

— Je dois rentrer à la maison, répéta Brenda plus doucement, complètement perdue.

— Venez avec moi, madame Bevan, je vais vous raccompagner.

L'aide-soignante la prit doucement par le bras. Sans opposer de résistance, Brenda se recoucha, les yeux rivés au plafond, à nouveau prisonnière d'un monde dont rien ni personne ne pouvait plus la délivrer.

— C'est le soir, vous voyez ? Le soleil ne va pas tarder à se coucher. Vous devriez essayer de dormir.

Lorsque l'aide-soignante désigna la fenêtre pour appuyer son propos, Brenda n'eut aucune réaction. La jeune femme lui caressa le bras, adressa un sourire bienveillant à Zoe et quitta la chambre en refermant la porte derrière elle.

Zoe connaissait bien l'aide-soignante, Shauna, dont l'arrivée dans cet établissement spécialisé avait coïncidé avec l'admission de Brenda six mois plus tôt. Celle-ci réagissait favorablement à sa gentillesse mâtinée de fermeté et obéissait à ses consignes. En revanche, elle traitait sa propre fille comme une étrangère, et Zoe avait beau savoir que son attitude était imputable à la maladie, chaque rejet était comme un nouveau coup qu'elle recevait en plein cœur.

Sa mère ne reconnaissait aucun membre de sa famille et sombrait inexorablement dans l'apathie. D'abord lentement puis de plus en plus vite, la maladie d'Alzheimer l'avait privée de son autonomie alors qu'elle avait à peine soixante ans. Comme cette pathologie insidieuse restait rare chez les personnes de son âge, les médecins ne lui avaient pas immédiatement attribué les pertes de mémoire dont souffrait Brenda. Le diagnostic avait été un choc pour toute la famille, et Zoe, qui s'était abondamment informée sur l'évolution de la maladie, supportait mal de voir l'état de sa mère se dégrader aussi rapidement.

Avant de tomber malade, Brenda Bevan avait été une vraie dame, toujours élégante et coquette, à mille lieues de la femme hirsute qui somnolait à présent. Zoe n'avait même pas le droit de peigner sa chevelure, qui avait blanchi du jour au lendemain après ce dernier été fatidique passé en Cornouailles. Dès qu'elle essayait de la toucher, sa mère l'insultait et la repoussait, parfois violemment. Un jour, Zoe avait dû appeler à la rescousse les aides-soignants qui n'avaient pas eu d'autre choix que de lui administrer à un calmant.

Zoe profita que sa mère se fût rendormie paisiblement pour s'approcher du lit, puis lui prit doucement la main et contempla ses doigts effilés aux ongles ovales qu'elle aurait reconnus entre tous. Après lui avoir chuchoté un dernier « au revoir » à l'oreille, elle emprunta le couloir au parquet sombre qui menait à la sortie. Shauna, qui discutait avec une collègue, lui sourit gentiment lorsqu'elle passa devant leur bureau.

— Bonnes vacances, mademoiselle Bevan !

Zoe avait en effet prévenu qu'elle devait partir quelque temps. Non pas que cela changeât grand-chose pour sa mère, mais elle voulait éviter que son absence fût interprétée comme un désintérêt de sa part.

Arrivée à la sortie, après un dernier geste aux aides-soignantes, elle ralluma son portable et appela un taxi. Une fois dans la rue, elle leva la tête vers la fenêtre de sa mère. L'établissement situé dans une ancienne demeure victorienne du quartier huppé de Belgravia était l'un des plus réputés de Londres et de sa région. Mais Zoe avait beau savoir que sa mère y recevait les meilleurs soins, elle en ressortait immanquablement avec l'impression de l'abandonner. Et aujourd'hui à plus forte raison encore, car elle ne savait pas quand elle pourrait à nouveau lui rendre visite.

Au bureau, Zoe s'était contentée d'annoncer qu'elle prenait quelques jours de congé. Dans l'après-midi, elle s'était rendue au siège de l'entreprise pour dire à Philip qu'elle ressentait le besoin de s'aérer l'esprit, invoquant le stress engendré par les derniers gros projets ainsi que sa chute. Tout de suite, il avait proposé de l'aider à réorganiser la répartition des tâches. Si leurs employés semblaient ravis d'avoir davantage de responsabilités, Zoe avait du mal à lâcher prise et à s'imaginer prendre le volant le lendemain matin pour rouler jusqu'en Cornouailles. Et elle préférait ne pas penser que, dans dix jours à peine, sa vie changerait peut-être à tout jamais. Au moins, elle avait réglé le plus important au travail et les affaires suivraient leur cours sans elle.

Seul son père n'avait pas encore été prévenu de ce départ décidé sur un coup de tête car, toute la journée, Zoe avait repoussé le moment de lui en parler. Vu l'heure, il était certainement rentré de Winchester. Elle devait aller le voir et…

Une voiture s'arrêta à hauteur de Zoe, qui réagit seulement en entendant la vitre se baisser. Ce n'était pas le taxi qu'elle attendait mais une Jaguar gris métallisé. Elle reconnut la voiture et, une seconde plus tard, son conducteur.

— Papa ! s'exclama-t-elle, à la fois surprise et contente de le voir ici, espérant un instant qu'il venait voir Brenda.

— Monte ! lui lança George Bevan sans bouger d'un pouce.

Zoe comprit alors qu'il avait eu vent de ses projets. Et qu'il en était tout sauf enchanté.

5

Jack Gallagher porta deux doigts à sa bouche et émit un sifflement strident. Quelques instants plus tard, un border collie blanc et noir traversa le pré ventre à terre, s'arrêta à ses pieds et remua la queue dans l'attente d'une nouvelle consigne. Comme tous les soirs, Jack venait de vérifier que tous les moutons étaient rassemblés. Sa journée était donc terminée.

— C'est tout pour aujourd'hui, Buddy, dit-il en le caressant. Viens, on rentre.

Lorsque Jack eut refermé la barrière du pré derrière lui, Buddy s'élança sur le chemin menant à la vieille ferme dont les contours se dessinaient dans les dernières lueurs du jour.

C'était une bâtisse d'ardoises plates typiques de la région que jouxtait une grange dont la toiture commençait à pencher dangereusement. À quelques centaines de mètres se trouvait la Pension des Fleurs sauvages, un ancien corps de ferme que les parents de Jack avaient reconverti plusieurs décennies plus tôt, après s'être rendu compte que l'exploitation agricole ne suffirait pas à subvenir aux besoins de leur famille. Excepté la maison de la plage de l'autre côté d'une grande prairie, il n'y avait aucune autre habitation en vue dans ce paysage idyllique, les premières maisons du village se situant à l'aplomb d'une autre crique un peu plus loin. Et, de la ferme, on accédait par un sentier aux falaises très prisées des vacanciers. En été, les surfeurs profitaient des vagues et la plage était bondée, de même que les ruelles étroites, les restaurants et les boutiques du front de mer. Le développement du tourisme n'avait pas été sans effet sur la physionomie de Penderak, mais Jack avait constaté à son retour que la petite ville avait su garder son authenticité.

Quand il s'était expatrié, jamais il n'aurait cru que tout cela lui manquerait autant. Au contraire, il avait cru dur comme fer que rien ni personne ne pourrait le faire revenir dans ce lieu qui l'avait oppressé au point de prendre la fuite. Aujourd'hui, il se sentait bien dans ce cadre, y trouvant le calme auquel il aspirait désormais.

Et c'était également ce qu'il fallait à William même si, pour l'heure, il lui reprochait de les avoir forcés à quitter Vancouver.

Jack appela Buddy qui gambadait dans le pré situé derrière la ferme. L'animal rebroussa chemin aussitôt et le suivit dans la cour, puis dans la maison. Les lattes de parquet résonnèrent de leur grincement familier lorsque Jack entra dans le petit salon aux meubles rustiques, œuvres de son arrière-grand-père, un charpentier très doué. Jack avait fini par les apprécier avec le temps. Les Gallagher géraient l'exploitation depuis des générations, et autrefois, la seule vue de ce vieux mobilier massif avait suffi à déclencher en lui un sentiment d'oppression. Il avait cru à tort que toute sa vie, son passé comme son avenir, était gravée dans le marbre. Or il s'était trompé, et aujourd'hui, à trente-cinq ans, il trouvait enfin du charme à cette pièce.

Jack sourit en sentant Buddy qui lui donnait un petit coup de museau.

— Tu as faim, c'est ça?

En guise de confirmation, Buddy se précipita dans la cuisine. Jack le suivit et versa des croquettes dans une gamelle qu'il posa devant lui. Le chien ne se fit pas prier et se rua sur la nourriture.

Le border collie n'était pas là depuis longtemps. Jack l'avait adopté peu après avoir repris la ferme, pour avoir un chien de berger mais aussi pour donner un animal de compagnie à William. Plus jeune, celui-ci avait souvent réclamé un chien, ce que Karen avait toujours refusé. Alors que Jack avait espéré ainsi lui redonner le sourire, William ne s'intéressait pas du tout à Buddy, préférant passer le plus clair de son temps en vadrouille, sans jamais dire où il allait. Dès que son père se risquait à lui poser la question, il se montrait au mieux évasif, au pire agressif.

Jack soupira en branchant la bouilloire pour se préparer une tasse de thé. C'était l'heure du dîner à la pension, et sa mère serait ravie qu'il lui rendît une petite visite avec William. Seulement l'adolescent semblait dépassé par cette grande famille dans laquelle il s'était retrouvé propulsé du jour au lendemain, et comme Jack ne voulait pas se montrer trop exigeant envers lui, ils mangeaient la plupart du temps en tête à tête.

Il sortit une poêle d'un placard et entreprit de préparer une omelette au jambon, l'un des plats préférés de William ; restait à savoir s'il serait présent à table. Ce matin-là, Jack lui avait bien précisé qu'il l'attendait pour 19 heures, autrement dit dans quelques minutes. Toutefois, rien ne garantissait que l'adolescent respecterait la consigne.

En entendant quelqu'un frapper à la fenêtre, Jack leva la tête et vit Megan Turner, tout sourire, un panier à la main.

— Je peux entrer ?

Jack, soupirant intérieurement devant cette visite inopinée, pointa sa spatule vers la porte.

— C'est ouvert !

Quelques instants plus tard, Megan entra dans la cuisine.

— Comme j'ai préparé des gâteaux aujourd'hui, je me suis dit que j'allais t'en apporter un peu, dit-elle en sortant de son panier une assiette recouverte de papier aluminium. C'est une tarte aux pommes comme William les aime.

Face à son grand sourire, Jack dut une nouvelle fois admettre qu'elle n'était pas une beauté renversante, certes, mais tout de même séduisante, avec son allure sportive et ses cheveux noirs toujours attachés en queue de cheval. Même s'ils avaient fréquenté la même école, ils n'avaient jamais été amis, jusqu'au retour de Jack six mois plus tôt. Megan, contrairement à d'autres, s'était alors montrée accueillante tout en prenant garde de ne pas l'accabler de questions. Il savait que de nombreux habitants de Penderak s'interrogeaient sur les raisons qui l'avaient poussé à quitter le Canada, mais il ne parlait pas volontiers du passé, et Megan faisait partie des personnes qui respectaient son attitude. Il appréciait son tact ainsi que sa gentillesse envers William.

Bien sûr, elle n'agissait pas par simple grandeur d'âme, et Jack sentait qu'elle s'intéressait à lui. Seulement, après le fiasco qu'il avait connu avec Karen et la mort de celle-ci un an plus tôt, William et lui avaient suffisamment de détails à régler. Il n'allait donc pas compliquer encore la situation en se lançant dans une nouvelle relation.

— Merci, c'est très gentil de ta part, dit Jack en posant l'assiette près du réfrigérateur. Mais je ne garantis pas que William daignera y goûter, il est complètement braqué en ce moment.

Megan s'assit à la table de la cuisine.

— Laisse-lui le temps de s'adapter. Ça va bien finir par s'arranger.

— J'espère que tu as raison, soupira Jack, parce qu'il me donne du fil à retordre.

— Tu veux que j'essaie de lui parler ?

— Non, laisse, c'est à moi de régler ça.

Jack dut réprimer une grimace. Il avait beau apprécier Megan, elle avait tendance à exagérer l'importance qu'elle avait aux yeux de William. Si celui-ci se montrait poli avec elle, il ne se gênait pas pour la critiquer dès qu'elle avait le dos tourné. Il était peut-être encore jeune, mais il avait très bien compris que Jack plaisait à Megan. Et même s'il savait que ses parents n'avaient pas été heureux ensemble, l'idée que son père pût tomber amoureux d'une autre femme semblait fortement lui déplaire.

Jack détacha la première omelette de la poêle et la posa sur une assiette.

— Tu en veux une ? demanda-t-il à Megan.

— Avec plaisir, répondit-elle, ravie de l'invitation. Au fait, je voulais te demander…

Megan hésita, puis prit son courage à deux mains.

— Le bal de l'été a lieu samedi et j'aimerais bien y aller, mais pas toute seule. Tu accepterais de m'accompagner ?

Elle leva un regard plein d'espoir vers Jack, qui ne sut pas tout de suite quoi répondre. Au bal de l'été, une grande soirée dansante très appréciée de tout Penderak, on voyait principalement des couples, et ce serait tout sauf anodin s'ils s'y rendaient ensemble. Soudain, Jack se demanda s'il n'avait pas sous-estimé l'intérêt qu'elle lui portait. D'un autre côté, ne pouvait-il pas lui rendre ce petit service, après l'accueil chaleureux qu'elle lui avait réservé à son retour ?

— C'est d'accord, dit-il en souriant.

— Oh, super !

Megan avait les yeux qui pétillaient. Elle s'apprêtait à poursuivre lorsque William entra dans la cuisine. Dès que son regard se posa sur la jeune femme, sa moue boudeuse s'accentua encore.

— Bonsoir, Will.

L'adolescent la salua puis, après avoir lancé un regard de côté à son père, ouvrit le réfrigérateur et se servit un verre de jus d'orange.

Jack acheva de cuire la deuxième omelette tout en observant du coin de l'œil son fils. Celui-ci tenait ses yeux verts et son caractère têtu de lui, et ses cheveux foncés, presque noirs, de Karen.

— Alors, quoi de neuf ?

Jack regretta sa question dès qu'il l'eut posée et fut le premier surpris d'obtenir une réponse.

— J'étais à la maison de la plage avec Sarah, dit William en s'asseyant le plus loin possible de Megan.

— Tu y as passé la journée ?

Jack s'en étonna car il avait téléphoné là-bas le matin même pour proposer à Luke de venir l'aider à consolider les clôtures, et lorsqu'il avait évoqué l'absence de William, Rose lui avait dit qu'elle ne l'avait pas vu.

— Non, je suis passé en fin d'après-midi.

Jack, s'estimant heureux d'avoir eu un semblant de réponse, n'insista pas. Mais, contre toute attente, l'adolescent poursuivit son récit.

— Tante Rose part demain pour Londres, annonça-t-il en prenant l'assiette que lui tendait son père.

Jack le regarda avec surprise.

— Londres ? Elle ne m'en a pas parlé.

— Ça s'est décidé aujourd'hui. Sarah ira dormir chez les Donovan, et Luke et Henry chez Iris. À ce qu'il paraît, tante Rose a été contactée par une cliente qui a réclamé la maison de la plage.

— Tu sais qui c'est ? demanda Megan, intriguée.

William haussa les épaules.

— Aucune idée. Si j'ai bien compris, c'est une ancienne copine de tante Rose. Elle voulait absolument venir tout de suite et louer la maison de la plage. En échange, Rose va passer quelques jours à Londres.

Jack, habitué aux récits parcellaires de son fils, tenta d'assembler les différentes pièces du puzzle. Soudain, il sentit son ventre se tordre.

— Elle a dit comment s'appelait la copine en question ?

— Non, je crois pas.

« Ça ne peut pas être Zoe », songea Jack en secouant la tête, agacé que son visage lui revînt aussitôt en mémoire. Zoe ne lui avait plus donné de nouvelles du jour au lendemain, il s'en accommodait parfaitement, alors pourquoi penser tout de suite à elle ?

Megan, qui travaillait dans un *fish and chips* sur le port, passa tout le dîner à raconter ses péripéties avec ses clients. Sans elle, le dîner se serait déroulé dans un silence pesant. William ne décrocha pas un mot et sortit de table dès qu'il eut terminé son assiette. Quant à Jack, il n'écouta que d'une oreille distraite et retint à grand-peine un soupir de soulagement lorsque Megan prit enfin congé.

— Bon, alors à samedi, dit-elle sur le pas de la porte. Tu passeras me chercher ?

Jack acquiesça.

— Je serai là vers 19 h 30.

Il regagna la cuisine en s'efforçant de se montrer positif. Megan était gentille et ne le décevrait certainement pas comme Karen. Ou Zoe…

Il hésita à passer voir Rose pour en savoir plus sur cet échange de maisons, avant de se raviser. La journée avait été chargée, et si Rose avait prévu de partir pour Londres demain matin, elle devait être débordée.

« Je saurai bien assez tôt qui est cette mystérieuse visiteuse », se dit-il en poussant le verrou.

6

— Comment tu as deviné que j'étais ici ?

Zoe monta côté passager et ferma la portière tandis que son père, ceinture toujours attachée, ne semblait pas disposé à redémarrer.

— Tu n'éteins jamais ton portable, sauf quand tu rends visite à Brenda.

En effet, Zoe avait pris cette habitude depuis le jour où son téléphone avait sonné dans la chambre de sa mère. Celle-ci, croyant que l'on cherchait à la joindre, avait arraché le portable des mains de Zoe et répondu à sa place. Sa confusion n'avait fait que grandir lorsque la personne à l'autre bout du fil s'en était étonnée et, pour finir, Brenda avait jeté le téléphone contre le mur. Depuis, Zoe prenait soin de l'éteindre dès qu'elle entrait dans la chambre de sa mère. George Bevan avait vu juste, elle était joignable en permanence sauf à ce moment-là.

— Je te croyais encore à Winchester, dit-elle en évitant de croiser son regard.

— L'affaire a été réglée plus rapidement que prévu.

Il hésita à poursuivre, prit l'air de peser ses mots pour finalement choisir l'attaque frontale, comme toujours.

— Tu as perdu la tête ?

Zoe s'efforça de garder son calme. Son père avait horreur qu'on le mît devant le fait accompli ou qu'on allât contre sa volonté, et sachant qu'il ne voudrait rien entendre, elle avait repoussé au maximum le moment où elle devrait le prévenir de son absence.

George Bevan était un homme dur, que le décès de son fils et la maladie de son épouse avaient rendu plus inflexible encore. Si sa carrière était un modèle de réussite, on pouvait difficilement en dire autant de sa vie personnelle. C'était un bourreau de travail obnubilé par son entreprise, et Zoe avait appris à s'en accommoder, allant jusqu'à adopter le même état d'esprit, se jetant à corps perdu dans le travail pour oublier la cruelle absence de son frère. Elle regarda du coin de l'œil le visage marqué de son père en pensant tristement que, pour lui, les épreuves n'étaient pas encore terminées.

— Qui te l'a dit? demanda-t-elle.

Ce n'était certainement pas Philip ou Maureen, à qui Zoe avait fait jurer le silence, tenant à informer son père elle-même. Elle était certaine que tous deux avaient tenu parole; ne restait donc qu'une seule possibilité.

— C'est Phyllis?

La secrétaire de son père avait une sorte de sixième sens pour tout ce qui touchait de près ou de loin à l'entreprise. Comme elle avait des yeux et des oreilles partout, elle pouvait très bien avoir surpris une conversation entre collègues et transmis l'information à son supérieur. Sa loyauté légendaire à son égard n'était sans doute pas sans lien avec la liaison qu'ils entretenaient depuis plusieurs années. Zoe le savait pertinemment malgré les démentis de son père et, quelque part, elle le comprenait. Entre ses parents, le fossé avait commencé à se creuser bien avant que la maladie de Brenda ne se déclarât.

— Peu importe qui m'a informé! s'exclama George Bevan, furieux. Toujours est-il que je ne l'ai pas su par toi.

— Je ne me serais pas absentée sans te prévenir, j'allais même passer te voir pour...

— Pourquoi? Me mettre devant le fait accompli? Je te trouve bien désinvolte, Zoe. Tu ne peux pas décider de laisser tout en plan comme ça, sur un coup de tête.

Tu es mon adjointe, enfin ! Nous aurions dû en discuter ensemble.

— Je suis désolée.

Au fond, Zoe savait qu'il avait raison. Mais son père ne se satisfit pas de ses excuses.

— Et puis tu ne peux pas partir maintenant. Tu sais que le projet Lombardi est primordial pour nous. Nous travaillons dessus depuis longtemps, et rien ne garantit qu'il aboutira. Jim Smethers a été très clair la dernière fois : s'il a approuvé l'augmentation du budget, c'est uniquement parce que tu as su le convaincre. Il te tient en haute estime, donc si tu quittes le navire, il risque de nous envoyer paître.

Zoe en était bien consciente, mais elle n'avait pas le choix.

— Je suis vraiment désolée, papa, tu peux me croire, répéta-t-elle. Mais je suis obligée de m'absenter.

Son père, surpris d'un tel entêtement, la dévisagea avec attention. Sur son visage, la colère laissa peu à peu place à l'inquiétude.

— Qu'est-ce qui t'arrive ? Je ne te reconnais plus. Tu ne vas pas bien ?

C'était précisément la question que Zoe redoutait. Elle ne pouvait pas parler de l'anévrisme à son père, pour qui l'opération et ses suites – si elle y survivait – seraient une nouvelle épreuve. D'un autre côté, elle lui devait bien un semblant d'explication.

— Je suis épuisée, papa. Entre le travail, l'état de maman qui se dégrade… Je suis à bout.

Zoe tressaillit en s'entendant pousser ce cri du cœur. Elle sentit que ses yeux se mouillaient de larmes et lutta pour ne pas éclater en sanglots. Mais son père comprit et lui prit doucement le bras.

— Je ne savais pas, tu… tu ne m'en as jamais parlé.

En effet, Zoe n'avait pas pour habitude de se confier à lui, encore moins sur des sujets aussi personnels. Leurs conversations se bornaient la plupart du temps à des projets de construction, des estimations, sans jamais empiéter sur le terrain privé. Ils avaient toujours fonctionné ainsi. Enfin, jusqu'à aujourd'hui.

George Bevan s'éclaircit la voix.

— Et où comptes-tu partir ?

— Je n'ai pas encore décidé.

Zoe trouvait affreux de devoir lui mentir, mais parler de Penderak à son père revenait à agiter un chiffon rouge sous le nez d'un taureau, et jamais il ne comprendrait sa volonté d'y retourner. Sans parler du fait qu'elle avait prévu de loger chez les Gallagher.

— Bon.

Zoe craignit un instant que son père n'en restât pas là. Finalement, il n'insista pas, sentant sans doute qu'elle ne lui en dirait pas plus et que rien ne pourrait la faire changer d'avis.

— Je te ramène à la maison ? proposa-t-il.

Zoe jeta un coup d'œil en direction de la clinique.

— Tu ne veux pas rendre une petite visite à maman ? Maintenant que tu es là…

Ce fut peine perdue, comme toujours.

— À quoi bon ? Elle ne me reconnaît pas, répondit-il en secouant la tête avec amertume.

— Tu n'as pas à la rayer de ta vie pour autant, c'est ta femme.

Zoe eut beau savoir qu'elle prêchait dans le désert, elle ne put s'empêcher de le lui rappeler. Son père n'avait jamais accepté la maladie de Brenda, qu'il aurait fait interner bien plus tôt sans l'intervention de Zoe.

Son père évita son regard et resta silencieux un moment. Puis, comme à chaque fois qu'une conversation lui déplaisait, il passa à un tout autre sujet.

— Et Philip, qu'est-ce qu'il pense de tes projets de vacances ? Je suppose qu'il est au courant ?

— Oui, il m'a aidée à répartir les tâches.

— Hmm.

George était manifestement froissé de ne pas avoir été prévenu sur-le-champ par son futur gendre. Quant à Zoe, elle savait gré à Philip de ne pas avoir ébruité la nouvelle. En temps normal, son fiancé n'avait aucun secret pour son supérieur hiérarchique. Cet homme au caractère souple se posait souvent en arbitre quand père et fille avaient des divergences, ce pour quoi tous deux l'estimaient beaucoup.

Si George était pressé de les voir se marier, aucune date n'avait été fixée et Zoe s'en félicitait aujourd'hui, refusant à tout prix que Philip se retrouvât prisonnier d'une femme diminuée.

— Et où en est la vente de la villa ? demanda George. Si tu comptes t'absenter un certain temps, il ne vaut mieux pas laisser cette affaire en suspens.

Zoe déglutit avec difficulté.

— Je m'en occuperai à mon retour.

— L'acheteur ne va peut-être pas maintenir son offre, objecta George avec un haussement de sourcils. Tu devrais accepter avant qu'il ne change d'avis.

Zoe poussa un profond soupir. Qu'avaient-ils tous aujourd'hui à exiger d'elle des décisions qu'elle se refusait à prendre ?

Tu ne dois pas vendre la maison, Zoe. Promets-le-moi. Je sens encore sa présence ici. Ne la laisse pas tomber dans les mains d'inconnus.

C'était l'une des raisons pour lesquelles Zoe avait si longtemps hésité à faire admettre sa mère dans un établissement spécialisé. Pendant un temps, la villa l'avait empêchée de sombrer grâce à tous les souvenirs qu'elle renfermait – et dont son mari ne supportait pas la vue.

George Bevan avait déménagé plusieurs années auparavant et vivait désormais dans un appartement près du siège, sous prétexte que c'était plus pratique. Si cela n'avait tenu qu'à lui, la villa aurait été vendue depuis longtemps.

Or la propriété étant dans la famille de Brenda depuis des générations, elle en avait fait don à Zoe pour la soustraire à son époux, qui ne l'avait jamais digéré.

— Ta mère souffre de la maladie d'Alzheimer, elle ne sait même plus que cette maison existe, rappela-t-il à Zoe. Et tu dis toi-même qu'elle est trop grande pour toi.

En effet, certains soirs, Zoe détestait retrouver cette vaste demeure silencieuse, dont tout l'étage était inoccupé depuis des années. Mais, tout de même…

— J'aurais l'impression de trahir maman, murmura-t-elle.

— Ne dis pas n'importe quoi. Il faut savoir tourner la page, or ta mère en était incapable. Elle a toujours vécu dans le passé, même avant de tomber malade. Elle essayait à tout prix de se raccrocher à quelque chose qui n'existait plus.

Le mépris qui pointait dans la voix de George piqua Zoe au vif.

— Si je comprends bien, tout ça n'a plus aucune importance à tes yeux ? Tous ces objets qui ont appartenu à Chris ? Je devrais vendre et oublier, comme toi ?

Lorsque son père se pencha vers elle, le regard étincelant, Zoe y lut pour la première fois depuis longtemps une expression de vive souffrance.

— Je n'ai rien oublié, Zoe. Mais je n'ai pas besoin de cette maison pour me souvenir de Chris. Chaque jour qui passe me rappelle ce que j'ai perdu.

Lentement, comme si cette phrase l'avait vidé de son énergie, son père s'affaissa sur son siège tout en regardant droit devant lui.

Zoe sentit à nouveau une immense lassitude l'envahir, car elle savait ce que son père venait de souligner. L'absence de Chris, encore et toujours. Et elle avait beau se plier en quatre, elle ne remplacerait jamais son frère.

C'était Chris et non elle qui avait été destiné à rejoindre Bevan Constructions. Il avait entamé des études de génie civil et aurait fini par suivre le même chemin que son père.

Or tout s'était arrêté à sa mort et, depuis, Zoe se démenait pour tenter de pallier cette perte. Mais personne ne comblerait jamais le vide que son frère avait laissé.

Elle se plongea quelques instants dans ses souvenirs, repensant au sourire éclatant de Chris, à son charme, à ses talents de pianiste. Comme la musique avait été sa passion, Zoe envisageait depuis un certain temps déjà de créer une fondation portant son nom et visant à encourager les jeunes virtuoses. C'était d'ailleurs l'unique raison pour laquelle elle acceptait d'envisager de se séparer de la villa : l'argent de la vente l'aiderait à concrétiser ce projet.

Seulement, ce soir, elle doutait de tout et se sentait à bout de forces.

— Je vais recontacter l'avocat, dit-elle pour clore le sujet.

À son grand soulagement, elle vit une voiture noire surmontée d'un voyant orange se garer devant la Jaguar de son père.

— Je vais rentrer en taxi, ça t'évitera le détour.

Zoe embrassa son père sur la joue, descendit de voiture avant qu'il n'eût le temps de protester, puis se pencha une dernière fois vers lui.

— À bientôt, dit-elle le cœur serré.

— Donne-moi des nouvelles. Je veux savoir où tu te trouves.

Zoe esquissa un sourire, claqua la portière et se dirigea vers le taxi qui l'attendait.

— Je vais à Hampstead, indiqua-t-elle au chauffeur.

Une fois installée à l'arrière, Zoe se cala dans son siège et poussa un profond soupir, oppressée par ce sentiment terrible que sa vie était en train de lui échapper complètement. Serrant les dents pour ne pas fondre en larmes et se ridiculiser devant le chauffeur de taxi, elle se concentra sur ce que lui réservaient ces prochains jours.

Demain, elle partirait pour Penderak et se mettrait enfin en quête des réponses qu'elle avait redoutées jusqu'à présent, préférant se lancer dans une fuite en avant pour ne pas laisser le chagrin l'anéantir. Or l'incertitude aussi la hantait depuis toutes ces années, s'ancrant dans son cerveau comme ce fichu anévrisme qui la poussait à agir aujourd'hui.

« Je dois découvrir ce qui s'est passé », songea Zoe, en sentant son angoisse monter encore d'un cran.

7

Rose ferma sa valise, la souleva du lit et parvint malgré son poids à la traîner dans l'escalier qui menait au rez-de-chaussée. Arrivée devant la porte d'entrée, elle la posa par terre en poussant un soupir de soulagement, puis consulta sa montre.

11 heures déjà. Zoe avait prévu d'arriver vers midi et, chose encore impensable la veille au soir, tout était prêt pour l'accueillir.

Heureusement que sa mère et sa sœur avaient répondu présent pour l'aider à ranger la maison et à préparer les affaires des enfants, qui semblaient tous les trois ravis de cette parenthèse. Avant de partir, Henry avait certes exprimé un peu d'inquiétude, pas tant à cause de la séparation imminente que pour le train miniature installé dans la chambre des garçons. Pour le rassurer, Rose lui avait expliqué qu'il y avait peu de risques que Zoe jouât avec. Une fois arrivés chez Iris, Luke et lui avaient agité la main sur le pas de la porte pour lui dire au revoir. Quant à Sarah, elle s'était contentée d'embrasser sa mère sur la joue en coup de vent avant de disparaître dans la chambre de Rachel. Si les enfants avaient l'air parfaitement détendus, Rose ne pouvait pas en dire autant.

Elle n'avait quasiment pas fermé l'œil de la nuit et s'était levée passablement lessivée. Maintenant que les derniers préparatifs étaient expédiés, elle n'avait plus qu'à inspecter une dernière fois la maison pour vérifier quelques menus détails. Elle aurait même le temps de prendre une dernière tasse de thé avant que…

Rose montait l'escalier lorsqu'elle entendit frapper à la porte. Elle rebroussa chemin, alla ouvrir en pensant voir Daisy ou Iris, venues remédier à un oubli des enfants, et laissa échapper une exclamation de surprise en trouvant Zoe sur le seuil. Celle-ci surprit le regard qu'elle jeta à sa montre.

— Excuse-moi, je suis beaucoup trop en avance mais comme tout était réglé à Londres… Tu préfères que j'attende dans la voiture ?

— Non, non, entre. Je suis prête, répondit Rose en déplaçant sa valise sur le côté pour dégager le passage.

Une fois Zoe entrée, elle marqua un temps d'arrêt, ne sachant pas comment la saluer après toutes ces années. Même si elles s'étaient perdues de vue, Rose ne se voyait pas lui serrer la main, c'était trop formel. Elle finit par se pencher vers son ancienne amie et la prit dans ses bras.

— Bienvenue, je suis contente que tu sois là !

Lorsque Zoe, d'abord un peu surprise, lui rendit son embrassade, Rose constata combien elle avait beaucoup maigri. De manière générale, elle paraissait plus fragile qu'avant et son regard trahissait une grande lassitude, même quand elle souriait.

— C'est grâce à toi si j'ai pu venir. Merci.

Rose balaya sa réponse d'un revers de main.

— Tu plaisantes, j'y gagne aussi. Je te sers une tasse de thé ? J'allais mettre de l'eau à chauffer.

— Avec plaisir.

Rose la précéda dans la cuisine en remerciant intérieurement Daisy et Iris de l'avoir aidée à rendre la pièce présentable.

— Assieds-toi.

Au-dessus de la petite table installée dans un angle, des dessins de Henry étaient punaisés au mur, seule indication que des enfants vivaient dans cette maison. Rose avait rangé tout le reste – stylos, fournitures scolaires, jouets que tous les trois laissaient volontiers traîner – dans leurs chambres respectives.

— Tu as fait bonne route ? demanda Rose en remplissant la bouilloire.

Zoe acquiesça tout en balayant la cuisine du regard, pensive.

— Ça n'a pas beaucoup changé ici, murmura-t-elle.

En effet, les placards, le grand buffet, la banquette d'angle et les chaises étaient restés les mêmes. Les Gallagher avaient seulement renouvelé l'électroménager et racheté une table lorsque l'ancienne avait fini par être trop abîmée.

— Ce n'est pas le cas des autres pièces, répondit Rose en sortant une théière. Nous avons profité de notre emménagement pour tout rénover, donc tu risques de ne pas reconnaître grand-chose.

Alors que Rose croyait annoncer une bonne nouvelle – la maison n'était pas toute jeune, et Zoe ne devait pas croire qu'elle perdait au change –, elle vit une ombre passer son visage.

— J'ai déjà remarqué qu'il n'y avait plus la table basse dans le couloir. C'était une belle antiquité.

Rose sourit.

— Je l'ai toujours, ma mère n'accepterait jamais que je m'en sépare, seulement je la trouvais mal assortie au reste du mobilier. J'ai entreposé le secrétaire, les commodes et l'armoire en bois sculpté dans la remise. Je voulais les faire remettre en état, mais…

Je n'avais pas le budget, faillit-elle dire.

— Je les trouvais démodés.

Zoe n'avait pas besoin de connaître ses difficultés financières. Les Bevan avaient toujours été très aisés, et à en juger par le cabriolet flambant neuf garé devant le cottage, cela n'avait pas changé. Elles venaient de deux mondes diamétralement opposés, et Rose ne voulait pas que Zoe eût pitié d'elle. Question de fierté.

De toute façon, elle remarqua en servant une tasse de thé à Zoe que celle-ci ne l'écoutait que d'une oreille. Elle avait toujours du mal à croire que son ancienne amie était venue ici simplement pour se reposer. Toute cette démarche semblait précipitée et totalement improvisée, sans compter que Zoe avait tout sauf l'attitude d'une vacancière. Était-elle déçue ? Regrettait-elle d'avoir entrepris ce long trajet ?

— Tu veux que je te fasse visiter la maison pendant que le thé infuse ? Comme ça, tu verras par toi-même tout ce qui a changé.

— Oui, avec plaisir, répondit Zoe en montrant enfin un peu d'entrain.

Pendant qu'elles passaient de pièce en pièce, Rose guettait les réactions de son amie. Or Zoe restait silencieuse la plupart du temps, se bornant à quelques commentaires neutres.

— La maison ne te plaît plus ? demanda Rose lorsqu'elles eurent regagné la cuisine. Si tu n'as pas envie de rester, je...

— Si, si, j'en ai envie, s'empressa de répondre Zoe. Je suis juste un peu... déboussolée, c'est tout.

Rose la dévisagea plus attentivement.

— Tu es sûre que ça va ?

Zoe évita son regard et esquissa un sourire forcé.

— Oui, oui, je t'assure. Il n'y a aucun problème.

Rose savait pertinemment qu'elle mentait. Elles ne s'étaient peut-être pas vues depuis longtemps mais elle la connaissait encore par cœur. Quelque chose n'allait pas, comme en témoignaient ses yeux cernés ainsi que sa mine triste et fatiguée. Pourtant, Zoe n'avait-elle pas compris que rien ne la rendrait plus heureuse que de passer quelques jours à la maison de la plage ?

Dans un élan d'amitié, Rose prit la main de Zoe, qui tressaillit.

— Qu'est-ce qui se passe ? demanda-t-elle d'une voix douce. Je vois bien que tu n'as pas l'air dans ton assiette. Tu veux m'en parler ?

*

Zoe évita de croiser le regard de Rose, tout en serrant les dents pour ne pas fondre en larmes. Décidément, elle était à fleur de peau ! Après toutes ces années, le fait de se retrouver ici, dans cette maison, la submergeait de souvenirs. Et puis il y avait Rose, toujours aussi gentille, naturelle et sensible. Elle avait un don pour lire dans le cœur des gens, du moins dans le sien. Zoe n'avait jamais rien pu lui cacher, se confiant à elle comme à aucune autre amie.

— Ma mère ne va pas bien et cette situation m'épuise, lâcha-t-elle enfin d'une voix mal assurée.

Alors que Zoe n'avait pas pour habitude d'exprimer ses sentiments, face à Rose, les mots jaillirent spontanément de sa bouche. Elle revint sur les premières pertes de mémoire de sa mère, puis sur le diagnostic et les différentes démarches entreprises pour retarder l'inéluctable, à savoir son placement dans un établissement spécialisé.

— Et puis il y a la villa, conclut Zoe. Je ne veux plus y vivre mais je n'arrive pas non plus à la vendre. Mais je suis désolée, je ne voulais pas t'embêter avec ça. Ce sont mes problèmes, pas les tiens.

— Enfin, si tu m'embêtais, je ne poserais pas la question.

Apaisée par le regard bienveillant de Rose, Zoe fut un instant tentée de se confier sur ses autres sujets de préoccupation. Puis, ne pouvant s'y résoudre, elle se contenta de secouer la tête.

— Tout de même, je te retiens avec mes histoires, et Londres, ce n'est pas la porte à côté. Tu ne devrais pas tarder à te mettre en route.

Elle sortit de son sac un trousseau de clés, les papiers de la voiture et une carte de station-service.

— Ça, c'est la clé de la voiture, et celle-ci, c'est celle de la maison, expliqua-t-elle. J'ai fait le plein d'essence avant d'arriver. Quand le réservoir sera vide, n'hésite pas à utiliser cette carte prépayée.

Rose prit les clés et les papiers mais laissa la carte sur la table.

— Garde-la, je paierai l'essence et tu récupéreras ta voiture avec le réservoir plein. C'est déjà très gentil de ta part de me prêter ce beau cabriolet. Tu n'en auras vraiment pas besoin ?

— Non, je t'assure.

Zoe avait déjà couru un grand risque en parcourant cette longue distance jusqu'en Cornouailles, alors que le médecin lui avait fortement déconseillé de prendre le volant dans son état. Elle avait beau savoir qu'avec l'anévrisme, elle était dangereuse aussi bien pour elle-même que pour les autres, elle avait voulu rallier Penderak au plus vite. Concernant le voyage retour, elle aviserait en temps voulu.

— La voiture ne me sera d'aucune utilité ici, puisque tout est accessible à pied. Prends-la, ce sera beaucoup plus pratique pour toi à Londres.

— D'accord, si tu le dis.

Lorsque Rose se leva pour débarrasser, Zoe l'imita.

— Laisse, je m'en occupe. C'est moi la maîtresse de maison, maintenant.

— C'est vrai, sourit Rose en posant les tasses dans l'évier. Avant de partir, je te montre rapidement comment les différents appareils fonctionnent ?

Zoe acquiesça, le cœur réchauffé par l'hospitalité de Rose. Malgré le temps qui avait passé, leur complicité n'avait pas tout à fait disparu. Il subsistait encore entre elles cette entente naturelle qui les avait amenées à devenir amies. Zoe fut soudain prise de remords en pensant à tout ce temps gâché.

Quelques minutes plus tard, lorsqu'il fut temps de se dire au revoir, ce fut cette fois Zoe qui serra son amie dans ses bras.

— Merci du fond du cœur, c'est très important pour moi de pouvoir à nouveau être là.

Rose sourit.

— Repose-toi bien. Si tu as le moindre problème, la moindre question, n'hésite pas à t'adresser à ma mère ou à m'appeler. Je resterai joignable.

Zoe hocha la tête, comprenant bien au ton de Rose que celle-ci ne pensait pas qu'à un problème d'ordre logistique.

— Entendu.

Rose monta dans le cabriolet, démarra et s'élança sur la petite route. Zoe la suivit des yeux jusqu'à ce qu'elle eût disparu au virage, puis se retourna et contempla le cottage que tout le monde appelait « maison de la plage », non pas parce qu'il avait les pieds dans l'eau mais parce que c'était la dernière habitation avant les falaises, où menait un petit sentier. Les Gallagher avaient reconverti cette bergerie en une demeure charmante, avec son toit de chaume incliné, sa façade blanchie à la chaux et ses jolies fenêtres à croisillons. Les Bevan étaient tombés sous le charme de cet endroit idyllique, au point d'y retourner chaque été en famille. Jusqu'à ce que Chris…

Repose-toi bien, avait dit Rose. Zoe poussa un profond soupir. « Au contraire, le moment est venu pour moi d'affronter les fantômes du passé », se dit-elle en regagnant la maison d'un pas décidé.

8

Comme la lumière encore vive en cette fin d'après-midi l'éblouissait, Rose profita d'un arrêt à un feu rouge pour abaisser le pare-soleil. Ce faisant, elle aperçut son reflet dans le rétroviseur et remarqua que ses cheveux avaient plus de volume qu'à l'accoutumée.

Elle se recoiffa du bout des doigts, tout sourire, en repensant à ces cinq heures de route qu'elle avait trouvées bien agréables au volant de ce petit bolide. Elle ne s'était pas sentie aussi libre et indépendante depuis une éternité.

« Me voilà seule aux commandes », songea Rose en caressant le couvre-volant en cuir beige. Entre le revêtement intérieur de la même couleur et le tableau de bord en bois sombre et lustré, c'était le luxe total. En comparaison, le Combi un peu décrépit que Rose empruntait parfois à sa mère était un vieux tas de ferraille. Elle préféra ne pas penser au prix que pouvait coûter un engin pareil. Lorsqu'elle avait quitté Penderak, elle avait à peine osé accélérer, de crainte de l'endommager, avant de s'enhardir une fois sur l'autoroute et de profiter de la sensation de vitesse.

Elle se cala dans son siège avec un sourire de satisfaction, avant de sursauter quelques instants plus tard en entendant un klaxon. Elle tourna la tête et vit un cabriolet rouge, lui aussi décapoté, s'arrêter à sa hauteur. Son conducteur était un homme bronzé, chemise blanche largement déboutonnée et lunettes de soleil hors de prix. Lorsqu'il adressa un sourire éclatant à Rose, celle-ci comprit qu'il avait klaxonné non pas pour lui signaler une erreur de conduite, mais pour attirer l'attention sur sa propre personne.

Au moment où il allait l'interpeller, le feu passa au vert et Rose redémarra. Le cœur battant, elle regarda dans le rétroviseur et vit la voiture rouge rapetisser au loin.

Cet homme avait-il réellement essayé de la draguer ? Elle sourit à cette idée, car cela faisait longtemps que l'on ne s'était pas conduit de la sorte à son égard. Et elle devait reconnaître qu'elle se sentait flattée.

Enfin, à choisir, elle aurait préféré quelqu'un de moins bling-bling, avec davantage de style, au volant d'une voiture sobre mais élégante, de couleur sombre par exemple. Pourquoi pas un blond bien bâti au sourire charmeur, vêtu d'un costume sur mesure ?

Rose sourit en se disant qu'elle avait bien le droit de fantasmer un peu. Après tout, elle était à Londres pour se changer les idées.

En entendant un grondement de tonnerre au loin, elle leva la tête et se rendit compte que le temps était en train de changer. Le soleil avait disparu derrière une épaisse couche de nuages et la brise qui avait fraîchi charriait une odeur de pluie. « Eh bien, quel accueil », songea Rose en actionnant aussitôt la fermeture de la capote. Quelques instants plus tard, elle entendit les premières gouttes de pluie crépiter sur le toit en tissu. Du fait de la visibilité de plus en plus mauvaise, Rose eut toutes les peines du monde à suivre les indications du GPS à travers la ville.

Lorsqu'elle tourna vingt minutes plus tard dans Well Walk, une rue de Hampstead, la pluie avait cessé, mais de gros moutons noirs s'amoncelaient dans le ciel et le tonnerre se rapprochait de plus en plus. L'accalmie serait certainement de courte durée.

Impatiente d'arriver, Rose scruta la rue bordée à droite comme à gauche de demeures cossues. Bien qu'elle n'eût pas mis les pieds dans ce quartier depuis de nombreuses années, elle n'avait pas oublié les bâtisses de brique rouge aux ornements sculptés. Un muret surmonté d'une grille en fer forgé délimitait le jardinet situé devant chaque maison, et le tout formait un ensemble soigné invitant à la flânerie. À droite se trouvait un petit parc, et au-delà, des villas individuelles. Celle des Bevan, la première, se distinguait des autres par son élégante façade de brique beige, ses trois étages et ses cheminées. Les hautes fenêtres en encorbellement étaient blanches, et sous un avant-toit triangulaire soutenu par des colonnes, un perron de trois marches menait à une porte en bois laqué noir.

Après avoir garé le cabriolet dans la petite allée à gauche du jardinet, Rose leva à nouveau le nez vers le ciel et comprit qu'elle avait tout intérêt à se dépêcher, si elle voulait atteindre la maison en gardant les pieds secs. Elle s'empressa de sortir sa valise du coffre, prit son manteau et son sac puis marcha vers le perron.

Elle n'avait parcouru que quelques mètres lorsqu'elle entendit un moteur qui approchait. Elle vit alors une Mercedes de couleur sombre se garer juste derrière le cabriolet, le coffre dépassant légèrement sur le trottoir. Cela ne sembla pas gêner le conducteur, qui descendit sans se presser et se dirigea vers Rose.

— Mademoiselle Bevan ? Ravi de vous rencontrer. Vous auriez une petite minute à m'accorder ?

Décontenancée, Rose dévisagea l'homme en se demandant si son cerveau n'était pas en train de lui jouer des tours. Blond, bien bâti, costume gris visiblement taillé sur mesure, cravate assortie et sourire chaleureux : l'homme idéal tel qu'elle venait de se l'imaginer, voiture comprise.

— Excusez-moi, vous êtes… ?

L'homme allait répondre lorsqu'un violent coup de tonnerre retentit, suivi d'un éclair, et soudain, ce fut un véritable déluge qui trempa Rose de la tête aux pieds en l'espace de quelques secondes. Alors qu'elle restait figée de surprise, l'eau froide se déversa sans discontinuer sur sa petite robe sans manches au tissu tout fin.

L'inconnu prit Rose par le bras et l'entraîna sous l'avant-toit. Quelques instants plus tard, elle recouvra ses esprits, s'empressa de sortir la bonne clé et ouvrit la porte.

— Dites donc, quel temps ! s'exclama l'homme en entrant dans le vestibule.

Il s'ébouriffa les cheveux pour en chasser les gouttes de pluie. Rose remarqua que sa chemise blanche, plaquée contre son torse, offrait un spectacle qui n'avait rien de déplaisant, bien au contraire.

Mais si elle pouvait voir à travers sa chemise, alors…

Elle baissa les yeux et dut réprimer un cri en constatant l'état dans lequel elle se trouvait. Le tissu détrempé de sa robe soulignait la moindre de ses courbes, au point qu'elle aurait tout aussi bien pu être dans le plus simple appareil. En relevant la tête, elle comprit que cela n'avait pas échappé à l'inconnu en face d'elle. Il détourna aussitôt le regard tandis que Rose, écarlate, croisait les bras sur sa poitrine. Mais ce n'était pas suffisant, loin de là.

— Je… Je vais chercher des serviettes, balbutia-t-elle.

Elle réfléchit quelques instants puis se souvint qu'il y avait une salle de bains au rez-de-chaussée. Elle se dépêcha d'avancer dans le couloir à pas rapides en laissant l'homme seul dans le vestibule, ce qui, réflexion faite, n'était peut-être pas une bonne idée. Elle regretta soudain de l'avoir fait entrer alors qu'elle ne savait strictement rien de lui. C'était peut-être un escroc, ou pire encore, un tueur en série. « Enfin, c'était ça ou le laisser planté sous la pluie », se dit-elle en ouvrant une porte après l'autre. À sa troisième tentative, elle trouva la salle de bains, se munit de deux grandes serviettes et regagna le vestibule.

— Tenez.

— Merci. Et désolé.

L'inconnu, lui aussi un peu mal à l'aise, esquissa une grimace.

— Vous n'y êtes pour rien, répondit Rose avec un sourire, à moins que vous ne commandiez aux dieux de la pluie.

— Et je vous assure que ce n'est pas le cas. Je ne voulais pas vraiment vous déranger.

Lorsqu'il lui rendit son sourire, Rose sentit le rouge lui monter aux joues. Non, ce ne pouvait pas être un tueur en série.

— Hum… Vous alliez me dire qui vous étiez, je crois.

— Bien sûr, veuillez m'excuser, dit l'homme en lui serrant la main. Simon Fielding, du cabinet Fielding & Mason. On s'est parlé brièvement au téléphone à propos de l'offre de M. Pandakis, notre client. Vous vous souvenez ? Vous deviez nous rappeler, mais…

— Non, répondit Rose en retirant sa main.

Simon Fielding haussa les sourcils.

— Non ?

— On ne s'est pas parlé au téléphone. Je ne suis pas Zoe Bevan, mais Rose Riley.

— Oh. Et où est Mlle Bevan ?

Rose pencha légèrement la tête sur le côté et réfléchit. Il semblait tout à fait sérieux et bien intentionné, mais devait-elle lui dire où se trouvait Zoe, alors qu'ils n'avaient pas l'air de se connaître personnellement ?

— Elle n'est pas là, éluda-t-elle. Si vous voulez lui parler, essayez de l'appeler sur son portable.

— Croyez-moi, je n'arrête pas depuis une semaine, soupira Simon Fielding. Mais je tombe sans arrêt sur sa messagerie, et elle ne répond pas non plus à mes textos. S'il vous plaît, vous pourriez lui dire que je cherche à la joindre de toute urgence ? M. Pandakis souhaite visiter la maison avec l'un de nos experts en immobilier.

Rose se mordit les lèvres. S'il s'était déplacé en personne jusqu'ici, l'affaire devait en effet être importante. Elle devait peut-être lui donner quelques informations supplémentaires.

— Mon amie s'est absentée, elle a prévu de rentrer en fin de semaine prochaine.

— En fin de semaine prochaine? répéta Simon Fielding, catastrophé. Mais ce sera trop tard, nous devons procéder à l'expertise au plus tôt! M. Pandakis est du genre inconstant, et il risque de retirer son offre s'il doit encore patienter.

Rose était dans l'embarras. Elle ne voulait pas que Zoe ratât une occasion pareille par sa faute, or c'était ce qui allait se passer si elle n'aidait pas cet avocat.

— Attendez, je vais me renseigner.

Elle prit son sac, en sortit son portable puis s'isola dans le salon, assez loin pour que Simon Fielding n'épiât pas la conversation et assez près pour qu'elle pût le garder à l'œil. Lorsqu'elle composa le numéro de Zoe, la messagerie se déclencha aussitôt. Elle raccrocha et essaya de la joindre sur le téléphone fixe de la maison de la plage, là encore sans succès.

— Zut, murmura-t-elle.

Elle retourna auprès de Simon Fielding, qui frictionnait ses cheveux blonds à l'aide de la serviette.

— Je suis désolée, je n'arrive pas à joindre mon amie pour l'instant. Mais je lui ferai savoir que vous voulez lui parler.

— Nous allons procéder autrement, proposa Simon après quelques secondes de réflexion. Dites-lui que j'aimerais organiser une visite de la maison avec notre client et l'expert demain après-midi. Si cela ne lui convient pas, elle pourra toujours repousser la visite de quelques jours, mais pas plus. Vous arriverez sans doute à la joindre plus facilement que moi, et comme ça, j'obtiendrai enfin une réponse.

Il glissa la main dans la poche intérieure de sa veste.

— Voici mes coordonnées. Vous pouvez m'appeler sur ce numéro de portable à toute heure.

— C'est noté.

Rose, un peu prise au dépourvu, examina la carte de visite qu'il venait de lui donner. Simon A. Fielding, de Fielding & Mason, un cabinet situé dans le quartier de Belgravia. Joli quartier et jolie carte, rien à voir avec le bout de papier que l'avocat minable de Matt lui avait donné au début de la procédure de divorce. Simon A. Fielding jouait visiblement dans une tout autre catégorie. À bien des égards, d'ailleurs.

— Quelque chose ne va pas ? s'enquit Simon Fielding après un long silence.

Rose tressaillit et s'empressa de ranger la carte dans son sac.

— Non, je… je pensais à autre chose.

Décidément, elle se sentait ridicule. Cela ne suffisait pas d'être enveloppée dans une serviette pour cacher sa robe détrempée, voilà qu'elle était subjuguée par une simple carte de visite, comme s'il s'agissait de la lampe magique d'Aladin. Qu'allait penser Simon ?

— Je… Je transmettrai le message à Zoe.

Simon, semblant remarquer que la situation la mettait mal à l'aise, lui rendit la serviette.

— Dans ce cas, je vais vous laisser.

Alors qu'il allait sortir, son regard s'arrêta sur la valise de Rose, restée près de la porte.

— Vous êtes ici pour quelques jours ?

— Tout à fait, mon amie me prête sa maison parce que j'ai des affaires à régler en ville, répondit-elle évasivement.

Elle faillit ajouter qu'elle se faisait une joie de profiter de Londres, avant de se dire que cela n'aurait pas grand intérêt pour lui qui y vivait à l'année. Échaudée par son expérience avec Felicity Myers, elle ne tenait pas spécialement à passer pour une campagnarde.

Simon ouvrit la porte. Dehors, la pluie avait cessé mais le ciel demeurait couvert.

— Bon, eh bien, j'espère avoir bientôt de vos nouvelles. Croisons les doigts !

Il lui serra la main, son regard brillant d'une lueur qui ne fut pas sans troubler Rose. Celle-ci le suivit du regard tandis qu'il regagnait sa voiture. Juste avant d'ouvrir la portière, il se retourna vers Rose, qui le salua d'un geste.

Lorsqu'il fut reparti au volant de sa Mercedes, Rose ferma la porte, retira sa serviette et la posa sur sa valise, à côté de celle que Simon avait utilisée. Avec un petit sourire, elle se dit qu'elle aurait au moins une anecdote à raconter à Iris.

Elle contempla la carte de visite. Décidément, ce Simon A. Fielding ne l'avait pas laissée indifférente, mais elle ne devait surtout pas s'emballer. Il lui avait laissé ses coordonnées pour des raisons strictement professionnelles, et s'il s'était montré aussi aimable et souriant, c'était parce qu'il comptait sur son aide.

Rose poussa un profond soupir. « Même en supposant l'espace d'un instant qu'elle l'intéressât, cela n'aboutirait à rien », se dit-elle en posant la carte sur la table basse installée dans l'entrée. Elle n'était à Londres que pour quelques jours, et trois enfants l'attendaient à la maison. De quoi refroidir n'importe quel homme.

Elle secoua la tête. Inutile d'y penser plus longtemps, elle ne le reverrait sans doute jamais, l'appellerait une fois grand maximum lorsqu'elle aurait réussi à joindre Zoe, et le sujet serait clos.

« Au lieu de rêvasser, je ferais mieux de retirer ces vêtements trempés », songea-t-elle en rapportant les deux serviettes dans la salle de bains.

9

Zoe resserra les pans de son gilet sur sa poitrine tandis qu'elle marchait sur le sentier qui descendait aux falaises. Le vent soufflait de plus en plus fort à mesure qu'elle s'en approchait, et elle frissonna malgré le beau soleil de cette fin d'après-midi.

Elle distingua au loin la tour en ruine, dont la base disparaissait sous les buissons de roses sauvages qui mesuraient désormais quasiment deux mètres de haut. Et il n'y avait pas que ça qui avait changé, car à l'endroit où la falaise descendait à pic, il y avait désormais un garde-corps qui empêchait les promeneurs de venir trop près du précipice. À la vue du bois passablement abîmé, forcément, Zoe se demanda si son installation avait été décidée à la suite de la chute de Chris. Hésitante, elle posa les mains sur la rampe et regarda la mer qui baignait dans les lueurs orangées du soleil couchant.

À vrai dire, Zoe n'avait pas pensé revenir ici dès le premier jour. Elle s'était dit qu'elle aurait besoin de temps avant de réussir à apprivoiser à nouveau la falaise. Puis, finalement, elle s'était sentie appelée par ce lieu, sans doute parce qu'elle espérait un électrochoc. Pour l'instant, son séjour à Penderak n'était pas aussi éprouvant qu'elle ne l'avait imaginé, sans qu'elle réussît à déterminer si elle devait en être heureuse ou triste.

La réaction de Zoe pouvait s'expliquer par les nombreux changements qu'elle avait remarqués. Bien sûr, elle avait reconnu la maison, le chemin, les falaises, mais ils étaient très différents des images restées gravées dans sa mémoire, créant une sorte de décalage qui mettait ses émotions à distance, les rendant plus supportables. Seulement Zoe éprouvait aussi une étrange déception, comme si elle s'était attendue à ce que ce retour sur les lieux la bouleversât davantage.

Elle avait redouté de s'asseoir à nouveau dans la cuisine, d'aller d'une pièce à l'autre, de sortir dans le jardin du cottage, qui restait indéfectiblement lié à son enfance. Finalement, elle s'était sentie moins triste que déconcertée, un peu comme si elle s'était immiscée dans la vie de la jeune famille vivant dans la maison de la plage, qui n'avait plus rien d'un lieu de vacances.

Zoe essaya d'apercevoir la plage, mais la rambarde l'en empêcha. De là où elle se tenait, elle distingua seulement quelques rochers que la marée montante n'allait pas tarder à recouvrir.

— Attention !

Effrayée, Zoe fit volte-face et chercha la personne qui venait de la mettre en garde, mais les falaises étaient désertes. Dans un premier temps, elle crut que cette voix avait été le fruit de son imagination. Puis, quelques instants plus tard, elle vit un adolescent s'extraire des buissons qui camouflaient le pied de la tour en ruine. Il était certainement là depuis un certain temps, et seule la crainte de voir Zoe basculer l'avait poussé à se montrer. Il avait sans doute eu une sorte de réflexe et semblait à présent regretter d'avoir trahi sa présence, à en juger par la façon dont il mâchonnait sa lèvre inférieure.

— C'est déjà arrivé que quelqu'un tombe.

— On t'a parlé de cette histoire ? demanda Zoe en sentant son cœur s'accélérer.

Si l'adolescent n'était pas assez âgé pour avoir vécu l'événement, il serait peut-être tout de même en mesure de la renseigner sur les bruits qui couraient au village. Cela l'intéressait au plus haut point, aussi fut-elle ravie de le voir approcher après une dernière hésitation. Il mesurait la même taille qu'elle, avait des cheveux foncés et un beau visage empreint de gravité.

— L'histoire de l'homme qui est tombé, vous voulez dire ?

— Oui. Qu'est-ce que tu sais à ce sujet ?

— Pas grand-chose. Ça fait un bail, je crois. On vivait pas ici à l'époque, mais mon père m'en a parlé pour que je fasse attention. S'il pouvait, il m'interdirait de venir aux falaises.

« Bien sûr », songea Zoe, qui s'était inconsciemment arrêtée de respirer. La mort de son frère incitait les promeneurs à la prudence sur ces falaises, rien de plus.

— C'est pour ça qu'il y a ce garde-corps ?

— Je crois, oui.

— Et toi, tu n'as pas plus de détails ?

L'adolescent secoua la tête.

— Pourquoi ça vous intéresse autant ?

— Je connais l'homme qui est tombé, répondit-elle prudemment après une hésitation.

— Ah bon ? C'était un ami ?

— C'était mon frère.

Contre toute attente, elle ne fut nullement gênée d'évoquer Chris devant un inconnu. Au contraire, elle trouva libérateur, après des années de refoulement, de s'autoriser enfin à repenser à sa mort. Et c'était justement la raison de sa présence ici.

Le silence de l'adolescent étonna Zoe, qui s'était préparée à d'autres questions de sa part. Mais il se contenta de contempler la mer, accoudé à la rambarde.

— On en bave, hein ? finit-il par murmurer. Je sais ce que c'est, ma mère est morte dans un accident de voiture.

— Je suis désolée, répondit Zoe après un silence.

Il esquissa une grimace, l'air de dire qu'il n'entendait pas cette phrase pour la première fois.

— C'était il y a plus d'un an, mais ça fait mal quand même.

— Tu peux le dire.

Zoe le dévisagea. Quel âge avait-il ? Treize, quatorze ans ? Elle qui n'avait pas parlé depuis une éternité à quelqu'un de sa génération se sentait étonnamment à l'aise en sa compagnie, sans doute parce qu'elle savait ce qu'il ressentait. Alors qu'ils échangeaient un petit sourire triste, elle eut soudain envie d'en apprendre davantage à son sujet.

— Comment tu t'appelles ?

— William.

— Enchantée, William. Moi, c'est Zoe.

L'adolescent sourit plus franchement et lui serra la main.

— Vous êtes pas d'ici, je me trompe ?

Zoe secoua la tête.

— Non, je suis venue passer quelques jours dans la petite maison qui se trouve derrière, en bordure du pré où paissent les moutons.

William haussa les sourcils et la considéra avec intérêt.

— La maison de la plage ? Alors c'est vous, la copine de tante Rose ? Celle qui vit à Londres ?

— Rose est ta tante ?

En voyant William acquiescer, Zoe sentit son cœur bondir dans sa poitrine. Rose avait un frère et une sœur.

— Dans ce cas, tu es le fils d'Iris ?

— Non, mon père, c'est…

William s'interrompit en entendant une voix au loin qui criait son prénom.

— Merde, c'est lui. Il doit pas me trouver ici. S'il vous plaît, lui dites pas que vous m'avez vu !

Avant que Zoe n'eût le temps de répondre, il avait déjà disparu dans les buissons au pied des ruines. Mais elle n'aurait de toute façon pas pu articuler un mot, car elle resta figée à la vue de l'homme qui descendait le sentier dans sa direction.

S'il portait un jean, des bottes en caoutchouc noir et un T-shirt, comme à l'époque où il aidait son père à la ferme, il avait tout de même changé. Ses cheveux auburn lui arrivaient sous les oreilles, il était plus musclé, sans doute à cause du travail au grand air, et il avait gagné en assurance et en maturité, ce qui le rendait plus séduisant encore.

Arrivé à la tour, il mit la main en visière pour éviter d'être ébloui par l'éclat du soleil couchant. Zoe sentit alors son cœur s'accélérer encore et sa bouche s'assécher. Elle aurait voulu partir en courant, mais elle resta pétrifiée tandis que l'homme approchait pour finalement s'arrêter à quelques mètres d'elle.

— Bonjour, Jack, murmura-t-elle dans un souffle.

10

Jack ne répondit pas. Zoe remarqua que les muscles de sa mâchoire se crispaient tandis qu'il l'observait fixement. Incapable elle aussi de détourner le regard, elle le dévisagea longuement en s'imprégnant du moindre petit changement. Ses traits avaient perdu de leur douceur, son menton était plus affirmé, mais le vert de ses yeux la subjuguait comme autrefois.

Zoe regretta soudain de ne pas s'être renseignée en amont auprès de Rose. Elle avait pris soin d'éviter le sujet, et comme Rose n'en avait pas parlé non plus, elle avait cru qu'elle ne le verrait pas à Penderak.

— Je n'y crois pas, c'est bien toi, lâcha-t-il, la mine sombre, tout en secouant la tête. Rose aurait pu me prévenir.

Zoe prit sur elle pour soutenir son regard pénétrant et déglutit avec difficulté.

— Je… Je croyais que tu étais au Canada.

— Et moi, je croyais que tu avais oublié mon existence.

Zoe frémit en percevant la colère sourde qui résonnait dans sa voix.

— Jack, je…

— Qu'est-ce que tu fabriques ici ?

Zoe, croyant que Jack s'adressait à elle, se figea. Mais il tourna la tête et regarda en direction de la tour en ruine.

— William, c'est à toi que je parle ! Je t'ai vu, alors sors !

De longues secondes s'écoulèrent, puis l'adolescent sortit des buissons et se dirigea vers eux, les poings au fond des poches et le regard mal assuré. Zoe se demanda alors comment elle avait pu ne pas remarquer que père et fils avaient les mêmes yeux.

Lorsque William les eut rejoints, contre toute attente, Jack s'abstint de lui passer un savon.

— Viens, ta grand-mère nous attend pour dîner, dit-il simplement en le prenant par l'épaule.

Tandis qu'il entraînait William vers le sentier, l'adolescent se tourna une dernière fois vers Zoe qui, troublée, les suivait du regard. Jack n'avait manifestement aucune envie de lui parler, et elle pouvait difficilement lui en vouloir alors qu'elle lui avait tourné le dos.

Après avoir refoulé pendant tant d'années le souvenir de son départ de Cornouailles, elle voyait à présent la scène se rejouer devant ses yeux. Son père, persuadé que Jack leur cachait quelque chose, l'avait pris à partie à la pension devant sa famille et les autres clients, l'accusant d'être impliqué dans la chute de Chris. Jack avait nié avec véhémence et, désespéré, s'était tourné vers Zoe afin qu'elle le soutînt.

Je n'étais pas avec lui. Il m'a emprunté mon blouson, c'est tout. Je t'en supplie, il faut que tu me croies.

Sur le coup, Zoe n'avait pas su à qui se fier. Une seule pensée avait tourné en boucle dans son esprit : son frère était mort, il ne rirait plus avec elle, il ne réaliserait aucun de ses rêves. Seule restait l'image de son regard fixe et de son corps disloqué au pied de la falaise. Une image qui ne cessait de la hanter depuis.

Elle n'avait pas pris la défense de Jack et était repartie avec son père sans un mot, anéantie par le chagrin. Lorsqu'elle s'était disputée avec Chris juste avant sa mort, elle lui avait jeté à la figure des horreurs sur lesquelles elle ne pourrait jamais revenir. Ce sentiment de culpabilité avait été une sorte de poison paralysant qui l'avait rendue à la fois incapable de réagir et aveugle à la souffrance d'autrui.

Pour cette raison, elle était repartie avec ses parents sans dire au revoir à personne. Puis, plus tard, une fois la première onde de choc passée, elle n'avait jamais trouvé le courage de recontacter Jack. Elle avait attendu un signe de sa part, en vain, pour finalement apprendre quelque temps après son retour à Londres qu'il était parti vivre au Canada. Elle en avait déduit qu'il avait préféré la rayer de sa vie. Que leur amour était mort, comme Chris.

Depuis, Jack avait rencontré une autre femme, aujourd'hui morte, qui lui avait donné un fils. Et, à ses yeux, Zoe n'était certainement qu'un mauvais souvenir, tout au plus.

Elle sentit sa gorge se serrer encore davantage tandis qu'elle repensait au regard noir que Jack venait de lui lancer. Elle regretta un instant de l'avoir croisé, avant d'y voir une occasion inespérée d'apprendre de nouveaux éléments sur la mort de son frère. Elle n'avait pu lui poser aucune question à l'époque des faits, et aujourd'hui, elle ne devait pas perdre une seconde et saisir toutes les chances qui se présentaient à elle.

— Jack ! cria-t-elle.

Comme il ne réagissait pas, Zoe le rattrapa et lui prit le bras.

— Jack, s'il te plaît… Tu ne peux pas partir comme ça !

Il se retourna et planta ses yeux dans les siens.

— Ah bon ? Pourtant, toi, tu ne t'es pas gênée.

— Je sais, répondit Zoe en soutenant son regard furieux, mais aujourd'hui, je suis là et je voudrais te parler de Chris. J'ai besoin de réponses, Jack.

Tandis qu'il la dévisageait longuement, impassible, Zoe espéra soudain voir apparaître sur son visage un sourire semblable à celui qui l'avait conquise autrefois.

— C'était il y a longtemps, ça n'a plus aucune importance.

Son ton péremptoire lui porta un coup au cœur.

— Jack…

— On nous attend, l'interrompit-il en entraînant à nouveau William.

Zoe les suivit du regard jusqu'à ce qu'ils aient disparu derrière la tour, puis elle retourna à la rambarde et l'agrippa de ses mains tremblantes pour essayer de se calmer.

Si elle avait toujours redouté d'affronter Jack Gallagher, la scène qu'elle venait de vivre dépassait tout ce qu'elle avait pu imaginer. Elle s'était doutée que s'ils se revoyaient un jour, il se montrerait froid, distant. Mais furieux, jamais.

Ce fut alors comme une vague de douleur et de déception qui la submergea. Le temps n'avait pas pansé ses plaies, au contraire : Zoe souffrait encore plus, en admettant que cela fût possible. Si seulement elle s'était expliquée immédiatement avec lui, au lieu de laisser les années passer !

Mais elle ne baisserait pas les bras aussi facilement, quand bien même elle devrait essuyer la fureur de Jack. Elle inspira et expira longuement l'air de la mer, puis décida de rentrer au cottage.

Tandis que Zoe se dirigeait vers le sentier, elle se mit soudain à voir double et sentit son cœur s'accélérer. « Non, songea-t-elle en s'immobilisant, prise de panique. Pas maintenant, par pitié… »

*

— Papa, attends !

William eut beau trébucher, Jack ne ralentit pas pour autant, gravissant le chemin à grandes enjambées pour s'éloigner au plus vite de la falaise et de Zoe. Il ne savait pas si elle le voyait encore et n'avait pas la moindre envie de se retourner pour s'en assurer.

Pourquoi diable sa sœur ne l'avait-elle pas appelé pour l'avertir que Zoe revenait à Penderak ? Avait-elle oublié, débordée par les préparatifs de dernière minute ? Ou avait-elle espéré qu'il ne l'apprendrait pas ?

Soudain, il se souvint que sa mère l'avait invité à dîner avec William précisément ce soir car elle avait quelque chose d'important à lui annoncer. Il comprenait maintenant de quoi il s'agissait.

Au bout du compte, cela ne changeait rien, car même s'il avait été prévenu, cette rencontre l'aurait bouleversé tout autant. Quatorze ans plus tard, cette femme lui faisait encore perdre la tête.

— Hé, papa ! Cours pas comme ça !

William prit Jack par le bras et le força à s'arrêter, le regard étincelant de colère.

— Pourquoi tu m'as rien dit ?

— À quel sujet ?

— Le type qui est tombé de la falaise, tu le connaissais ! s'écria William, indigné. Tu me reproches tout le temps de pas te parler, mais t'es pas mieux !

Se sentant pris en faute, Jack se mordit les lèvres. Il avait effectivement tendance à passer certains détails sous silence, surtout au sujet de Karen. Concernant Chris, il avait volontairement omis de préciser que c'était un ami, car il n'avait aucune envie de remuer le passé.

— Je n'aime pas en parler, expliqua Jack avec un haussement d'épaules. Quand je t'ai demandé de ne pas venir seul ici, je t'ai dit pourquoi. Que je connaisse ou pas l'homme qui est mort ici, on s'en fiche.

William marcha à ses côtés sans piper mot, tout en essayant de mettre un peu d'ordre dans les informations qu'avait révélées la conversation avec Zoe.

— C'était un de tes amis ?

— Oui. Un très bon ami, même.

— Et cette femme, sa sœur, tu étais aussi ami avec elle ?

— Oui.

William pencha légèrement la tête sur le côté.

— Alors pourquoi tu lui as mal parlé ?

Jack serra les poings. Il eut l'impression de recevoir un coup au cœur, comme lorsqu'il s'était retrouvé face à Zoe et avait contemplé son visage.

Elle était encore plus belle qu'avant, plus mûre et paradoxalement plus fragile, avec ses grands yeux bleus embués de larmes. Jack avait vraiment dû lutter pour ne pas la prendre dans ses bras. Pendant un temps, il aurait donné ce qu'il avait de plus cher pour s'assurer de son bonheur, mais cette époque était bel et bien révolue. Ce n'était plus « sa » Zoe, mais la femme qui l'avait profondément blessé.

— Papa ? insista William.

Jack poussa un profond soupir.

— Je t'expliquerai si toi, tu me dis pourquoi tu es allé seul sur la falaise alors que je te l'avais formellement interdit.

Bien que l'adolescent baissât la tête et se remît à marcher en silence, Jack sentit qu'il n'en avait pas terminé avec cette histoire. Ce n'était que partie remise, William finirait par poser d'autres questions. Et, cette fois, Jack serait bien obligé d'y répondre.

Enfin, le retour de Zoe avait au moins ceci de positif que William lui témoignait à nouveau un semblant d'intérêt. Arrivé à un embranchement, Jack s'arrêta un instant. Le sentier de gauche coupait à travers les collines en direction de Penderak, tandis que l'autre débouchait sur un petit parking où Jack avait garé son 4 × 4. Alors qu'il prenait cette direction, William l'agrippa par le bras.

— Papa, regarde ! s'exclama-t-il avec inquiétude.

Jack suivit son regard, poussa un juron et redescendit vers les falaises en courant.

11

Rose était dans la chambre de Zoe, au rez-de-chaussée, lorsqu'elle entendit un gong résonner dans toute la maison. Elle s'immobilisa et tenta d'identifier la provenance de ce bruit, avant de comprendre qu'il s'agissait de la sonnette.

Machinalement, elle consulta sa montre : 19 h 30. Après le long trajet en voiture et les deux bonnes heures qu'il lui avait fallu pour se familiariser avec la maison et faire quelques courses à l'épicerie voisine, elle se préparait à passer une soirée tranquille, raison pour laquelle elle enfilait en cet instant précis un pantalon large en jersey vert prairie avec une ceinture en soie assortie.

Ce pantalon était l'une de ses créations, comme la plupart des vêtements qu'elle portait, et comptait parmi ses préférées, non seulement parce qu'il était confortable, mais aussi parce qu'il s'accordait à merveille avec son teint pâle et sa chevelure auburn. En revanche, le T-shirt blanc qu'elle portait avait connu des jours meilleurs. Il était quelque peu distendu, mais Rose aimait sa douceur et se sentait particulièrement à l'aise dans cette tenue. Cependant, comme celle-ci ne convenait guère à l'accueil de visiteurs, elle hésita à aller ouvrir. Quelle que fût la personne qui se trouvait devant la porte, c'était Zoe que l'on venait voir. Rose n'avait donc qu'à ignorer la sonnette et ne pas…

Le gong retentit encore à deux reprises. Rose soupira en repensant à la voiture de Zoe garée dans l'allée. Le visiteur supposait qu'elle était chez elle, et la raison de sa venue semblait urgente. Finalement, Rose enfila la seconde jambe de son pantalon et se dépêcha d'aller ouvrir.

Comme elle s'attendait à voir un livreur ou un voisin venu lui emprunter quelque chose, elle fut d'autant plus surprise de se retrouver nez à nez avec Simon Fielding qui tenait un sac en plastique à la main. Il portait le même costume mais sans la cravate, et le col de sa chemise était légèrement entrouvert, lui donnant un air moins formel mais tout aussi séduisant.

— J'espère que je ne vous dérange pas, dit-il avec un sourire désarmant.

Rose sentit son cœur battre la chamade. Si elle avait été particulièrement inspirée de venir ouvrir, elle se maudit dans le même temps d'avoir retiré la jolie robe fluide qui avait remplacé sa tenue trempée.

— Vous ne me dérangez pas du tout, répondit-elle en lui rendant son sourire. Mais si vous êtes venu aux nouvelles concernant la visite de la maison, je suis désolée de vous décevoir : je n'ai pas réussi à joindre Zoe.

— Ne soyez pas désolée. À vrai dire, c'est moi qui viens m'excuser. J'ai abusé de votre gentillesse alors que cette histoire ne vous concerne en rien. J'ai apporté ceci pour me rattraper.

Intriguée, Rose ouvrit le sac en plastique qu'il lui tendait et découvrit à l'intérieur trois barquettes, l'une au nom d'un restaurant indien, les deux autres, transparentes, contenant une sélection de spécialités japonaises. Elle releva la tête et regarda Simon Fielding avec surprise.

— Des sushis ?

Il acquiesça.

— Et un curry venu tout droit de mon restaurant indien préféré. Je n'étais pas certain que vous aimiez le poisson.

— J'habite en Cornouailles, bien sûr que j'aime le poisson, plaisanta Rose en secouant la tête. Mais pourquoi vous m'apportez à dîner ?

— Je me suis dit que vous auriez faim après cette longue route, mais que vous n'auriez peut-être pas envie de cuisiner.

— Hélas, vous arrivez trop tard. J'ai mis une tourte au four, elle est presque cuite.

Cette information désarçonna Simon Fielding, qui la regarda bouche bée quelques instants.

— Eh bien, il semblerait que j'aie été un peu présomptueux, soupira-t-il enfin en esquissant une grimace. Gardez les plats, vous pourrez toujours les réchauffer demain. Enfin, le curry, parce que le poisson… Oh là là, j'étais venu m'excuser de vous avoir prise au dépourvu, et voilà que je recommence. Vous devez me trouver franchement casse-pieds.

— Au contraire, c'est adorable de votre part. Je vous en prie, entrez. Nous pouvons quand même dîner ensemble, il y en a assez pour deux.

Simon Fielding hésita un instant.

— Seulement si ça ne vous dérange pas.

— Je vous assure que non. Je me sens un peu perdue dans cette grande maison, et puis je n'aime pas manger seule.

En effet, même si Rose était ravie d'avoir un peu de calme, elle trouvait oppressante cette villa gigantesque où régnait un silence pesant, n'était le tic-tac des horloges anciennes. Si elle avait cuisiné et choisi une tenue confortable, c'était avant tout pour apprivoiser la demeure et se sentir plus à l'aise. Elle fut donc d'autant plus soulagée de voir Simon Fielding sourire à son tour.

— Dans ce cas, c'est avec plaisir que je vous tiendrai compagnie, dit-il en entrant.

Rose désigna la porte du salon.

— Allez-y, installez-vous. Je vais voir où en est ma tourte. Vous voulez boire quelque chose ? demanda-t-elle en réfléchissant fébrilement à ce qu'elle pouvait lui proposer.

Une tasse de thé ? Ou du vin, peut-être ? Attendez, je crois avoir vu des apéritifs…

— Un verre de vin, ce sera parfait, l'interrompit Simon Fielding alors qu'elle se dirigeait vers un bar bien garni.

— D'accord, je reviens tout de suite.

Rose, soudain un peu nerveuse, s'éclipsa dans la cuisine aux équipements dernier cri pour lesquels elle avait eu besoin d'un petit temps d'adaptation, en particulier le four.

— Bon, des assiettes, du vin…, murmura-t-elle après avoir vérifié la cuisson de sa tourte.

Après avoir trouvé de quoi dresser la table, elle alla voir le porte-bouteilles installé dans un angle. En temps normal, il ne lui serait jamais venu à l'idée de se servir, mais Zoe lui avait dit plusieurs fois qu'elle pouvait prendre tout ce qu'elle voulait, en insistant notamment sur le vin.

Rose parcourut les étiquettes. Elle n'y connaissait pratiquement rien, excepté que le vin rouge convenait mieux aux plats à base de viande que le vin blanc.

— Besoin d'un coup de main ?

Elle sursauta en entendant la voix de Simon Fielding derrière elle, puis se ressaisit et sourit.

— Oui, aidez-moi à choisir une bouteille, dit-elle en lui tendant celle qu'elle avait à la main. Que pensez-vous de ce vin-là ?

Pendant que Simon Fielding examinait l'étiquette, Rose pria pour qu'il ne se lançât pas dans de grandes considérations sur les différents cépages, car elle n'avait aucune envie de passer pour une ignare. En effet, elle ne buvait quasiment pas d'alcool et n'avait jamais eu l'occasion d'éduquer son palais. Elle fut d'autant plus gênée de constater que Simon Fielding étudiait la bouteille avec un regard de connaisseur.

— Hum, *primitivo di manduria*. Un très bon vin rouge italien, seulement je préfère le vin rouge français. Voyons…

Oh, un châteauneuf-du-pape ! Une excellente année qui plus est. Mais nous pouvons ouvrir le *primitivo*, si vous préférez.

— Non, non, va pour le français, s'empressa de répondre Rose.

Elle donna un tire-bouchon à Simon Fielding, qui ouvrit la bouteille d'une main experte.

— Et si nous dînions plutôt ici ? Ce serait plus sympathique, non ?

Elle désigna la petite table qui se trouvait devant la fenêtre. Elle préférait largement la cuisine à la salle à manger, qu'elle trouvait beaucoup trop formelle.

Simon Fielding, d'abord un peu surpris, finit par accepter. Quelques instants plus tard, une fois attablé devant une part de tourte fumante, il leva son verre.

— À la cuisinière dont j'ai grandement sous-estimé les compétences, lança-t-il, tout sourire.

— Arrêtez, c'est une recette toute simple. Vous devez être habitué à des mets bien plus raffinés, répondit Rose en repensant aux sushis qu'elle avait mis au frais.

— Justement, je ne sais pas à quand remonte la dernière fois que j'ai mangé un bon plat cuisiné maison, et je peux vous dire que ça me manque. Et si le goût de cette tourte n'est qu'un tant soit peu à la hauteur de son fumet, vous n'aurez pas à rougir face aux meilleurs chefs du guide Michelin.

Après qu'il eut goûté une première bouchée, un large sourire s'épanouit sur son visage. Rose avait manifestement comblé ses attentes.

— Vous êtes un véritable cordon-bleu ! Où avez-vous appris à cuisiner ?

Rose hésita. Le moment semblait parfaitement indiqué pour lui parler de ses trois enfants, auxquels elle mitonnait de bons petits plats depuis leur enfance – ce qui expliquait son savoir-faire. Cependant, c'était courir le risque que l'étincelle dans les yeux de Simon s'éteignît aussitôt, comme à chaque rencontre ou presque qu'Iris lui avait arrangée. De plus, contrairement aux hommes que sa sœur lui avait présentés, Simon Fielding lui plaisait vraiment. Pour un flirt, tout du moins. Et elle risquait de gâcher le moment en s'étendant trop longuement sur sa vie.

— Comme je vous l'ai dit, ça n'a rien de sorcier.

Elle sourit et goûta le vin, qu'elle trouva très savoureux.

— Et à quoi employez-vous votre temps quand vous ne faites pas la cuisine ? demanda Simon en reprenant une bouchée.

Rose hésita à nouveau.

— Je… Je suis créatrice de mode.

Elle se félicita intérieurement de sa réponse, qui n'était qu'un demi-mensonge.

— Ah, vous avez votre propre marque ? J'en ai peut-être entendu parler même si, je dois l'avouer, je ne m'y connais guère.

Rose toussota. Sa propre marque, si seulement ! Plus jeune, elle avait rêvé d'étudier le stylisme et de se faire un nom dans le milieu de la mode. Mais, suite à son mariage avec Matt, elle avait dû renoncer à ses ambitions professionnelles au profit des enfants. Si sa passion pour la création et la confection de vêtements était demeurée intacte, en aucun cas Rose ne pouvait se targuer d'être styliste. Elle se devait de le préciser ou Simon Fielding aurait une image d'elle complètement faussée.

« Allez, crache le morceau, l'exhorta une petite voix. Dis-lui que tu es mère de famille, que tu te contentes de créer des fringues pour la boutique de ta sœur et que tu te fais mener à la baguette par les Américaines arrogantes. »

Ce fut précisément la condescendance de Felicity Myers qui la fit hésiter. Rose en avait assez de devoir s'excuser de ce qu'elle était, et puis Simon Fielding n'avait peut-être pas besoin d'en savoir autant. Elle ne le reverrait sans doute jamais et entendait profiter de ce moment passé en sa compagnie. Le regard qu'il portait sur elle était à la fois flatteur et réconfortant, et elle trouvait agréable d'être à nouveau considérée comme une femme à part entière. Était-ce si répréhensible de vouloir passer pour une styliste accomplie et sans attaches ?

— Hélas non, je ne suis pas encore très connue. Mais j'espère que le vent va bientôt tourner.

— Il faut y croire.

Simon posa le menton sur sa main et la dévisagea attentivement.

— Sur quoi mettez-vous l'accent, quand vous commencez à concevoir un nouveau modèle ?

Cette question laissa Rose pantoise. Si ses pièces avaient toujours eu du succès auprès des clients d'Iris, c'était bien la première fois qu'on l'interrogeait sur son processus de création. Mais comme le sujet semblait intéresser Simon, elle s'efforça de trouver les mots justes.

— J'aime mélanger les matières, combiner des tissus différents, mais qui restent dans les mêmes nuances de couleur. J'essaie de faire en sorte qu'on ne se lasse jamais de regarder mes créations, qu'on y découvre toujours un détail nouveau. C'est une sorte d'appel aux sens.

Se prenant au jeu, Rose lui raconta les difficultés qu'elle rencontrait souvent pour trouver les bons mélanges et créer le modèle idéal. Simon l'écouta attentivement, posant quelques questions et acquiesçant sans jamais se départir de son sourire.

— Avec la passion que vous mettez dans votre travail, votre marque ne pourra être qu'un succès. Auriez-vous quelques créations à me présenter ?

Rose sourit.

— Je confectionne la plupart des vêtements que je porte. La robe que j'avais cet après-midi, par exemple. Ou encore ceci.

Alors qu'elle tendait légèrement la jambe sur le côté, elle se dit que la combinaison entre son pantalon vert et le T-shirt blanc usé n'était sans doute pas le meilleur exemple de sa créativité.

— Bon, c'est à visualiser avec un autre haut, concéda-t-elle, mais il faut dire que je ne m'attendais pas à vous trouver sur le pas de la porte. Sinon, j'aurais choisi une tenue plus époustouflante.

— Je suis époustouflé, croyez-moi.

Face au sourire désarmant de Simon, Rose sentit son cœur s'emballer. À quand remontait son dernier dîner en tête à tête avec un homme ? La tourte délicieuse, le vin qui lui montait à la tête, les jeux de regards… Tout cela ressemblait à s'y méprendre à un rendez-vous galant.

— Hum, vous essayez de me flatter pour que j'arrange cette histoire de visite. C'est une stratégie d'avocat.

— Vous voulez dire, comme quand on défend quelqu'un devant un tribunal ? renchérit Simon avec une petite grimace. C'est vrai que M. Pandakis est un gros client. Il dirige Swan Holding, dont nous défendons les intérêts. Il est du genre, disons, excentrique, et mon supérieur s'est mis en tête de satisfaire ses moindres désirs. Enfin, ça, c'est la théorie. Hélas, concernant la mise en pratique, c'est tombé sur moi, et je me retrouve à gérer des dossiers dont je ne m'occupe pas en temps normal.

— Vous avez un supérieur ? demanda Rose en repensant à la carte de visite. Le cabinet est à votre nom, pourtant.

— Le « Fielding » de « Fielding & Mason », c'est mon père, soupira Simon. Le cabinet lui appartient, ainsi qu'à son associé. Je suis censé prendre des parts très bientôt, mais en attendant, je ne suis qu'un subalterne, je « me fais la main », pour reprendre l'expression de mon père. C'est une sorte de tradition familiale, lui aussi est passé par là avec mon grand-père. Bref, tout ça pour dire qu'à l'heure actuelle, mon père est aussi mon supérieur hiérarchique.

Rose pencha légèrement la tête sur le côté en réfléchissant à ce que Simon venait de lui expliquer. S'il rechignait à remplir la mission que lui avait confiée son père, certainement parce qu'il la trouvait dénuée d'intérêt, elle avait également discerné du respect dans sa voix. Manifestement, Simon rongeait son frein en attendant d'avoir de plus grandes responsabilités au sein du cabinet, mais l'entente semblait plutôt bonne avec M. Fielding père.

— Vous diriez que votre carrière était toute tracée ?

— Oui, si on veut.

— Et c'est ce que vous souhaitiez ?

Rose, qui avait parfois du mal à contenir sa curiosité, se mordit les lèvres et regretta d'avoir posé une question aussi personnelle. Mais Simon, ne lui en tenant pas rigueur, répondit de bonne grâce.

— Je dois avouer que je n'y ai jamais vraiment réfléchi. C'est drôle, non ? Enfin, je suppose que, parfois, on prend les choses comme elles viennent. Et je ne regrette pas d'être avocat, si c'est ce à quoi vous pensez. J'aime mon métier, disons que c'est une sorte de vocation familiale.

Rose l'observa tout en essayant de l'imaginer en robe noire dans un tribunal. Avec une telle prestance, les jurés devaient lui manger dans la main, surtout les femmes. Elle-même aurait eu du mal à se concentrer sur le fond de l'affaire en l'écoutant plaider.

— … qu'est-ce que vous en pensez ?

Rose tressaillit. Perdue dans ses pensées, elle n'avait pas écouté Simon, qui attendait visiblement une réponse de sa part.

— Excusez-moi, je réfléchissais. Vous disiez ?

— Je demandais si votre amie avait vraiment l'intention de vendre la villa. La première prise de contact s'était bien passée, et maintenant, j'ai l'impression qu'elle freine.

Rose haussa les épaules.

— Elle a bien évoqué la vente quand je l'ai vue, mais je n'en sais pas plus. Je lui poserai la question quand je réussirai à la joindre, et je ne manquerai pas de souligner combien cette visite vous tient à cœur. Pour votre information, je l'aurais fait même si vous ne m'aviez pas apporté à dîner.

Simon esquissa une courbette.

— Et je vous aurais apporté à dîner même si vous aviez refusé de vous en charger.

Tandis que leurs regards se croisaient à nouveau, le portable que Simon avait posé sur la table vibra, rompant la magie de l'instant. Il consulta l'écran et fronça les sourcils. Le texto semblait important.

— Veuillez m'excuser, j'ai un appel à passer.

Lorsqu'il eut quitté la cuisine, Rose se leva à son tour, les joues toutes chaudes, et mit le reste de tourte à réchauffer. Elle se sentait un peu ridicule de perdre ainsi ses moyens pour quelques jeux de regards et de sourires. Cela dit, c'était tout de même assez grisant.

— Je suis désolé mais je vais devoir écourter notre repas, annonça Simon en revenant dans la cuisine, visiblement contrarié. J'ai un dîner de bienfaisance prévu ce soir et ça m'est complètement sorti de la tête.

Ce fut comme une douche froide pour Rose, dont le sourire s'évanouit aussitôt.

— Dans ce cas, ne faites pas attendre votre compagne, dit-elle en s'efforçant de masquer sa déception.

Bien sûr qu'il n'était pas célibataire. Comment avait-elle pu croire que…

— Ma mère, rectifia Simon. Elle reçoit ce soir dans le cadre de l'une de ses nombreuses associations. Ne me demandez pas laquelle, il y en a tellement que l'on finit par s'y perdre. Bref, elle tient à ce que mon père et moi soutenions ses actions et je lui avais promis de venir, ce qu'elle n'a pas manqué de me rappeler à l'instant.

Même si Rose se sentait idiote d'être soulagée à ce point, elle retrouva aussitôt le sourire.

— C'est dommage, mais je comprends, c'est important.

Elle le précéda jusqu'à la porte. Au moment de prendre congé, Simon lui serra la main et la garda dans la sienne un peu plus longtemps que nécessaire, tout en esquissant l'un de ces sourires désarmants dont il avait le secret. Rose crut que ses jambes allaient se dérober sous elle. L'espace d'un instant, le temps fut comme suspendu tandis qu'elle retenait son souffle et se perdait dans son regard.

— J'aurais préféré rester, dit Simon en lui lâchant la main, mais je suppose que nous nous recontacterons bientôt.

Rose lui assura encore une fois qu'elle le rappellerait dès qu'elle aurait réussi à joindre Zoe, puis le suivit du regard tandis qu'il regagnait sa voiture. Lorsqu'il fut reparti, elle s'appuya contre la porte avec un sourire rêveur. « Ce séjour à Londres commence bien », songea-t-elle en se rejouant la soirée dans les moindres détails.

Puis elle tenta de se raisonner. Elle ne le connaissait pas, peut-être qu'il faisait les yeux doux à toutes les femmes qu'il rencontrait. Pour sa part, Rose, qui ne s'était pas intéressée à un homme depuis très longtemps, venait de vivre un moment hors du temps. Elle en avait bien le droit, après tout, et rien ne l'obligeait à se lancer dans une histoire sérieuse. Elle n'était à Londres que pour quelques jours et n'avait de comptes à rendre à personne, ce qui rendait le tout plus excitant encore.

Elle alla chercher son sac à main, sortit son portable et essaya d'appeler Zoe mais, comme la dernière fois, tomba sur le répondeur. Puis elle composa le numéro de la maison et patienta tandis que le téléphone sonnait dans le vide.

« Bizarre », se dit Rose en consultant sa montre. Elle avait cru que Zoe serait rentrée. Elle réessaierait plus tard ou demain matin à la première heure. Elle devait contacter son amie et la convaincre d'accepter cette visite. Car un fait était certain, Rose avait tout intérêt à ce qu'elle eût lieu.

Elle s'apprêtait à raccrocher lorsque quelqu'un répondit enfin.

— Allô ?

Rose tiqua en reconnaissant cette voix d'homme.

— Jack ? Qu'est-ce que tu fabriques chez moi ?

12

— Zoe ! Zoe, je t'en supplie, réveille-toi !

En entendant une voix étouffée qui criait son nom, Zoe ouvrit les yeux au prix d'un effort surhumain et fut aussitôt éblouie par la lumière. Lorsqu'elle réussit enfin à ajuster son regard, ce fut le visage de Jack qu'elle découvrit au-dessus du sien. Elle sentit alors qu'il lui soulevait délicatement la tête pour la poser sur ses genoux.

— William t'a vue tourner de l'œil ! Qu'est-ce qui s'est passé ?

Quand Zoe essaya de se redresser, Jack lui soutint le dos pour l'aider. Puis elle croisa le regard paniqué de William qui venait de les rejoindre.

— Je ne sais pas, c'est arrivé tout à coup, murmura-t-elle en tentant de réprimer la bouffée d'angoisse qui l'envahissait.

Ce ne pouvait être une rupture d'anévrisme, le Dr Kashrani lui avait expliqué qu'elle s'accompagnait d'une douleur intense, or Zoe avait juste un peu mal à la tête. Mais du fait de son emplacement, le neurologue l'avait tout de même mise en garde contre des vertiges soudains et une vision double. Il n'avait pas mentionné de pertes de connaissance, mais Zoe, supposant que son malaise n'était pas sans rapport, sentit son sang se glacer. La menace jusqu'alors abstraite devenait bel et bien réelle, et cette idée lui coupa les jambes alors qu'elle tentait péniblement de se mettre debout.

— Reste assise, dit Jack en posant une main sur son front.

Au contact de ses doigts chauds, Zoe, soudain frigorifiée, se mit à grelotter.

— Bon, je te conduis en ville chez la Dr Corby.

— Je ne veux pas voir de médecin, répliqua-t-elle en secouant la tête. Ça y est, je me sens mieux.

Lorsque, pour appuyer son propos, elle se leva avec l'aide de Jack qui la tenait fermement, elle ne sut dire si elle avait les jambes en coton du fait de son état de faiblesse ou de leur proximité soudaine. En tout cas, l'odeur familière de sa peau réveilla en elle des sentiments qu'elle préférait garder enfouis.

— Je... Je vais rentrer et m'allonger un peu, ça va me remettre d'aplomb.

Elle s'exprima avec un optimisme forcé car, en réalité, la distance qui la séparait de la maison de la plage lui paraissait insurmontable. Elle rechignait à demander de l'aide à Jack, mais d'un autre côté, elle n'avait guère le choix.

— Vous voulez bien me raccompagner à la maison ? murmura-t-elle.

Sans se départir de son regard sombre, Jack hocha la tête puis, au lieu de simplement soutenir Zoe, la prit dans ses bras pour la porter. William lui emboîta le pas.

— Arrête, je peux quand même mettre un pied devant l'autre, protesta-t-elle.

— Ce sera plus rapide comme ça, répondit Jack en avançant.

Zoe n'eut pas l'énergie de le contredire. Fatiguée et encore un peu sonnée, elle passa ses bras autour de son cou.

— Je suis beaucoup trop lourde pour toi, murmura-t-elle, la tête posée contre son épaule.

Au contraire, Jack n'éprouva pas la moindre difficulté à gravir le chemin en la portant. Il arriva au 4 × 4 à peine essoufflé, reposa Zoe délicatement et l'aida à s'installer sur le siège passager. Quelques instants plus tard, ils étaient devant la maison de la plage.

— Va à la pension et préviens ta grand-mère que j'arrive, dit Jack à William en se garant.

L'adolescent acquiesça et lança un dernier regard inquiet à Zoe, que son père accompagnait à l'intérieur. Il la soutint jusqu'au canapé du salon où elle se laissa tomber avec un soupir de soulagement.

— Merci, dit-elle en calant un coussin dans son dos.

— Tu as mangé quand pour la dernière fois ? s'enquit Jack.

— Vers midi.

Elle s'abstint de préciser qu'elle s'était contentée d'un yaourt et d'une pomme. Rose avait laissé le réfrigérateur plein en partant, mais elle avait tout simplement manqué d'appétit. Ce n'était pas le cas ce soir, à en croire les gargouillements de son ventre.

— Je vais te préparer une petite assiette, décréta Jack. Qu'est-ce qui te ferait envie ?

Zoe secoua la tête.

— Rien ne t'y oblige, je ne veux pas t'embêter.

— C'est un peu tard.

Le sourire de Jack avait beau être ironique, l'hostilité dans son regard s'atténua pour la première fois depuis leur rencontre à la falaise.

— Une omelette, c'est rapide et dans mes cordes, ajouta-t-il. Je vais voir ce qu'il y a dans le frigo.

Il disparut dans la cuisine avant que Zoe n'eût le temps de protester. Elle entendit le crépitement du beurre qui fondait dans une poêle, puis un délicieux fumet de bacon grillé emplit le salon et lui donna l'eau à la bouche. Elle ferma les yeux quelques instants. Lorsqu'elle les rouvrit, Jack se tenait devant elle avec une assiette d'œufs au bacon accompagnés de haricots blancs.

— Ce n'était vraiment pas la peine, insista Zoe.

Mais elle se rua sur son assiette sitôt que Jack fut retourné en cuisine. Lorsqu'il eut terminé de laver la vaisselle, il revint avec une tasse de thé qu'il posa sur la table basse.

— Alors, requinquée ?

— Oui, ça va beaucoup mieux.

Zoe était à la fois reconnaissante et très gênée. S'il était hors de question de parler de son état de santé à Jack, elle lui devait tout de même un semblant d'explication.

— J'ai eu une journée chargée, entre la route depuis Londres et tous ces souvenirs…

Elle n'acheva pas sa phrase et haussa les épaules. Lorsque Jack prit place sur un deuxième canapé face à elle, la colère dans son regard avait laissé place à la perplexité.

— Pourquoi tu t'infliges ça ? Pourquoi maintenant ?

— Parce que le passé me hante. J'ai longtemps cru que c'était terminé, que j'avais tiré un trait, mais récemment…

Elle déglutit en pensant à l'opération qu'elle allait devoir subir.

— C'est comme si ça tournait sans arrêt dans ma tête. Tellement de questions sont restées en suspens concernant la mort de Chris, et il n'y a qu'ici que je trouverai des réponses.

Jack émit un grognement.

— Tu crois ? Personne ne sait ce qui s'est passé cette nuit-là. On ne peut que le supposer, c'est tout.

— Je veux quand même en avoir le cœur net, insista Zoe. Si je réussis à me procurer le rapport de police, je trouverai peut-être un détail qui a été négligé sur le moment. Et j'aimerais aussi parler avec les témoins de l'époque, l'inspecteur Harry Owen, par exemple. C'est bien lui qui a dirigé l'enquête ? Il vit toujours à Penderak ?

Jack acquiesça.

— Il est passé commissaire depuis. Mais ça m'étonnerait qu'il y ait des éléments nouveaux, vous en auriez été les premiers informés. Et pourquoi toi, après toutes ces années, tu découvrirais un élément qui aurait échappé à la police ?

Zoe se mordit les lèvres.

— Je n'en sais rien, mais je dois quand même essayer.

— Je vois que tu as l'air décidée, maugréa Jack en se levant brusquement, avec le même regard hostile qu'un peu plus tôt sur la falaise. Il faut que j'y aille.

— Jack, je ne t'ai jamais soupçonné d'être impliqué dans la mort de Chris.

Lorsqu'il posa les yeux sur elle, Zoe vit leur expression changer sans qu'elle pût précisément l'identifier.

— Au revoir, Zoe.

À ces mots, son cœur se serra dans sa poitrine. Elle ne voulait pas le voir partir, redoutant soudain de se retrouver seule dans cette maison pleine de souvenirs. Tant qu'il avait fait jour, cela ne lui avait pas posé problème, et puis elle s'était sentie en forme. Là, elle était encore sous le choc de son malaise, et même si elle avait beaucoup de mal à l'admettre, la présence de Jack la rassurait. Non seulement elle ne se risquerait pas à le lui dire, mais cela ne suffirait certainement pas à le retenir auprès d'elle. Elle préféra donc se taire en suivant des yeux sa large carrure.

Alors qu'il allait quitter le salon, la sonnerie du téléphone fixe branché dans le couloir retentit. Elle soupira intérieurement à la seule idée de se lever pour aller répondre.

— Tu veux bien décrocher ? demanda-t-elle à Jack. Il y a peu de chances que ce soit pour moi.

Il hocha la tête et s'éclipsa dans le couloir. Elle l'entendit échanger quelques mots avec quelqu'un, puis il revint dans le salon, le visage fermé.

— C'est Rose, dit-il en lui tendant le combiné.

Il tourna les talons. Quelques instants plus tard, Zoe entendit claquer la porte d'entrée.

— Allô ?

— Super, j'arrive enfin à te joindre ! s'exclama Rose, tout excitée. Il faut que je te parle de quelque chose d'urgent.

*

Lorsque Jack voulut repartir, il appuya si brusquement sur la pédale de l'accélérateur que le 4 ×4 eut un violent soubresaut. Il laissa tourner le moteur quelques instants, le temps de se calmer, puis prit lentement la direction de la pension dont on distinguait les lumières au loin.

« Allez, reprends-toi », songea-t-il. Il devait essayer de ne plus penser à ce qui s'était passé au cours de ces quatre-vingt-dix dernières minutes, mais impossible, l'image de Zoe évanouie resurgissait sans cesse devant ses yeux. Il s'était retrouvé à ses côtés en un éclair, et lorsqu'elle avait enfin rouvert les yeux, sa colère avait disparu au bénéfice d'un autre sentiment qu'il lui était impossible de nommer.

J'ai besoin de réponses, Jack.

Il soupira en repensant aux paroles de Zoe, à son regard implorant.

À l'époque, il aurait donné n'importe quoi pour lire une telle détermination dans ses yeux, or il n'y avait trouvé que du vide. Profondément blessé, il en avait conclu qu'il s'était trompé à son sujet, que Zoe n'avait pas été sincère dans ses sentiments.

Mais, à présent…

Jack secoua la tête. Non, il ne devait pas même y penser ; le passé, c'était le passé, il n'y avait aucun retour en arrière possible après toutes ces années. À l'heure actuelle, il avait déjà fort à faire avec William ; quant à Zoe, il ne lui devait rien. Si celle-ci tenait à rouvrir d'anciennes plaies, c'était son problème, pas le sien. Tout cela ne le regardait plus, point à la ligne.

Il gara son 4 ×4 à côté du Combi de sa mère, claqua la portière et, le visage fermé, se dirigea vers l'entrée de la pension.

13

— Simon, mon chéri, tu veux bien raccompagner Mme Edgars ?

Elaine Fielding lança à son fils un regard indiquant qu'elle ne souffrirait aucune contradiction.

— Bien sûr, répondit Simon en soupirant intérieurement.

Il se leva et sourit à la vieille dame sur le départ. En temps normal, il aurait accompli de lui-même son devoir d'hôte, car il savait l'importance que sa mère y attachait. Mais, fidèle à son attitude depuis le début de la soirée, il ne prêta qu'une oreille distraite à Martha Edgars tandis que celle-ci lui parlait de Lydia, sa petite-fille de vingt-cinq ans. Si Simon ne se trompait pas, ils s'étaient déjà vus à plusieurs reprises, et il avait cru comprendre qu'il ne la laissait pas indifférente.

— Lydia est vraiment déçue de ne pas avoir pu venir ce soir, alors qu'elle se faisait une joie de vous revoir. Mais elle a été retenue par l'un de ses chevaux qui boitait.

— Vous m'en voyez navré, répondit poliment Simon. Vous la saluerez de ma part.

En réalité, il n'avait qu'un vague souvenir de Lydia Edgars. Après tout, elle était comme bon nombre de jeunes femmes bien nées et apprêtées de la tête aux pieds qui gravitaient dans les mêmes cercles que lui. Il ne l'imaginait pas du tout lui ouvrir la porte en T-shirt blanc usé ou servir un plat maison à dîner, contrairement à…

— Je n'y manquerai pas, assura Martha Edgars sur le seuil de la porte. Quant à vous, n'oubliez pas de dire à votre mère qu'elle s'est surpassée, une fois de plus. Cette soirée était absolument parfaite.

— Je transmettrai, promit Simon.

Il aida la vieille dame à descendre le perron jusqu'à la limousine qui l'attendait, puis retourna à l'intérieur. Alors qu'il s'apprêtait à regagner le salon, où tous les invités s'étaient rassemblés après le dîner, sa mère vint à sa rencontre.

— Tout va bien ? s'enquit-elle, inquiète.

Simon hocha la tête.

— On m'a chargé de te féliciter pour cette soirée.

Ces louanges n'avaient rien d'étonnant, car les dîners d'Elaine Fielding étaient très réputés. Toute la haute société londonienne se pressait à ses soirées de bienfaisance, pour ses qualités d'hôtesse mais aussi pour ses relations en haut lieu. La fille du comte de Chiswick et épouse de Robert Fielding, un ténor du barreau, fréquentait depuis longtemps les industriels les plus fortunés du pays, pour la plupart clients du cabinet de son mari. Les gens faisaient des pieds et des mains pour être invités chez elle, surtout quand la réception se tenait, non pas comme ce soir dans sa villa de Kensington, mais à Marlton House, dans le Kent, berceau familial des Chiswick. Elaine Fielding siégeait au conseil d'administration de nombreuses associations, et Simon pouvait témoigner que ces activités lui plaisaient beaucoup.

Cependant, en cet instant, elle n'avait pas l'air particulièrement sereine et dévisageait son fils en fronçant les sourcils.

— Je ne parlais pas de Martha, c'est pour toi que je m'inquiète.

Simon sourit avec étonnement.

— Je vais bien, je t'assure.

— Dans ce cas, pourquoi avais-tu l'air complètement ailleurs au dîner? insista Elaine, pas franchement convaincue. Que se passe-t-il, Simon ? Y a-t-il un problème que j'ignore au cabinet ?

— Comment ? Non, il n'y a aucun problème, vraiment.

— Alors c'est une histoire de femme. Il ne s'agirait pas de Lydia Edgars, par hasard ? Elle est charmante, tu ne trouves pas ? Et je crois que tu lui plais.

Simon soupira.

— Ce n'est hélas pas réciproque.

— Oh, murmura Elaine Fielding, visiblement déçue.

— Alors qui est-ce ? Ou plutôt, sur quelle une de magazine ai-je pu la voir ?

— Elle n'est pas mannequin.

Simon esquissa une grimace. Il devait reconnaître que la question de sa mère se justifiait, après les trois dernières relations qu'il avait eues. Enfin, « relations », c'était beaucoup dire, pour des aventures éphémères. De leur côté, ses parents estimaient que, à près de trente-cinq ans, il était grand temps qu'il songeât à se marier et à perpétuer la lignée des Fielding. Bien sûr, pas avec une top-modèle mais avec une jeune femme de bonne famille, Lydia Edgars, par exemple. Si cela n'avait tenu qu'à elle, Elaine aurait déjà fait paraître un avis de fiançailles dans le *Times*.

— Ce n'est pas un mannequin ? s'étonna sa mère en haussant les sourcils. Quel est son métier ?

— Elle est styliste.

Simon ne put réprimer un sourire en repensant à ses deux entrevues avec Rose Riley, qui lui avaient fait l'effet d'un vent de fraîcheur. Il n'allait pas l'oublier de sitôt et espérait avoir très vite l'occasion de la revoir.

— Une styliste ? répéta Elaine, qui n'était pas certaine de préférer cette profession à celle de mannequin. Est-ce qu'elle est connue ?

Simon secoua la tête.

— Pas encore, elle est en début de carrière.

— Ah, et je suppose qu'un petit coup de pouce de ta part serait le bienvenu, répliqua sèchement Elaine. Je parie qu'elle s'est renseignée sur toi et sur ton carnet d'adresses. Sans parler de ton argent, bien sûr. Oh, Simon, des mannequins, une styliste… Pourquoi faut-il toujours que tu t'entiches de femmes extravagantes ? Pourquoi ne choisis-tu pas une femme de ton milieu, comme Hazel Cummings, votre nouvelle recrue au cabinet ? Elle est charmante, exerce le même métier que toi et vient, d'après mes informations, d'une bonne famille.

Simon pensa à la jeune avocate rousse que son père venait d'embaucher. Elle était gentille, certes, mais il ne l'avait jamais considérée autrement que sous un angle professionnel. Pour toute réponse, il esquissa une moue circonspecte.

— Crois-moi, cela vaudrait mieux, soupira sa mère.

— Je viens de rencontrer Rose, on n'en est pas encore à échafauder des projets de mariage.

— Dis-moi, en parlant de stylisme, tu n'as pas oublié le vernissage samedi prochain ?

Simon, qui ne voyait pas du tout de quoi parlait sa mère, haussa les sourcils.

— Je suis certaine de t'avoir envoyé un carton d'invitation en te demandant expressément de te libérer à cette date. Il s'agit de l'exposition sur les plus grandes tendances de mode des cinquante dernières années, que j'organise pour notre campagne de sensibilisation aux maladies mentales. Nous vendrons certains modèles aux enchères, notamment une robe de Coco Chanel et une autre portée par la duchesse de Cambridge. Elle nous l'a offerte car cette cause lui tient particulièrement à cœur. Il y aura notamment Clive Wentworth, le pape londonien de la mode dont tout le monde parle en ce moment, ainsi que d'autres grandes figures du milieu. C'est un événement important, Simon, et je tiens à ta présence. Lydia Edgars sera là aussi, vous pourrez faire plus ample connaissance, conclut Elaine en baissant la voix.

— Nous devrions retourner auprès de nos invités, tu ne crois pas ?

Tandis qu'ils se dirigeaient vers le salon, Simon sentit son portable vibrer dans la poche de sa veste et s'arrêta.

— Excuse-moi, je te rejoins tout de suite.

Il ignora le regard réprobateur que lui lança sa mère et sortit son téléphone. Le texto qu'il venait de recevoir disait :

Visite de la maison demain à 17 heures.
Bonne soirée, Rose.

Simon sourit, enregistra le numéro de Rose dans ses contacts et retourna au salon d'un pas léger.

14

— Vous m'en voyez navré, mais je n'ai pas le droit.

Devant le refus de Harry Owen, Zoe se sentit submergée par une immense déception.

— Mais il s'agit de mon frère, protesta-t-elle, les poings serrés, en implorant le policier du regard.

Harry Owen retourna s'asseoir à son bureau, dont il s'était levé pour accueillir Zoe. Jack avait dit vrai, l'écriteau sur la porte indiquait qu'il était désormais commissaire. À l'exception de la petite bedaine qui se dessinait au-dessus de sa ceinture, il n'avait pas beaucoup changé. Toujours la même chevelure bien fournie et des yeux bleu clair qui observaient attentivement Zoe, tandis que celle-ci prenait place sur une chaise en face de lui.

— J'aimerais vous aider, mademoiselle Bevan, mais je ne peux pas. Les rapports d'enquête sont des documents internes que nous ne pouvons communiquer ni aux familles des victimes, ni aux coupables, le cas échéant. C'est la procédure et je dois la respecter.

— Mais vous n'avez plus besoin de ces informations, insista Zoe. L'affaire est classée depuis des années.

— Justement, pourquoi vouloir remuer tout ça ?

Zoe se pencha en avant et regarda le policier dans le blanc des yeux.

— Vous ne comprenez pas. Mon but n'est pas de critiquer votre travail. Je sais qu'avec vos collègues, vous avez mené une enquête approfondie pour tenter d'élucider les circonstances du décès de mon frère. Seulement, à l'époque, j'étais dans un état second, à tel point que je comprenais à peine les questions que l'on me posait, et je n'ai pas pu confirmer ou infirmer ce que d'autres ont dit sur Chris. J'ai un regard différent aujourd'hui. Bien sûr, je saurai rester discrète et…

Elle s'interrompit en voyant Harry Owen secouer vigoureusement la tête, les lèvres pincées.

— Je vous le répète, je n'en ai pas le droit.

Même si cette conversation le mettait de toute évidence mal à l'aise, Zoe n'entendait pas renoncer. Pas maintenant.

— Mais c'est très important pour moi, et puis le dossier n'aurait même pas à sortir d'ici. Je peux le consulter sur place, s'il ne doit pas quitter le commissariat.

— C'est impossible, martela Harry Owen. La seule personne autorisée à accéder à ce rapport est un avocat mandaté par vos soins, après en avoir formulé la demande auprès du parquet. Seulement ensuite, il pourra vous dire ce qui y figure, sans jamais vous montrer aucun document.

— Mais…

— Non, inutile d'insister.

Il se leva et Zoe l'imita.

— Je suis vraiment désolé, dit-il en évitant de croiser son regard, tandis qu'il la raccompagnait dans la couloir. Au revoir, mademoiselle Bevan.

Lorsqu'il eut refermé la porte, Zoe la contempla un long moment puis regagna la salle principale du commissariat. À l'un des bureaux, elle reconnut l'inspecteur Collins, le jeune policier au sourire sympathique qui l'avait accueillie. Comme il avait l'air plus chaleureux que son supérieur, Zoe hésita un instant à s'adresser à lui pour obtenir le rapport d'enquête, avant de se raviser. Non seulement elle ne le voyait pas risquer de se mettre son chef à dos, mais elle s'était suffisamment humiliée pour aujourd'hui. Elle se contenta de le saluer d'un signe de tête et sortit du commissariat.

Une fois dehors, Zoe jeta un dernier coup d'œil au bâtiment historique qui, avec sa façade en ardoise et ses jolies fenêtres à croisillons, n'avait rien à envier aux autres bâtisses coquettes de la petite station balnéaire.

Elle était arrivée au commissariat avec la conviction que Harry Owen accepterait de l'aider. À l'époque des faits, ce policier l'avait marquée car il lui avait semblé particulièrement choqué par la mort de Chris, sans doute l'une de ses premières affaires sérieuses. Zoe s'était alors rendu compte que l'événement ne serait pas sans conséquences pour les autorités d'une bourgade paisible comme Penderak. Elle avait espéré que ce souvenir le pousserait à accéder à sa demande et, de toute évidence, elle s'était trompée.

Bien sûr, elle n'avait aucune intention d'en rester là et engagerait un avocat, ainsi que l'avait mentionné Harry Owen. Elle ne pouvait cependant pas s'en remettre à son cabinet londonien, sinon son père saurait où elle se trouvait. Elle devait donc trouver un avocat dans les environs, mais cela prendrait du temps. « Du temps que je n'ai pas », songea Zoe en soupirant.

Perdue dans ses pensées, elle déambula dans les ruelles pavées puis, une fois arrivée sur le front de mer, prit une profonde inspiration. En cet après-midi d'été, les chalutiers étaient déjà rentrés au port et attendaient leur prochaine sortie, amarrés aux pontons. Zoe constata avec étonnement qu'il y en avait moins qu'auparavant, tandis que les voiliers et les canots à moteur étaient beaucoup plus nombreux, tout comme les touristes qui flânaient sur la promenade, regardaient les devantures des boutiques ou consommaient dans les cafés et les restaurants. Elle reconnut certains hôtels et boutiques, d'autres étaient nouveaux ou avaient changé de nom.

Les maisons gris et blanc dont les cadres de fenêtres colorés se reflétaient dans l'eau, les cris des mouettes, le cliquetis des cordes sur les mâts des voiliers, la forte odeur d'algues et d'eau salée... Tout cela était pour Zoe indissociable des nombreux étés passés ici, synonymes de bonheur et de sérénité. Elle se voyait encore en train de déguster une glace avec Rose sur le port ou se promener le soir main dans la main avec Jack, au tout début de leur histoire. De son cœur qui avait battu la chamade comme jamais. Et de sa certitude que rien ni personne ne les séparerait jamais.

— Excusez-moi, il me semble qu'on se connaît, non ?

Zoe sursauta et se retrouva nez à nez avec une femme châtain d'une soixantaine d'années qui la dévisageait, la tête légèrement penchée sur le côté. Elle ne passait pas inaperçue, avec son bermuda rouge vif et sa tunique multicolore, et Zoe la reconnut presque immédiatement.

— Madame Carmichael !

Le visage de la femme s'illumina aussitôt.

— Zoe ! Zoe Bevan, c'est bien vous ! Mon Dieu, cela fait des années ! s'exclama-t-elle avant d'ajouter, le visage grave : Je n'ai jamais eu l'occasion de vous transmettre mes condoléances pour votre frère, à l'époque.

Sa voix se brisa un instant, mais elle se ressaisit rapidement.

— C'était un pianiste au talent extraordinaire, un élève unique.

— Il adorait vos cours, répondit Zoe.

Elle sentit sa gorge se serrer lorsqu'elle remarqua les yeux embués de larmes de Mme Carmichael, tout en trouvant réconfortant d'entendre que Chris n'avait pas été oublié après toutes ces années. Zoe et ses parents n'avaient donc pas été les seuls à porter son deuil.

C'était Lizzie Carmichael qui avait encouragé la passion de Chris pour la musique. Zoe se souvenait qu'un jour il avait appris qu'elle enseignait le piano aux enfants de Penderak et l'avait suppliée de lui consacrer quelques heures. À Londres, il avait persévéré avec d'autres professeurs, finissant, à force de travail et de persévérance, par devenir un vrai virtuose, et chaque été, c'était devenu une tradition, il reprenait des cours avec Lizzie Carmichael.

— Vous avez beaucoup compté pour lui, il adorait jouer du piano en votre compagnie.

— C'était réciproque, soupira Lizzie. Combien de temps avez-vous prévu de rester à Penderak ?

— Quelques jours.

— Alors passez donc chez moi demain. J'ai quelque chose à vous donner. Vous connaissez mon adresse ?

— Bien sûr. De quoi s'agit-il ?

Lizzie sourit.

— Vous le saurez demain. À 16 heures pour le thé !

Elle caressa le bras de Zoe puis s'éloigna. Au bout de quelques mètres, elle se retourna, agita la main et se mêla aux passants.

Zoe suivit Lizzie Carmichael du regard en se demandant ce qu'elle pouvait bien avoir à lui donner. Cela avait forcément un lien avec Chris. C'était toujours un début, à elle maintenant de trouver d'autres habitants susceptibles de la renseigner.

Remotivée, elle allait poursuivre son chemin lorsque son regard fut attiré par la devanture d'une boutique où étaient exposés des sacs en tissu, visiblement cousus et tout à fait à son goût : fantaisie et colorés, sans être criards ni enfantins.

Zoe entra dans la petite boutique qui proposait de la décoration maritime, du prêt-à-porter et des accessoires. Une vendeuse aux longs cheveux auburn se tenait derrière un comptoir et discutait avec une femme plus âgée. Elle tourna la tête en entendant tinter la clochette au-dessus de la porte.

— Je peux vous aider ? demanda-t-elle avec un sourire chaleureux.

Mais, avant que Zoe n'eût le temps de répondre, elle laissa échapper un cri de joie.

— Zoe, comme ça me fait plaisir ! Je suis Iris, la petite sœur de Rose, tu te souviens ?

— Oui, bien sûr, répondit Zoe avec étonnement.

Elle avait du mal à croire que la gamine à l'appareil dentaire dont elle avait le souvenir était devenue cette belle jeune femme. Si Iris était physiquement métamorphosée, elle avait gardé le même caractère chaleureux et enjoué qu'autrefois. Elle contourna le comptoir et serra Zoe dans ses bras.

— Ça y est, tu as pris tes marques à la maison de la plage ?

— Oui, merci. Ce sont les créations de Rose ? demanda Zoe, impressionnée, en désignant les sacs et les vêtements présentés un peu partout sur des portants. Je parie qu'elles se vendent bien.

— Je dirais même que ce sont nos produits phares. Hein, maman ?

Elle se tourna vers la femme qui se tenait toujours près du comptoir. Zoe la reconnut alors.

— Madame Gallagher ! s'exclama-t-elle, tout sourires, en lui tendant la main. Je suis contente de vous revoir.

La mère de Jack sourit, tout en conservant une certaine retenue, et lui serra la main.

— Le plaisir est partagé, Zoe. Ça fait tellement longtemps.

— En effet.

Zoe baissa brièvement les yeux, comprenant soudain son erreur d'avoir tiré un trait sur toutes ces personnes du jour au lendemain.

— Jack était inquiet après ton malaise hier sur la falaise, dit Daisy en scrutant Zoe. Tu te sens mieux ?

— Oui, beaucoup mieux, merci.

Zoe sentit son cœur s'accélérer à l'évocation de Jack. Inquiet, vraiment ?

— La longue route m'a plus fatiguée que je ne le croyais. Je me suis payé le luxe d'une grasse matinée ce matin.

En effet, elle ne s'était levée qu'aux alentours de midi, une heure à laquelle elle était d'habitude au bureau en train de venir à bout d'une première pile de dossiers. Après un brunch copieux qui l'avait requinquée, elle avait marché jusqu'au village en admirant le paysage, et la promenade avait quelque peu apaisé la tension qu'elle ressentait depuis deux jours.

— Tu es toute pâle. Tu es sûre que tu manges suffisamment ? insista Daisy, qui l'observait avec scepticisme.

Zoe se souvint alors que la nourriture avait toujours été la plus grande préoccupation de Daisy Gallagher. Autrefois déjà, jugeant Zoe trop maigre, elle n'avait eu de cesse de lui proposer des pâtisseries et autres friandises maison. Et, aujourd'hui encore, elle semblait s'inquiéter pour la santé de Zoe. Pour preuve, elle ajouta :

— Tu peux venir manger à la pension quand tu veux. Nous cuisinons toujours trop, et puis tu es notre invitée.

Zoe hocha timidement la tête.

— Merci, c'est très gentil, répondit-elle, un peu surprise par cette proposition inattendue.

Elle se tourna vers Iris, qui affichait toujours un grand sourire. Bien que la mère de Jack se montrât un peu plus réservée qu'autrefois à son égard, les Gallagher n'avaient pas perdu leur sens de l'hospitalité, ce qui ne fit que culpabiliser Zoe encore davantage. Elle s'empressa de choisir un sac aux différentes nuances de bleu accroché à un portant.

— Je vais vous acheter ceci.

Zoe donna l'argent à Iris, patienta tandis qu'elle emballait le sac dans une housse en papier puis sortit de la boutique, perdue dans ses pensées. Elle n'avait parcouru que quelques mètres lorsqu'elle bouscula quelqu'un.

— Pardon, je ne vous avais pas…

Les mots moururent sur ses lèvres lorsqu'elle leva la tête vers Jack.

15

— Qu'est-ce que tu fais ici ? demanda Jack avec méfiance, tout en rajustant le carton qu'il portait sous le bras.

Zoe déglutit.

— Je... Je passais là par hasard après être allée au commissariat. Ces jolis sacs m'ont tapé dans l'œil et je suis entrée. Je ne savais pas que la boutique appartenait à ta famille.

— Elle appartient à Iris, rectifia Jack.

Zoe se sentit rougir sous son regard.

— Tu viens lui apporter ça ? demanda-t-elle en désignant le carton.

Jack hocha la tête, songeur.

— Alors, ça a donné quoi avec la police ? s'enquit-il.

— Rien du tout, on m'a envoyée paître, soupira Zoe. Harry Owen a refusé de me laisser consulter le rapport d'enquête. Une question de procédure, d'après lui. Il faudrait que je fasse appel à un avocat, seulement je suis prise par le temps et...

Elle se tut, de peur de dévoiler son secret à Jack.

— Comment ça, « prise par le temps » ? répéta celui-ci en fronçant les sourcils.

— Eh bien... je ne suis que de passage ici, s'empressa-t-elle de préciser. Comme je rentre à Londres dans quelques jours, je comptais sur le rapport d'enquête pour gagner du temps. Hélas, le commissaire ne l'entend pas de cette oreille.

— Ce n'est pas étonnant, venant de Harry, murmura Jack avec un haussement d'épaules, avant de préciser, devant le regard surpris de Zoe : Gordon, mon beau-frère, est policier. Il se plaint souvent du côté procédurier de Harry.

Zoe soupira.

— Je ne sais pas vers qui me tourner. Tu ne connaîtrais pas un avocat à Penderak, par hasard ?

— Non, le cabinet le plus proche est à Newquay, et je doute qu'un avocat puisse t'être d'un grand secours en quelques jours.

Zoe se mordit les lèvres. Jack avait raison, sa démarche était vouée à l'échec. Quand bien même elle trouverait quelqu'un qui accepterait de la représenter, le temps d'obtenir une réponse du parquet, d'éplucher le rapport d'enquête…

— Je dois tout tenter, je n'ai pas le choix, soupira-t-elle, dépitée.

Jack marmonna quelques mots qu'elle ne saisit pas puis, paraissant soudain très pressé, la salua d'un signe et s'éloigna. Zoe le suivit du regard en se disant qu'il aurait tout de même pu la gratifier d'un sourire et d'un petit mot d'encouragement, mais manifestement, c'était trop demander. Après tout ce qui s'était passé, jamais ils ne retrouveraient leur complicité d'antan. Préférant ne pas s'appesantir sur les raisons de sa tristesse, Zoe tourna les talons et prit la direction de la maison de la plage.

*

Comme Iris était en train de servir une cliente, Jack posa le carton à côté de la caisse puis se tourna vers sa mère, qui le regardait avec inquiétude.

— Iris m'a demandé de lui apporter ça. Il y a un problème ?

— Je t'ai vu avec Zoe. De quoi vous avez parlé ?

— De rien de spécial, répondit Jack, renfrogné. Je te l'ai dit, elle s'est mis en tête de découvrir ce qui est arrivé à son frère.

En effet, la veille au soir, Zoe avait été au centre des discussions à la pension.

— Et c'est la seule raison de sa présence ici ? renchérit Daisy en secouant la tête, visiblement tracassée. Pourquoi avoir attendu toutes ces années ?

Jack s'accouda au comptoir et regarda sa mère d'un air pensif.

— Je n'en sais rien, mais je devrais peut-être l'aider.

— Ah oui ? Et pourquoi donc ?

— Plus vite elle saura le fin mot de l'histoire, plus vite elle déguerpira.

Daisy, dubitative, dévisagea Jack.

— C'est vraiment ce que tu veux ?

— Elle repartira forcément un jour ou l'autre, maugréa Jack.

Il tenta d'ignorer le pincement au cœur qu'il ressentit en repensant au regard implorant que Zoe lui avait lancé. Mais il n'y avait pas que ça, elle semblait terriblement oppressée, comme si elle portait un immense fardeau sur les épaules, et dans ses yeux se lisait une tristesse qui le bouleversait au plus profond de lui-même.

— Gordon est au commissariat ? demanda-t-il à Iris lorsqu'elle eut terminé avec sa cliente.

— Oui, s'il n'est pas en intervention. Pourquoi ?

— J'ai un petit service à lui demander.

Sans plus attendre, Jack sortit de la boutique.

16

— Et voici la salle de bains.

Rose s'écarta pour laisser passer Darios Pandakis et son expert en immobilier. Elle trouvait étrange de montrer une maison qui n'était pas la sienne, mais elle l'avait promis à Zoe.

La salle de bains eut droit à un examen en règle, tout comme les autres pièces que les deux hommes venaient de visiter. Depuis son arrivée une demi-heure plus tôt, Darios Pandakis était impassible, et même lorsqu'il s'entretenait à voix basse avec l'expert, son visage ne trahissait pas la moindre expression. De son côté, Rose était de plus en plus nerveuse. Même si Simon Fielding avait précisé que son client était un peu particulier, jamais elle n'aurait cru qu'il se comporterait de façon aussi distante. Il souriait à peine, s'exprimait par monosyllabes et ne semblait montrer qu'un intérêt limité pour un bien qu'il tenait cependant à acheter.

— La maison ne lui plaît pas ? demanda-t-elle discrètement à Simon, qui patientait avec elle dans le couloir.

Il se pencha vers elle avec un petit sourire.

— Ne vous inquiétez pas, il est toujours comme ça.

Lorsque le souffle de Simon lui effleura la joue, Rose sentit un frisson lui parcourir l'échine. L'espace d'un instant, elle se perdit dans ses grands yeux bleus, soudain si proches des siens, et retint sa respiration.

« Il est là pour des raisons strictement professionnelles, songea-t-elle, alors arrête de le regarder comme une ado transie d'amour. » Or c'était précisément son état d'esprit depuis la veille au soir. Non seulement elle avait rêvé de Simon dans la nuit, mais elle avait passé des heures devant le miroir à essayer différentes tenues, pour finalement choisir l'une de ses plus belles robes d'été couleur parme. Et plus l'heure de la visite avait approché, plus elle s'était sentie fébrile. À 17 heures tapantes, elle avait ouvert le cœur battant aux deux hommes et à Simon, dont le regard approbateur était venu récompenser tous ses efforts.

Oui, Rose voulait plaire à Simon, tout en ayant dans le même temps l'impression de perdre complètement les pédales, tant elle n'avait plus l'habitude des jeux de séduction. Ainsi, elle n'arrivait pas à savoir si Simon s'intéressait vraiment à elle ou s'il se conduisait de la sorte avec toutes les femmes. En tout cas, force était de constater qu'il savait y faire.

— Y a-t-il d'autres pièces à voir au rez-de-chaussée ? demanda Darios Pandakis en les rejoignant dans le couloir.

— Non, c'était la dernière.

— Bien, alors poursuivons.

Rose, que ce ton autoritaire insupportait, serra les dents et précéda les trois hommes dans le grand escalier qui menait à l'étage.

Zoe lui avait expliqué que cette partie-là de la maison avait été autrefois réservée à sa mère et qu'elle-même n'y mettait quasiment plus les pieds. Sa chambre se trouvait en bas, près de la salle de bains, et c'était également là que Rose avait choisi de s'installer. Dans cette maison bien trop grande pour une seule personne, il y avait tout le nécessaire au rez-de-chaussée. Elle n'était montée qu'une seule fois à l'étage, le jour de son arrivée et avait simplement passé la tête dans la pièce la plus proche du palier, certainement l'ancienne chambre de Brenda. Rose s'était alors étonnée de voir qu'elle était restée quasiment en l'état, entre les flacons de parfum disposés sur la coiffeuse, la multitude de portraits de famille accrochés au mur et la pile de magazines sur la table basse, comme si son occupante allait revenir d'un instant à l'autre. Rose, se sentant comme une intruse, ne s'était pas attardée et avait vite regagné le rez-de-chaussée.

Elle ouvrit les portes les unes après les autres pour montrer les différentes pièces à ces messieurs. Après la chambre de Brenda venait un petit salon, qui ressemblait en tout point à celui du rez-de-chaussée, puis deux chambres d'amis et une grande salle de bains, le tout impeccablement entretenu par la femme de ménage qui venait une fois par semaine.

Rose se sentait particulièrement mal à l'aise dans cette partie de la maison, sans doute parce que le temps y était comme suspendu. Et cette étrange impression de malaise se renforça encore lorsqu'elle poussa la dernière porte au fond du couloir.

Elle donnait sur une pièce inondée de lumière où trônait un imposant piano à queue au couvercle fermé. En plus de deux fauteuils et d'une petite table installée devant la fenêtre, elle était meublée de plusieurs bibliothèques chargées d'objets et de photos encadrées qui montraient un Chris Bevan souriant, parfois seul, parfois entouré de sa famille ou de ses amis, aux différentes étapes de sa vie, de son enfance à sa scolarité en passant par ses exploits sportifs. Il avait manifestement été un joueur de cricket hors pair, à en juger par les trophées en or disposés dans l'une des vitrines. Au mur, une photo grand format le montrait en train de jouer du piano, absorbé, et d'après la signature, les dessins disposés de part et d'autre étaient également son œuvre.

Rose avança dans la pièce, bouche bée, le souffle presque coupé en constatant combien la présence de Chris était encore palpable. Et, soudain, ce fut un flot de souvenirs qui la submergea. Elle avait tout de suite apprécié ce garçon poli, souriant et plein d'humour. Elle avait même été secrètement amoureuse de lui pendant un temps, avant de le considérer comme un deuxième frère. Sa mort semblait toujours aussi irréelle, et maintenant que Rose avait des enfants, elle mesurait l'ampleur du traumatisme pour la famille Bevan. Elle n'imaginait pas vivre sans Sarah, Luke ou Henry, cette seule idée lui était insupportable.

En découvrant ce sanctuaire, Rose comprit d'autant plus pourquoi Zoe avait décidé de s'installer au rez-de-chaussée. Il devait être étouffant de vivre parmi tous ces souvenirs.

— Ce sont les photos du frère défunt de Mlle Bevan, lâcha-t-elle, se sentant obligée d'apporter une explication à cette profusion de portraits.

Seul le visage de Simon trahit une émotion, tandis que les deux autres hommes se contentaient d'acquiescer avant de se remettre à parler chiffres.

Après encore une demi-heure consacrée à la visite du grenier et du sous-sol, Darios Pandakis, flanqué de son expert, remonta enfin dans sa limousine avec chauffeur.

— Nous vous tiendrons au courant, dit l'homme d'affaires.

Lorsque la voiture eut disparu au virage, Rose se tourna vers Simon qui se tenait à côté d'elle sur le perron. Il était venu par ses propres moyens et ne semblait pas pressé de prendre congé.

— Alors, satisfait ?

— Très, répondit-il avec un sourire en coin.

— Vraiment ? Votre client avait l'air de s'ennuyer à mourir. Je n'ai pas l'impression qu'il tienne tant que ça à acheter cette maison.

— Oh si, croyez-moi. Il n'est pas du genre démonstratif, voilà tout. Le seul fait qu'il ait exigé de visiter la maison en personne en dit long sur ses intentions. D'après ce qu'on m'a dit, il a déjà des projets de travaux plein la tête.

— Mais comment connaît-il l'existence de cette villa ? Elle n'est pas encore sur le marché, il me semble.

— C'est vrai. J'ai ouï dire que M. Pandakis avait été convié il y a plusieurs années à une réception organisée par les Bevan. La maison lui a tapé dans l'œil, et comme il cherche en ce moment à acheter à Londres, il a insisté pour la revoir et proposer une offre.

— Pour une maison qui n'est pas officiellement en vente ?

— Je vous ai dit que c'était un excentrique, répondit Simon en esquissant un rictus. Pour M. Pandakis, la question n'est pas de savoir ce qu'il *peut* obtenir, mais ce qu'il *veut* obtenir.

Rose plissa le front, pensive.

— Eh bien, rien ne dit qu'il obtiendra cette maison. Quand j'en ai parlé à mon amie, elle m'a paru très sceptique. Ça n'a pas été facile de lui faire accepter cette visite.

— Sachez que votre aide m'a été très précieuse, et j'aimerais vous témoigner ma reconnaissance.

— Rien ne vous y oblige.

— Ça me fait plaisir, insista Simon. À quoi auriez-vous employé cette fin d'après-midi, si vous n'aviez pas été retenue ici ?

Rose haussa les épaules.

— Je serais sans doute allée dans l'East End.

D'après les recherches qu'elle avait effectuées la veille au soir sur Internet, c'était le nouveau quartier à la mode, et elle avait envie de découvrir cet autre visage de Londres, plus alternatif.

— L'East End ?, répéta Simon, étonné. Et quelle partie, plus précisément ?

— Je ne sais pas, Shoreditch ou Whitechapel, peut-être. J'ai entendu parler de boutiques sur Brick Lane qui, paraît-il, valent le détour. Vous voyez où c'est ?

Simon sourit.

— J'ai toujours vécu ici, je connais Londres comme ma poche. Certes, ce n'est pas un quartier où j'ai mes habitudes. Mais si ça vous intéresse, je peux passer vous prendre demain et vous y accompagner. Disons 14 heures ? Nous aurons tout l'après-midi.

Rose haussa les sourcils.

— Vous ne travaillez pas demain ?

— Le vendredi, je peux m'arranger pour terminer plus tôt. Et puis vous êtes un contact professionnel, à votre manière, donc ce sera un peu comme si j'avais un rendez-vous à l'extérieur.

— C'est la seule raison pour laquelle vous êtes aussi gentil avec moi ?

Les yeux de Simon se mirent à pétiller, et Rose retint son souffle en le voyant se pencher vers elle.

— Non, c'est aussi parce que j'ai envie de mieux vous connaître, dit-il en l'embrassant sur la joue. À demain !

Rose le suivit du regard, le cœur battant et les jambes en coton, tandis qu'elle se prenait à rêver à un vrai baiser. Une chose était sûre, elle n'aurait pas repoussé Simon.

Ce jeu de séduction était décidément bien agréable, mais Rose pouvait-elle se permettre d'y succomber ? Ne devait-elle pas lui dire la vérité avant que les choses aillent trop loin ?

« Ne t'emballe pas trop », songea-t-elle. Elle sourit en pensant à ce que sa sœur aurait à dire sur le tour que prenait ce séjour. C'était précisément ce qu'elle avait souhaité pour Rose : une escapade au doux parfum de plaisir.

« Et pour cela, Simon Fielding est la personne tout indiquée », conclut Rose en refermant la porte.

17

Zoe se réveilla en sursaut et constata avec étonnement qu'elle s'était endormie sur le canapé du salon. À son retour de promenade, se sentant soudain fatiguée, elle avait décidé de s'allonger un peu. Elle avait dû s'assoupir un bon moment, car la maison était désormais plongée dans la pénombre.

Elle alluma la petite lampe posée sur un guéridon et cligna des yeux. Comment avait-elle pu dormir aussi longtemps, alors qu'elle avait passé sa matinée au lit ? Sans doute l'air de la mer et l'activité physique, dont elle n'avait plus l'habitude.

Après avoir repoussé la couverture qu'elle avait mise sur ses jambes, elle se leva en s'étirant puis alla dans la cuisine pour se préparer une tasse de thé. Pendant que l'eau chauffait, elle se posta devant la fenêtre, contemplant le sentier qui longeait le cottage, le même que Chris avait emprunté le soir de sa mort. L'espace d'un instant, elle crut voir sa silhouette élancée s'éloigner dans les lueurs du crépuscule.

Pourquoi s'était-il rendu aux falaises ce soir-là ? Y avait-il retrouvé quelqu'un ?

Zoe aurait donné n'importe quoi pour consulter le compte rendu de l'enquête. Peut-être que…

Soudain, un tintement métallique l'arracha à ses pensées. Elle traversa précipitamment le salon, ouvrit la porte-fenêtre qui donnait sur la terrasse et s'arrêta net.

— William !

Elle reconnut tout de suite l'adolescent qui la regardait d'un air interloqué. En voulant contourner discrètement la maison, il avait visiblement heurté des battes de cricket posées contre le mur. En tombant, elles avaient renversé un arrosoir en métal et trahi sa présence par la même occasion.

— C'est moi que tu venais voir ?

Il hocha la tête, mal à l'aise, sans pour autant expliquer pourquoi il n'avait tout simplement pas sonné à la porte. Zoe n'insista pas, devinant qu'il était curieux d'en savoir plus sur elle et sur son histoire, ce qui était d'ailleurs réciproque. D'un geste, elle l'invita à entrer.

— J'étais en train de me préparer un thé. Tu veux me tenir compagnie ?

William la suivit dans la cuisine. Quelques instants plus tard, alors qu'ils étaient tous deux attablés devant des tasses fumantes, Zoe décida qu'il était temps de rompre le silence.

— Je suis vraiment désolée pour hier soir. Tu as dû avoir une sacrée frousse.

L'adolescent haussa les épaules, sans que Zoe sût s'il confirmait ou infirmait sa supposition. Lorsqu'il tourna enfin la tête vers elle, elle décela toutefois de l'inquiétude dans ses yeux qui lui rappelaient tant ceux de Jack.

— Vous allez mieux ?

Zoe s'apprêtait à le rassurer lorsqu'elle lut dans le regard de l'adolescent qu'elle pouvait être franche avec lui.

— Couci-couça, répondit-elle avec une grimace. Ce n'est pas évident de revenir ici.

— À cause de ce qui est arrivé à votre frère ?

— Oui, je pense beaucoup à lui.

William, songeur, se mâchonna la lèvre inférieure.

— Pareil, je pense beaucoup à ma mère. Elle me manque.

— Chris aussi me manque, mais le temps finit par tout adoucir.

William secoua la tête avec véhémence.

— Justement, je veux pas ! s'exclama-t-il entre colère et désespoir. Je veux pas que ça devienne plus facile, j'ai trop peur de l'oublier !

Zoe ne le savait que trop. Elle avait ressenti une grande culpabilité, le jour où elle s'était rendu compte qu'elle ne pensait plus à Chris en permanence et que son quotidien avait retrouvé un semblant de normalité. Depuis, elle avait compris que cela faisait partie du processus du deuil. Mais elle n'avait pas oublié combien ce lâcher-prise avait été douloureux.

— Tu n'oublieras jamais, assura-t-elle à William.

Elle marqua une pause puis se décida enfin à poser la question qui lui brûlait les lèvres.

— Comment c'est arrivé ?

— Sa voiture a quitté la route et a fini dans un fossé alors qu'elle venait me chercher, expliqua William en serrant sa tasse entre ses mains. Elle est morte peu après à l'hôpital. Le pire, c'est qu'elle et papa étaient en pleine séparation. Elle vivait depuis un moment à New York et voulait que je la rejoigne. Mais comme papa était pas d'accord, ils arrêtaient pas de se disputer. Et moi, j'ai pas eu le temps de lui dire combien je l'aimais. À quel point elle me manquait quand elle était pas là.

— Je me suis disputée avec mon frère le soir de sa mort, répondit Zoe, la gorge serrée. Je lui ai jeté des horreurs à la figure, et tu n'imagines pas combien j'aimerais revenir dessus, pour lui dire plutôt l'importance qu'il avait pour moi.

Elle vit dans le regard de William que celui-ci comprenait. Sentant que les larmes lui montaient aux yeux, elle but une gorgée de thé et s'éclaircit la voix.

— Où vivait ta mère avant son accident ?

Elle avait cru que cela ferait du bien à William de se confier encore davantage, mais il se rembrunit aussitôt.

— Je dois rentrer à la maison, dit-il en consultant sa montre.

— OK, répondit Zoe, prise de court.

Alors qu'elle s'apprêtait à le raccompagner jusqu'à la porte de devant, il se dirigea vers la porte-fenêtre qui donnait sur la terrasse.

— Je vais couper par le pré, ce sera plus rapide.

D'un geste, il prit congé et s'élança.

La même démarche décidée que Jack, remarqua Zoe en le suivant du regard. Et la même tendance à fuir une conversation qui le mettait mal à l'aise.

Elle soupira et apporta ce qui lui restait de thé au salon. Elle allait s'asseoir sur le canapé lorsqu'elle entendit un véhicule se garer tout près du cottage. Quelques instants plus tard, quelqu'un frappa à la porte. Zoe alla ouvrir et écarquilla les yeux.

— Jack !

— Je peux entrer ? demanda-t-il, la mine grave.

Elle s'écarta pour le laisser passer et le suivit au salon. Il s'arrêta devant la grande baie vitrée à l'autre extrémité de la pièce, comme pour maintenir une certaine distance avec Zoe.

— J'ai ceci pour toi.

Il lui tendit une chemise cartonnée. Zoe la prit et, comprenant de quoi il s'agissait, sentit son cœur s'affoler.

— C'est le rapport d'enquête sur la mort de mon frère ?

— Une copie, rectifia Jack. Et ce n'est pas le dossier complet, seulement les dépositions des témoins et les procès-verbaux. Pas de photos.

Zoe, abasourdie, le feuilleta rapidement.

— Comment tu l'as obtenu ?

— Par mon beau-frère. Je t'ai dit qu'il était policier à Penderak. Tu l'as croisé aujourd'hui au commissariat, en tout cas, lui m'a dit qu'il t'avait vue.

Zoe repensa au jeune policier qui l'avait accueillie.

— Mais je croyais que les rapports d'enquête ne devaient pas sortir du commissariat.

— Tout à fait, et ça ne s'est pas fait sans mal. J'ai dû beaucoup insister auprès de Gordon et lui promettre que tu lui rendrais le rapport dans son intégralité après lecture, sans en parler à personne. Ça vaut pour tout ce que tu apprendras dans ces documents. Pas un mot. Si ça s'ébruite, c'est Gordon qui sera tenu pour responsable.

Le regard de Zoe se posa tour à tour sur le dossier et sur Jack, tandis qu'elle essayait d'imaginer la conversation qui s'était tenue entre les deux hommes. Soit ce Gordon avait un cœur en or, soit Jack lui avait promis un sacré service en retour.

— Personne n'en saura rien, je le jure.

— Bien, opina Jack, dont le visage s'adoucit. J'espère que tu trouveras des réponses à tes questions.

Alors qu'il passait devant Zoe pour repartir, elle le retint par le bras et prit une profonde inspiration.

— Attends ! Merci. Je ne sais pas quoi dire. Ça... ça me touche beaucoup.

Lorsque leurs regards se croisèrent, Zoe en oublia de respirer, comme la première fois qu'elle s'était perdue dans ses grands yeux verts.

— Je te sers une tasse de thé ?

— D'accord, soupira Jack après une courte hésitation. Mais je ne peux pas rester longtemps.

— Je me dépêche.

Zoe alla dans la cuisine, le cœur battant. Même si cette proximité avec Jack la rendait nerveuse, elle n'avait aucune envie de le voir partir. Avec des gestes rapides, elle brancha la bouilloire, sortit deux tasses du placard et y plaça des sachets de thé. Lorsque l'eau frémit enfin, elle s'empara de la bouilloire avec un peu trop d'empressement, et l'eau brûlante qui jaillit alors du bec verseur éclaboussa sa main.

Zoe laissa échapper un cri de douleur et lâcha la bouilloire, qui tomba par terre dans un grand fracas, répandant une grande flaque sur le plancher. Quelques secondes plus tard, Jack apparut dans l'embrasure de la porte. Il comprit ce qui venait d'arriver et réagit aussitôt.

— Mets ta main sous l'eau froide.

Comme Zoe ne bougeait pas d'un pouce, il la mena à l'évier, ouvrit le robinet en grand et l'obligea à garder la main dessous jusqu'à ce que la peau devînt moins rouge.

— J'en ai mis partout, murmura Zoe.

Jack la lâcha et disposa sur la flaque tous les torchons qu'il trouva pour absorber. Quelques instants plus tard, l'eau était épongée et la bouilloire rebranchée.

— Désolée, dit Zoe en sentant que ses yeux se mouillaient de larmes. Je suis vraiment maladroite.

— Montre.

Jack lui reprit la main pour l'examiner de près.

— Ce n'est pas grave, mais il vaut mieux que tu la gardes encore un peu sous l'eau.

Il se plaça derrière elle et maintint sa main sous le jet du robinet, tandis que l'eau froide coulait sur la peau légèrement lésée. Zoe, sentant son corps chaud et musclé tout contre le sien, leva la tête. Tandis qu'ils se contemplaient longuement, elle se remémora leurs baisers, tour à tour tendres et passionnés, la langue de Jack qui explorait sa bouche, ses mains qui se glissaient sous son T-shirt…

— Je crois que ça va aller, dit-elle en s'écartant brusquement. Je… Je te prépare une autre tasse de thé.

Jack se passa nerveusement une main dans les cheveux.

— J'ai besoin d'un remontant un peu plus fort, murmura-t-il en se dépêchant de sortir.

Zoe le suivit au salon. Il s'arrêta devant l'armoire où Rose rangeait les alcools forts et se servit un verre de whisky. Après en avoir bu une bonne gorgée, il se tourna à nouveau vers Zoe qui soutint son regard, le cœur battant. Elle mourait d'envie de lui demander pourquoi il avait finalement décidé de l'aider, tout en redoutant sa réponse.

— Assieds-toi, l'invita-t-elle, encore tremblante.

À son grand soulagement, Jack accepta. S'ensuivit un long silence qu'elle finit par rompre en posant l'une des nombreuses questions qui la taraudaient.

— Pourquoi tu es rentré du Canada ?

Jack haussa les épaules en contemplant le contenu de son verre.

— Les choses n'ont pas tourné comme je l'espérais, lâcha-t-il enfin.

— Comment ça ?

Jack leva la tête, eut un instant d'hésitation puis poussa un profond soupir.

— J'étais parti avec l'intention de construire quelque chose de solide là-bas, une entreprise, par exemple. Mais il a fallu d'abord que je gagne de l'argent, donc j'ai enchaîné les petits boulots dans la filière forestière en Colombie-Britannique. Ça a duré deux ans, puis William est né, et j'ai dû m'occuper de lui tout en continuant à travailler. Je n'ai jamais eu le temps ni l'énergie de concrétiser mes projets.

Zoe fronça les sourcils, parce que ce discours ne ressemblait pas au Jack qu'elle avait connu. Et aussi parce que quelque chose ne collait pas dans son histoire.

— Mais ta femme était encore en vie, William m'a dit que sa mort remontait à un an.

Jack la regarda fixement.

— William t'a parlé de Karen ?

— Il est passé ici juste avant que tu viennes.

Jack secoua la tête avec incrédulité.

— Et qu'est-ce qu'il t'a raconté ?

— Qu'elle était morte dans un accident de voiture. Et qu'elle lui manquait.

— Il a précisé qu'il me haïssait sous prétexte que j'aurais voulu l'empêcher de vivre avec sa mère ?

— Il a juste mentionné que vous étiez séparés et que vous vous disputiez sa garde, répondit Zoe en pesant chacun de ses mots pour ne pas envenimer la situation.

— Oui, c'est le moins que l'on puisse dire.

Zoe crut que Jack en avait terminé avec ce sujet, mais il poursuivit.

— Ce n'était pas sérieux entre nous, mais Karen est tombée enceinte et il a fallu assumer. Alors que je commençais à peine à sortir la tête de l'eau, je me suis retrouvé avec un enfant et une femme sur qui je ne pouvais pas compter. Nous nous sommes mariés, même si nous ne formions pas le couple idéal. J'ai essayé de tenir le coup pour William, mais au bout d'un moment, ça n'a plus été possible.

Il regarda Zoe et secoua la tête.

— William ne parle jamais de Karen, en tout cas pas avec des inconnus, conclut-il, songeur.

Les confidences de Jack apportèrent un éclairage nouveau à Zoe qui comprenait mieux pourquoi son expatriation s'était soldée par un échec. Restait un dernier point qui lui échappait.

— Pourquoi tu dis que tu ne pouvais pas compter sur Karen ?

*

Jack était tiraillé, tandis qu'il se sentait happé par le regard bleu de Zoe. Qu'est-ce qui lui avait pris de s'asseoir, de se servir un verre de whisky et de se mettre à déblatérer sur des sujets qui ne la regardaient pas ? Tout cela ne concernait que lui et William. D'un autre côté, si son fils avait éprouvé le besoin de se confier à Zoe, il pouvait peut-être lui fournir quelques détails supplémentaires.

— Karen était bipolaire, c'est-à-dire qu'elle oscillait constamment entre euphorie et dépression. En phase dite « haute », elle se lançait dans des dizaines de projets à la fois, suivait toutes les idées qui lui passaient par la tête, comme acheter des jouets hors de prix à William, ou rouler pendant des heures pour l'emmener dans un parc d'attractions. Dans ces moments-là, elle le couvrait d'amour et d'attention. Seulement, elle pouvait aussi bien disparaître toute une journée sans prévenir, sans donner le moindre signe de vie, sous prétexte de prendre du temps pour elle. J'ai dû rater des dizaines de journées de travail pour m'occuper de William. Et en phase dite « basse », Karen était tellement déprimée qu'elle n'arrivait pas à se lever le matin. Donc là encore, je devais aussi répondre présent pour notre fils. C'étaient les montagnes russes en permanence.

— Un psychiatre n'aurait pas pu l'aider ? demanda Zoe, effarée.

— Si, mais Karen refusait d'en entendre parler, en tout cas pas quand elle était en phase haute. Elle ne s'estimait pas malade et me reprochait de la traiter comme telle. En fait, elle se voilait la face. À un moment, alors qu'elle était particulièrement déprimée, j'ai tout de même réussi à ce qu'elle aille consulter. Elle est allée mieux pendant deux ans, à peu près, William a commencé l'école, mais elle a rechuté. Et puis…

Il hésita à poursuivre, s'étant juré de passer le reste sous silence, et ce pour le bien de William.

— Et puis ça a été terminé, soupira-t-il.

Jack eut un pincement au cœur en remarquant la déception dans les yeux de Zoe. Il se ressaisit, finit son whisky d'un trait et se leva.

— Il faut que j'y aille.

Et il devait se dépêcher, sinon il risquait d'embrasser Zoe. Cela avait déjà failli se produire dans la cuisine, lorsqu'ils s'étaient retrouvés tous les deux devant l'évier et que leurs regards s'étaient croisés. Là encore, alors que Jack se tenait face à elle sur le seuil de la maison, il dut résister à la tentation de la prendre dans ses bras. Sans même lui serrer la main, il s'éloigna et ne la salua qu'après avoir mis une distance raisonnable entre eux.

— Bonne soirée, Zoe.

— Bonne soirée, Jack, répondit-elle en se pelotonnant dans son gilet.

Devant son air perdu, il ne put s'empêcher de se tourner vers elle une dernière fois avant de monter dans son 4×4.

— Si jamais tu découvres quoi que ce soit, ou si tu as envie de parler, tu sais où me trouver.

Jack sentit son cœur bondir dans sa poitrine en voyant un sourire s'épanouir sur le visage de Zoe. Et tandis qu'il laissait la maison de la plage derrière lui pour rentrer à la ferme, il se surprit à espérer qu'elle accepterait sa proposition.

18

Zoe était sur le point d'entrer dans la cour de la ferme lorsqu'un chien blanc et noir surgit de derrière le bâtiment principal et courut vers elle. Dans un premier temps, elle s'immobilisa, puis prit le temps de s'approcher doucement. En voyant qu'il semblait plus joueur qu'agressif, elle hésita encore un instant, tendit la main et le laissa se familiariser avec son odeur.

Zoe n'avait jamais eu de chien, mais elle se souvenait d'avoir beaucoup joué avec ceux du père de Jack, des border collies comme celui-ci. À leur contact, elle avait surmonté son appréhension et appris leur langage corporel. Ainsi, elle comprit que l'animal face à elle était plutôt amical, quoiqu'un peu méfiant. Elle devait simplement éviter de le laisser croire qu'elle était une intruse. Visiblement, le chien comprit qu'elle venait en paix car, quelques secondes plus tard, il vint lui lécher la main.

— Bon chien, dit-elle en lui caressant la tête. Est-ce que ton maître est là ?

En guise de réponse, le border collie se retourna et courut vers la maison. Arrivé au coin de la bâtisse, il s'arrêta un instant, regarda Zoe une dernière fois puis disparut.

Elle le suivit d'un pas hésitant en luttant contre la nervosité qui l'envahissait un peu plus à chaque mètre qui la rapprochait de Jack.

Voilà de cela deux jours, elle avait cru qu'il la détestait, et aujourd'hui, elle n'arrivait toujours pas à croire qu'il fût intervenu en sa faveur. Même ses motivations demeuraient mystérieuses, mais grâce à lui, Zoe avançait dans sa quête de vérité, et elle ne devait pas laisser passer cette chance d'en apprendre encore davantage auprès de l'ancien ami de son frère. Tout espoir n'était pas perdu, peut-être que Jack et elle étaient tout de même capables d'entretenir des relations cordiales.

— Je peux vous aider ? demanda soudain une voix féminine.

Zoe sursauta et tenta d'ignorer le pincement au cœur qu'elle ressentit en découvrant une femme aux cheveux attachés en queue de cheval qui l'observait, mi-curieuse, mi-méfiante, de la fenêtre de la cuisine.

— Je cherche Jack, expliqua-t-elle.

Elle était partie du principe que Jack vivait seul avec William. Ce n'était visiblement pas le cas, et elle lui en voulut de n'avoir jamais mentionné sa nouvelle compagne.

— Est-ce qu'il est là ?

— Il n'est pas encore rentré. Je peux prendre un message ?

— Non, je dois lui parler en personne. Vous savez quand il…

Elle s'interrompit en entendant un vrombissement de moteur. Quelques instants plus tard, Jack apparut dans la cour au volant d'un tracteur et le gara devant la grange. Il en descendit lestement et se dirigea vers Zoe.

« Si un jour, l'agriculture ne lui suffit plus à gagner sa vie, il pourra toujours poser dans un magazine de vie au grand air », songea-t-elle en déglutissant avec difficulté.

— Jack, tu tombes bien ! s'exclama la femme à la fenêtre avec un grand sourire. Je vous ai apporté quelques pots de confiture maison et des framboises fraîches. J'en ai récolté tellement cette année qu'il m'en reste plein sur les bras. William m'a laissée entrer pour que je puisse déposer tout ça.

En voyant l'air gêné de Jack, Zoe comprit qu'elle s'était trompée et que cette femme ne vivait pas ici. Cependant, le rose qu'elle avait aux joues et toute son attitude en disaient long sur l'intérêt qu'elle portait à Jack. « Enfin, ça ne change rien », songea-t-elle, préférant ne pas s'attarder sur le soulagement qu'elle éprouvait.

— C'est gentil de la part de William, dit Jack, l'air de trouver ce geste très étonnant puis, se tournant vers Zoe : Et toi, qu'est-ce qui t'amène ?

Elle hésita, craignant soudain que son invitation à venir discuter n'eût été qu'une parole en l'air.

— Je… Je voulais te parler à propos de…

Elle désigna d'un coup de menton la chemise cartonnée qui dépassait de son sac en cuir.

— Mais je ne veux pas te déranger, je peux repasser une autre fois.

Elle voulut passer devant Jack pour repartir, mais il la retint par le bras.

— Non, reste. Megan ne faisait que passer. N'est-ce pas, Megan ?

— Oui, je file, répondit la jeune femme avec un sourire un peu forcé.

Elle referma la fenêtre, les rejoignit sur le seuil et dévisagea Zoe avec curiosité. Jack en profita pour les présenter l'une à l'autre.

— Zoe, voici Megan Turner. Nous étions dans la même école. Megan, voici Zoe Bevan. C'est…

Comme Jack hésitait, Zoe intervint.

— Je suis une amie de Rose, précisa-t-elle.

— Zoe Bevan, répéta Megan en haussant légèrement les sourcils.

Tandis qu'elles se serraient la main, Zoe remarqua que son expression changeait. Megan venait sans doute de faire le rapprochement avec Chris.

Sa chute de la falaise avait mis tout Penderak en émoi, et si Megan avait fréquenté l'école du village, elle en avait forcément entendu parler. Mais était-elle également au courant de la relation qu'avaient entretenue Jack et Zoe? Certainement, à en juger par son regard qui se durcit l'espace d'un instant. Puis elle se ressaisit et se tourna à nouveau vers Jack.

— J'ai rangé les pots de confiture dans le cellier et j'ai lavé les framboises, vous pouvez les manger tout de suite.

Après un dernier regard en coin lancé à Zoe, elle leur dit au revoir et s'éloigna.

— Buddy, au pied! cria Jack.

Le border collie, qui s'était éclipsé dans la grange, se montra aussitôt et les suivit dans la maison.

Jack invita Zoe à entrer au salon, qu'elle reconnut immédiatement. Elle se souvenait encore de la fois où Chris et elle s'étaient endormis sur le canapé, épuisés par la journée qu'ils avaient passée aux champs avec le père de Jack. Celui-ci et Rose ne s'étaient pas gênés pour les taquiner en les traitant de vrais citadins, et tous les quatre en avaient ri pendant longtemps.

Zoe croisa le regard de Jack qui souriait, pensant sans doute à la même chose.

— Assieds-toi, dit-il. Je te sers une tasse de thé?

— Non, merci.

Lorsque Jack eut pris place face à elle dans un fauteuil à oreilles, elle sortit de son sac la copie du rapport d'enquête et la lui tendit.

— Tiens, comme promis.

Il prit le dossier en fronçant les sourcils.

— Tu as déjà tout lu?

— Oui, dans les moindres détails.

En effet, elle avait passé toute la nuit et une partie de la matinée à décortiquer chaque page pour reconstituer le fil des événements, même si cela lui avait été très difficile par moments. Ainsi, elle n'avait parcouru que très rapidement le rapport d'autopsie, tout comme le procès-verbal relatant la découverte du corps. Heureusement que le dossier ne comportait aucune photo.

Elle avait achevé sa lecture avec la conviction que la police avait réalisé une enquête extrêmement fouillée, rassemblant des dizaines de témoignages et passant au peigne fin les falaises ainsi que la plage en contrebas. Hélas, aucun élément significatif n'avait été relevé, et le portable de Chris, qui aurait peut-être pu fournir des informations sur ses dernières heures, n'avait jamais été retrouvé. Ils n'avaient donc pas pu établir avec précision le déroulement de la nuit du drame.

— Tu avais raison, je n'ai pas relevé de détail qui ait été négligé, dit Zoe en ne parvenant pas à masquer sa déception. Rien n'explique pourquoi il est tombé de la falaise, ni même pourquoi il s'y trouvait en premier lieu.

— Il fallait s'y attendre. S'il y avait eu de tels indices, la police les aurait exploités depuis longtemps.

Zoe soupira.

— Je sais bien, mais je n'arrive pas à m'y résoudre. Il y a forcément un moyen de savoir ce qui s'est passé.

Elle repensa à la réflexion qu'elle avait eue en lisant la déposition de Jack.

— Vous ne vous êtes vraiment pas disputés, ce soir-là ?

Jack la regarda avec surprise.

— Non, nous avons discuté un moment, puis il m'a demandé s'il pouvait m'emprunter mon blouson en cuir et il est parti.

Soudain, Jack se rembrunit.

— Tu me soupçonnes de mentir, comme ton père ?

— Non, c'est juste que… Ce soir-là, la dernière fois que j'ai parlé à Chris, je lui ai dit que j'avais décidé de partir vivre au Canada avec toi. Il n'était pas ravi et a essayé de m'en dissuader. Comme on s'est disputés à cause de ça, j'ai cru qu'il était allé te voir après, pour te faire changer d'avis.

Jack écarquilla les yeux.

— Tu voulais partir avec moi ?

— J'allais te l'annoncer ce matin-là, et puis…

Elle haussa les épaules en signe d'impuissance et revint au sujet qui la préoccupait.

— Chris ne t'a vraiment rien dit ? Il n'était pas furieux ?

Jack se tut un long moment et la fixa intensément, une lueur étrange dans le regard.

— Non, au contraire, finit-il par répondre. Il était de bonne humeur, il m'a posé des questions sur le Canada. Il n'a pas mentionné que vous vous étiez disputés. Cependant…

— Quoi ?

Jack secoua la tête.

— Je ne sais pas, je l'ai quand même trouvé un peu bizarre. La première fois que je lui ai parlé de mon projet d'expatriation, il m'a paru sceptique, c'est le moins que l'on puisse dire. Il trouvait ça précipité, il a énuméré tous les scénarios catastrophes possibles et imaginables. Puis, ce soir-là, revirement total, il s'est montré très enthousiaste et m'a conseillé de concrétiser mes projets sans tarder. Au début, j'ai même cru qu'il avait bu. Mais il ne sentait pas l'alcool, il était tout à fait lucide et souriant, comme quelqu'un qui vient d'apprendre une bonne nouvelle. J'ai essayé de creuser un peu, sans succès, et il est parti.

Soudain, Zoe eut la chair de poule. Elle tenait peut-être une piste.

— Pourquoi tu n'en as pas parlé aux policiers qui t'ont interrogé ?

Jack soupira.

— Ça ne les intéressait pas, ils m'ont seulement demandé si Chris m'avait paru stressé ou suicidaire. Mais ce n'était pas le cas, au contraire. Il avait l'air d'être sur un petit nuage.

— Vraiment ?

Zoe sentit son cœur s'alléger un peu en apprenant que Chris n'avait pas été en colère ou malheureux après leur dispute.

— Et il n'a pas dit où il allait ?

Jack secoua la tête.

— Tu as lu ma déposition. Tout s'est passé comme je l'ai expliqué à la police. Il m'a demandé s'il pouvait emprunter ma veste, il m'a dit au revoir et je ne l'ai plus revu.

— Ça ne colle pas, murmura Zoe en repensant à leur querelle. Il m'a tenu tout le discours inverse, il a dit que c'était un caprice et m'a traitée d'égoïste. Pour lui, ce départ était une folie.

Elle leva la tête vers Jack et lut dans ses yeux qu'il tirait la même conclusion : il s'était forcément passé un événement entre leurs deux conversations qui avait fait changer Chris d'avis.

Zoe calcula rapidement. Elle s'était disputée avec Chris vers 21 heures, et Jack, d'après sa déposition, l'avait vu à 23 h 15. Où Chris était allé dans l'intervalle, personne ne le savait. Et impossible également d'établir à quoi il avait employé le reste de la soirée avant sa chute de la falaise, vraisemblablement aux alentours d'une heure du matin.

— Chris ne peut pas s'être suicidé, dit Zoe en lançant un regard désespéré à Jack. Si tu dis qu'il allait bien quand il est parti, c'est impossible qu'il ait sauté volontairement, n'est-ce pas ? Ça ne lui ressemble pas, il aurait au moins laissé une lettre d'adieu.

— Je n'y crois pas non plus, abonda Jack.

Zoe sentit les larmes lui monter aux yeux.

— Dans ce cas, que s'est-il passé ? Cette nuit, je me suis assoupie sur le dossier et j'ai rêvé de lui. Il était au bord de la falaise et me fixait avec un regard particulier, comme accusateur. C'est ma faute, j'ai remarqué un détail qui clochait ce soir-là et j'aurais dû chercher à en savoir plus, au lieu de lui crier dessus. J'aurais peut-être pu empêcher sa mort, si je m'étais un peu plus intéressée à ce qu'il ressentait.

Lorsqu'elle ferma les yeux, des larmes chaudes roulaient sur ses joues tandis qu'elle revivait encore une fois sa dernière dispute avec Chris.

— Je l'ai traité de lâche, je lui ai dit que je trouvais pitoyable qu'il ne tienne pas tête à notre père. Chris voulait devenir pianiste professionnel, c'était son rêve. Mais il se disait prêt à reprendre l'entreprise sous prétexte que c'était plus raisonnable. Il attendait la même réaction de ma part, et ça m'a rendue folle. Alors que je l'admirais, que c'était mon modèle, je lui ai dit ce soir-là que je le détestais et que je ne voulais plus jamais le revoir. Et effectivement, c'est ce qui s'est passé. Ce sont les derniers mots qu'il a entendus sortir de ma bouche, tu comprends ?

Aveuglée par les larmes, Zoe tourna la tête vers Jack qui l'avait rejointe sur le canapé.

— Ce n'est pas ta faute, tu n'aurais pas pu empêcher sa mort.

C'en fut trop pour Zoe, soudain incapable de contenir plus longtemps ce torrent d'émotions : son chagrin depuis la mort de Chris, que la lecture du rapport d'enquête avait ravivé, la peur de l'opération et de ses suites, tout cela la rongeait, l'épuisait. De violents sanglots la secouèrent, faisant trembler ses épaules.

— Hé, ça va aller, murmura Jack en l'attirant contre lui.

Même si Zoe avait honte de ne pas se montrer plus forte, de s'effondrer ainsi devant Jack, elle laissa enfin libre cours à la souffrance qu'elle avait refoulée durant tant d'années. Pendant ce temps, Jack lui chuchota des paroles réconfortantes tout en lui caressant les cheveux et le dos. Une fois que Zoe respira à nouveau calmement, il n'arrêta pas pour autant, et elle resta encore de longues minutes blottie contre lui, trop épuisée pour lutter. Lorsqu'elle se dégagea enfin, la chaleur du corps de Jack lui manqua aussitôt.

— Je suis désolée.

Elle s'essuya les joues tout en espérant que son mascara n'eût pas trop coulé. « Je dois ressembler à un raton laveur », se dit-elle piteusement tandis qu'elle remarquait la tache humide que Jack avait sur le torse.

— Et en plus, j'ai sali ta chemise.

— Tu aurais dû m'annoncer ta décision, murmura-t-il, songeur.

L'espace de quelques secondes, Zoe envisagea ce qui se serait passé alors. En effet, ils ne se seraient peut-être pas retrouvés ainsi l'un face à l'autre comme deux étrangers. Elle aurait pu tendre la main, effleurer du bout des doigts les ridules qui rendaient le regard de Jack si fatigué que cela lui brisait le cœur, elle aurait pu se blottir dans ses bras et oublier un instant qu'elle devait se battre seule.

— Je peux utiliser la salle de bains ? demanda-t-elle finalement en se levant.

Jack acquiesça, et elle s'y rendit sans avoir à lui demander le chemin. Elle s'aspergea le visage pour effacer les traces de larmes et soulager ses yeux bouffis, se recoiffa à la va-vite, puis retourna au salon. Comme Jack n'y était plus, elle alla voir dans la cuisine.

Buddy, allongé dans un coin, vint aussitôt à sa rencontre. Après lui avoir donné une petite caresse, elle se redressa et vit Jack qui patientait devant une bouilloire posée sur le plan de travail. Au moment où leurs regards se croisèrent, elle ne put déchiffrer l'expression dans ses yeux, mais son sourire lui parut plus distant. Et lorsqu'il lui proposa une tasse de thé, Zoe se souvint soudain qu'elle était attendue ailleurs. Elle consulta sa montre et poussa un soupir de soulagement en voyant qu'il n'était que 15 h 30.

— Je ne peux pas, je dois aller chez Mme Carmichael. Justement, elle m'a invitée à prendre le thé.

Jack haussa les sourcils.

— L'ancienne prof de piano de Chris ?

— Oui, je l'ai croisée par hasard hier et elle m'a proposé de passer chez elle parce qu'elle a quelque chose à me donner, sans doute en rapport avec Chris. J'aurai peut-être une nouvelle piste.

— Tu veux que je t'y conduise ?

Zoe s'empressa de refuser au prétexte qu'elle préférait marcher. Jack la raccompagna jusqu'à la porte et resta sur le seuil, tandis qu'elle sortait dans la cour. « Ce lieu lui va comme un gant », songea Zoe en constatant que sa large carrure occupait quasiment l'encadrement de la porte.

— Merci. Pour tout.

Alors que Jack ouvrait la bouche pour répondre, William fit son apparition. Il s'arrêta en voyant Zoe et la salua d'un sourire.

— Bonjour, William, dit-elle, avant de partir sans se retourner.

*

Jack resta encore un moment sur le seuil à contempler Zoe qui s'éloignait, puis rejoignit William, en train de goûter les framboises dans la cuisine. Jack s'assit à côté de lui.

— Qu'est-ce qu'elle voulait ? lança l'adolescent.

— Qui ça, Zoe ?

Jack haussa les épaules.

— Elle est passée me rendre quelque chose.

William haussa un sourcil.

— Je croyais que tu ne voulais plus avoir affaire à elle.

« C'était bien mon intention », se dit Jack en luttant contre le trouble qui l'habitait depuis qu'il avait pris Zoe dans ses bras. Ses cheveux avaient le même parfum qu'autrefois, et il avait dû lutter de toutes ses forces pour ne pas l'étreindre encore davantage. Non seulement il la désirait toujours, mais ses larmes et ses paroles l'avaient atteint en plein cœur, comme s'il s'était rendu compte du fardeau qu'elle portait depuis si longtemps. Lui pardonnant l'espace d'un instant, il avait imaginé ce qui se serait passé si elle l'avait suivi au Canada.

Cependant, si elle l'avait réellement voulu, elle aurait pu partir avec lui, ainsi qu'il le lui avait proposé dans la lettre qu'il lui avait envoyée peu après son départ de Penderak. Il l'avait quasiment suppliée de leur laisser une chance. Elle lui avait terriblement manqué, et il n'avait pas voulu croire que leur histoire pût prendre fin aussi brutalement. Or elle n'avait jamais repris contact avec lui. Ce qui, en soi, était une forme de réponse.

— Et moi, je croyais que tu ne voulais plus avoir affaire à Megan, répondit-il à William, qui continuait à piocher dans le saladier de framboises. Pourquoi tu l'as laissée entrer en mon absence ?

— Je voulais pas, protesta William. J'étais dans la cour quand elle est arrivée, et je lui ai dit que t'étais pas là. Elle a répondu que tu serais pas fâché si elle entrait pour déposer ses trucs, et voilà.

— Et pourquoi tu ne lui as pas tenu compagnie ?

William émit un grognement.

— Parce que j'avais aucune envie qu'elle me tienne la jambe. Elle s'incruste tout le temps, j'en ai marre.

Jack s'abstint de souligner qu'il avait tout de même l'air de se régaler avec les framboises de Megan. Et tous deux ne disaient jamais non à ses gâteaux. Toutefois, il comprenait ce que William voulait dire.

Il n'avait pas apprécié que Megan se permît d'entrer dans la maison en son absence, et rien ne l'obligeait à veiller sur eux, contrairement à ce qu'elle semblait croire. En essayant de se rendre indispensable, elle commençait sérieusement à dépasser les bornes. « Il va falloir que je lui parle et que je pose certaines limites », se dit-il en soupirant à la perspective de cette discussion qui ne s'annonçait pas très agréable.

William, repu, repoussa sa chaise en la faisant grincer bruyamment sur le parquet et se leva.

— Tu viens m'aider avec les moutons ?

La proposition de Jack ne récolta qu'un regard maussade. Il aurait pu insister, mais il était lui-même trop préoccupé pour s'engager dans un bras de fer avec un adolescent têtu.

Juste avant de sortir de la cuisine, William s'arrêta et lui lança un regard par-dessus son épaule.

— Je préfère nettement cette Zoe.

Et il s'éclipsa sans laisser à Jack le temps de répondre. Enfin un point sur lequel William et lui se rejoignaient.

19

— Tenez.

Lizzie Carmichael, tout sourire, tendit à Zoe un petit livre relié de cuir et se rassit près d'un guéridon en bois de cerisier. Elle avait servi le thé dans la véranda de sa maison qui offrait une vue imprenable sur la baie de Penderak.

Mais Zoe était trop intriguée par le livre pour profiter du panorama.

— Cela a un rapport avec Chris ?

Lizzie Carmichael acquiesça.

— Allez-y, ouvrez.

Zoe obéit d'un geste hésitant. Il s'agissait d'un recueil de poèmes romantiques anglais, principalement des œuvres de Keats et de Byron, qui comportait de nombreuses traces d'usure, comme s'il avait été lu encore et encore. En certains endroits, des mots voire des vers entiers avaient été soulignés et annotés.

— C'est l'écriture de Chris ! s'écria Zoe en levant la tête vers la professeure de piano, qui était en train d'ajouter un nuage de lait à son thé. Où avez-vous trouvé ce livre ?

— Il était à moi, ou plutôt à mon défunt mari. Chris me l'avait emprunté l'été où il…

Elle secoua la tête et une ombre passa sur son visage.

— Oh, quelle tragédie.

— Vous n'étiez pas fâchée qu'il écrive à l'intérieur ? demanda Zoe en continuant à parcourir l'ouvrage.

— Au contraire, je l'y ai encouragé. La poésie exige que l'on s'y immerge, pour la comprendre et s'en inspirer. J'ai donc conseillé à Chris de souligner des vers qu'il aimait, qui suscitaient une émotion en lui, et de coucher ses pensées par écrit, l'idée étant qu'il laisse libre cours à sa créativité.

« Laisser libre cours à sa créativité », cela valait aussi pour l'intérieur de cette maison, comme le remarqua Zoe. Il y régnait en effet un joyeux désordre, entre les meubles dépareillés et pas de première fraîcheur, les vieux livres empilés dans la bibliothèque et les étagères chargées de figurines en porcelaine, de cailloux, de cartes postales, de flacons, de petites boîtes, certainement des souvenirs et des cadeaux amassés au fil du temps. Alors que ce bric-à-brac était tout sauf harmonieux, il dégageait une chaleur atypique et témoignait d'un refus des conventions, à l'image de la garde-robe de Lizzie Carmichael.

Ainsi portait-elle aujourd'hui une longue jupe en tweed kaki, un chemisier en soie rose et un gilet blanc en fausse fourrure – un ensemble bigarré qui lui allait à ravir. Zoe comprit soudain pourquoi Chris avait tant recherché sa compagnie. L'ambiance chez Lizzie Carmichael était aux antipodes de leur foyer conservateur, et son frère avait dû vivre comme une délivrance la possibilité de pouvoir exprimer ici sa passion pour la musique. Son père l'avait considérée d'un mauvais œil, estimant que Chris aurait dû s'intéresser à des activités autrement plus viriles que le piano. Sans parler de son goût pour la poésie.

— Vous pouvez garder le livre si vous voulez, dit Lizzie. J'aurais dû vous le donner il y a longtemps, mais c'était un souvenir précieux et je n'arrivais pas à m'en séparer. C'est seulement quand je vous ai croisée hier en ville que j'ai compris que je n'avais pas le droit de me l'accaparer. Je l'avais donné à votre frère, après tout.

« Et j'ignorais manifestement tout un pan de sa vie », songea Zoe en effleurant la reliure en cuir.

— Je ne savais pas qu'il aimait la poésie, murmura-t-elle.

— Oh si, il l'adorait, même ! confirma Lizzie en se calant confortablement dans son fauteuil en osier. Parfois, en plus de jouer du piano, il nous arrivait de lire ensemble. Chris débordait d'enthousiasme, c'était un réel plaisir de lui enseigner le piano. Il était talentueux parce qu'il jouait avec le cœur. La musique l'inspirait beaucoup, mais il se passionnait aussi pour la littérature. J'ai eu la chance de l'initier aux deux.

Zoe réprima la pointe de jalousie qu'elle ressentit quelques instants à l'idée que cette femme avait certainement connu son frère mieux qu'elle. Du moins, cette facette qu'il n'avait jamais dévoilée dans l'intimité familiale.

— Mon père désapprouvait le goût que mon frère avait pour le piano. Pour lui, ce n'était qu'un loisir futile. Il n'a jamais mesuré combien la musique comptait pour Chris.

— Je sais bien, répondit Lizzie avec un sourire empreint de tristesse. Il aurait dû se montrer plus souple, après tout, c'est de lui que Chris tenait sa passion.

— De papa ?

Zoe tiqua. On pouvait dire bien des choses de son père, mais certainement pas que c'était un homme passionné, hormis par son travail. Il abordait toujours les choses de façon froide et analytique.

Lizzie hocha vigoureusement la tête.

— Oh oui. Il suffit de penser à la façon dont il s'est battu bec et ongles pour votre mère. Elle me l'a raconté en personne.

Zoe tourna la tête vers la baie vitrée et contempla la vue, songeuse. Bien sûr, elle savait comment ses parents s'étaient rencontrés. Chacun était venu de son côté passer des vacances à Penderak, et le coup de foudre avait été immédiat. Or, à cette époque, Brenda était sur le point de se fiancer avec un fils de comte. Ses parents, tous deux issus de grandes familles de banquiers londoniens, avaient été effarés d'apprendre qu'elle voulait épouser George Bevan, un homme d'affaires ambitieux qui venait d'investir toutes ses économies dans le lancement de son entreprise. Ils s'étaient opposés à ce mariage, remuant ciel et terre pour les séparer. Mais George, loin de baisser les bras, était allé jusqu'à faire irruption chez eux alors même qu'ils recevaient des invités, pour prouver sa détermination. Un coup d'éclat qui avait porté ses fruits : Brenda avait fui avec lui, et peu de temps après, ils avaient convolé en justes noces dans la petite église de Penderak – au grand dam des parents de Brenda, qui avaient toujours rêvé d'un mariage en grande pompe à Londres.

La petite ville de Cornouailles revêtait donc une importance particulière pour les parents de Zoe, et c'était l'une des raisons pour lesquelles ils y avaient passé tant de vacances en famille. Le décès brutal de Chris avait finalement eu raison de cette tradition, puis l'amour qui avait uni George et Brenda était mort à petit feu. Depuis cette époque, George Bevan n'avait plus d'yeux que pour son entreprise.

Zoe, ne voulant pas parler de lui en mauvais termes à une femme qu'elle connaissait à peine, rouvrit le recueil de poèmes et parcourut les vers que Chris avait soulignés.

Il avait porté une attention toute particulière aux passages qui traitaient des affres de l'amour impossible. Presque tous étaient empreints de tristesse, voire de désespoir, et soudain, Zoe eut une révélation.

— Vous pensez que Chris ait pu être amoureux sans que ce soit réciproque ?

Lizzie Carmichael hocha la tête.

— Oui, c'est fort possible.

— Mais de qui ?

— Chris ne s'est jamais confié à moi directement, répondit la professeure de piano en haussant les épaules, mais je suis sûre qu'il y avait quelqu'un. Je l'ai compris aux questions qu'il me posait, aux poèmes qu'il préférait. Cette question le taraudait, mais comme il ne voulait pas en parler, je n'ai pas insisté. J'ai cru qu'il m'en dirait plus le moment venu. Hélas, ce moment n'est jamais arrivé, conclut Lizzie en poussant un profond soupir.

Zoe déglutit avec difficulté. Toute à son histoire avec Jack, n'avait-elle rien remarqué du mal-être de son frère ?

— Vous croyez… Vous croyez qu'il était malheureux au point de… ?

— De se suicider ?

Lizzie Carmichael secoua vigoureusement la tête.

— Non, absolument pas. Même si Chris était quelqu'un de très sensible, il ne se serait pas jeté de la falaise pour autant. Il aurait pris le problème à bras-le-corps, j'en suis sûre.

— Je donnerais n'importe quoi pour savoir ce qu'il avait en tête cet été-là, s'écria Zoe, agacée par cette impression de se heurter une fois encore à un mur.

La professeure de piano s'éclaircit la voix.

— Hum… C'est une question très indiscrète, mais… vous n'avez rien trouvé à ce sujet dans son journal intime ?

Zoe la regarda sans comprendre.

— Je ne crois pas qu'il en tenait un.

— Si, insista Lizzie Carmichael. Cet été-là, je lui ai offert un carnet en imitation vieux cuir. J'ai pensé que ça l'aiderait de coucher ses émotions par écrit, à défaut d'en parler. Et il m'a dit qu'il l'utilisait.

Zoe se remémora les journées qu'elle avait passées à trier les affaires de Chris restées à Londres. Sa mère n'en avait pas eu la force, si cela n'avait tenu qu'à elle, sa chambre serait demeurée en l'état. Mais Zoe et son père avaient fini par la convaincre de se séparer d'au moins une partie des vêtements et des livres auxquels il n'avait pas particulièrement tenu. Elle avait donc passé en revue tous ses effets personnels, y compris ceux qu'il avait emportés ce dernier été en Cornouailles. Et elle était certaine de n'avoir trouvé aucun journal.

Mais maintenant que Lizzie Carmichael le mentionnait, elle se souvint d'avoir vu Chris avec un carnet de ce style à la maison de la plage, quelques jours avant sa mort.

— Est-ce que la couverture était verte ?

En voyant Lizzie acquiescer, Zoe sentit l'espoir renaître. Si elle n'avait pas trouvé ce carnet dans les affaires de Chris, il était forcément resté à Penderak. Peut-être que Chris l'avait caché quelque part et que personne ne l'avait retrouvé depuis.

Elle se leva précipitamment.

— Je dois y aller ! dit-elle en embrassant sur la joue Mme Carmichael qui, surprise, se leva à son tour. J'espère que nous…

Soudain, elle vit double et n'acheva pas sa phrase.

— Qu'est-ce qui se passe ? Vous ne vous sentez pas bien ?

Zoe essaya désespérément d'ajuster son regard, sans y parvenir. Prise d'un haut-le-cœur, elle franchit la porte vitrée restée ouverte et sortit en titubant dans le jardin délimité par des haies de buis. Elle eut tout juste le temps d'entendre Lizzie crier avant de perdre connaissance.

20

— Où allons-nous maintenant ? demanda Rose, radieuse, en levant la tête vers Simon, qui marchait à côté d'elle sur le trottoir.

— Ça dépend, vous avez encore besoin de quoi que ce soit ? répondit-il en soulevant trois sacs bien remplis, butin de leur après-midi shopping dans l'East End.

Rose était enchantée de toutes ses trouvailles dans les nombreuses boutiques du quartier. Elle avait déniché un joli accessoire de coiffure pour Sarah et deux locomotives miniatures pour les garçons qui iraient parfaitement sur le circuit de train en bois avec lequel ils adoraient jouer. Simon, d'abord étonné, avait cru Rose lorsqu'elle avait prétexté des cadeaux pour les enfants de ses amies. Elle avait également acheté de quoi travailler sur ses créations : des nuanciers de tissu, des rubans de soie ainsi que deux livres rares sur le stylisme, qu'elle avait trouvés par hasard dans un magasin d'antiquités minuscule mais très bien fourni. Le choix que proposait Londres en la matière était si vaste que Rose en avait presque le tournis. Et, cerise sur le gâteau, Simon s'était montré aussi galant que généreux.

— Je ne pouvais pas rêver mieux, lui lança Rose, rayonnante. Mais, même si je trouvais à y redire, je m'abstiendrais de le révéler, maintenant que je vous sais capable de toutes les folies.

Simon sourit.

— Je dépense mon argent comme bon me semble, et en l'occurrence, je trouve qu'il a été très bien investi.

— Ce tissu était hors de prix, objecta Rose.

Elle fut à nouveau assaillie de scrupules en repensant au prix du mètre de soie aigue-marine que Simon avait insisté pour payer de sa poche.

— Il vous plaisait, je l'ai bien vu, rétorqua-t-il.

— Vous n'auriez pas dû.

— Je sais, mais ça me fait plaisir.

Il s'arrêta et la regarda d'un air amusé.

— Vous savez quoi ? C'est la première fois que je rencontre une femme qui accepte les cadeaux à contrecœur. Vous pouvez m'expliquer ?

« Il faut dire que je n'ai pas l'habitude d'être gâtée », songea tristement Rose. Quand Matt avait eu des gestes spontanés de générosité à son égard, cela avait été immanquablement pour demander pardon après un énième écart de conduite. Il n'avait jamais été très attentionné, même au tout début de leur histoire. Certes, ils avaient rapidement dû se montrer économes, car Rose était tombée enceinte très tôt. Il y avait toujours eu d'autres priorités, entre la maison, les enfants… Et, depuis le divorce, elle devait tenir un budget au centime près. De ce fait, la générosité de Simon, qu'elle connaissait à peine, la laissait pantoise. Mais comme elle pouvait difficilement lui confier tout cela, elle se contenta de hausser les épaules en souriant.

— Je suis désolée, votre geste m'a tellement… surprise. Ce tissu est sublime, et j'ai déjà un modèle de robe du soir en tête. Et un chemisier, s'il m'en reste assez. Ce sera magnifique.

— J'en suis sûr, approuva Simon, et j'espère que j'aurai l'occasion de voir cette robe sur vous.

Rose ne sut que répondre. Elle n'avait pas de machine à coudre à Londres, la confection de sa robe devrait attendre son retour en Cornouailles, donc les chances que Simon vît le résultat final étaient plus que minces. Il le savait forcément, puisqu'elle avait évoqué au cours de l'après-midi son départ prévu le jeudi suivant. Devait-elle comprendre qu'ils seraient amenés à se revoir plus tard, ou Simon cherchait-il seulement à se montrer poli ?

— Vous avez faim ? demanda-t-il en se remettant en route.

Rose répondit par l'affirmative alors que c'était faux, mais elle n'avait aucune envie de refuser un dîner en tête à tête.

— Parfait, moi aussi, dit Simon en levant le bras pour arrêter l'un des taxis qui approchaient. Je connais un excellent restaurant italien près de chez moi, je pense qu'il vous...

Rose saisit par le bras Simon qui la regarda avec surprise.

— Vous ne préférez pas dîner dans le quartier ?

Elle craignit soudain qu'il ne l'invitât dans un établissement haut de gamme de Belgravia, un quartier huppé où les restaurants devaient être hors de prix. Or Rose ne voulait pas que Simon dépensât trop d'argent pour elle. Elle savait qu'ils venaient tous deux de milieux diamétralement opposés et n'avait pas besoin d'une piqûre de rappel.

— Nous venons de passer devant un indien sans prétention mais qui a l'air très sympa. Derrière, avec la lanterne ancienne au-dessus de la porte, vous voyez ? Ça vous tente ?

Simon haussa les sourcils et jeta un coup d'œil par-dessus son épaule.

— Le restaurant italien que j'ai en tête est vraiment très bon, insista-t-il, sceptique. Je suis sûr qu'il vous plaira.

— Mais celui-ci m'a tapé dans l'œil. Et puis vous aimez la cuisine indienne, n'est-ce pas ?

Voyant que Simon hésitait toujours, Rose l'encouragea d'un sourire.

— Allez, venez. C'est dommage de toujours aller au même endroit. Vous n'avez pas envie d'un peu de nouveauté ?

Il l'observa un long moment, puis lui rendit son sourire.

— Si, vous avez raison. Et surtout, je n'ai pas envie que vous me trouviez rasoir.

Rose secoua la tête en se disant qu'il était à peu près aussi rasoir qu'un manège à sensations fortes.

Il lui prit la main et l'entraîna vers le *Sangam*, dont la salle était un mélange improbable de kitsch à l'indienne et de vintage revisité, entre meubles multicolores, photophores dorés sur les tables, arcades sculptées, icônes religieuses bigarrées et photos en noir et blanc du Taj Mahal aux murs. Cet établissement n'était pas aussi modeste que Rose l'avait cru, car il y avait également un bar et même un petit espace de danse. Cet agencement certes chaotique rencontrait manifestement un certain succès, et ils durent patienter avant de se voir attribuer une table.

Quelques minutes plus tard, Rose dégustait un curry délicieux, tout comme le vin que Simon avait commandé en accompagnement. De fort belle humeur et aussi légèrement étourdie par l'alcool, elle buvait ses paroles tandis qu'il lui racontait des anecdotes sur son travail au cabinet.

Simon avait beaucoup d'humour, et plus Rose apprenait à le connaître, plus elle s'étonnait qu'il recherchât sa compagnie, alors que les femmes devaient lui tomber dans les bras. Elle se sentait d'autant plus flattée de l'intérêt qu'il lui témoignait, se contentant toutefois de réponses évasives dès qu'il l'interrogeait sur sa vie en Cornouailles. « Ce n'est qu'un flirt, se martela-t-elle intérieurement, une soirée dont il faut profiter avant de retrouver le train-train quotidien… »

— Ne craignez rien, vous pouvez me l'avouer, lança Simon après que la serveuse eut débarrassé.

Rose tressaillit, craignant soudain de s'être trahie.

— De quoi parlez-vous ?

Simon eut un sourire en coin.

— Vous saviez qu'on mangeait très bien ici, ça ne peut pas être le hasard.

Rose poussa un discret soupir de soulagement.

— C'était vraiment un coup de chance, insista-t-elle.

— En tout cas, je suis sous le charme.

Lorsqu'il prit sa main et lui caressa les doigts de son pouce, Rose sentit un frisson de plaisir lui parcourir l'échine. Elle retint sa respiration un long moment tout en se perdant dans son regard azur.

— Et si nous dansions ? proposa Simon.

Sans attendre sa réponse, il se leva, l'entraîna vers la petite piste de danse et la serra tout contre lui. Un slow passait à ce moment-là, et à part eux, seuls deux autres couples dansaient sur la piste minuscule.

Mais Rose ne leur prêta pas attention. Soudain, ce fut comme si elle et Simon étaient seuls au monde. Le contact de cet homme la mettait en émoi, elle se sentait fondre littéralement, envoûtée par le parfum doux et subtil de sa peau qu'elle avait remarqué lors de leur après-midi shopping.

— Tu danses comme ça avec toutes les femmes qui peuvent t'être utile pour ton travail ? murmura-t-elle dans un souffle.

— Seulement quand je n'arrive plus à me les sortir de la tête, chuchota-t-il au creux de son oreille, tout en resserrant encore son étreinte.

Elle frémit lorsqu'il effleura du bout des lèvres la peau sensible de son cou. Si elle voulait empêcher ce qui se profilait, c'était sa dernière chance, elle le savait. Et, tout à coup, le doute l'assaillit.

Était-elle vraiment capable de se laisser aller ainsi, sans penser au lendemain ? Tout en elle se refusait à envisager une liaison qui s'annonçait éphémère. D'un autre côté, n'était-elle pas venue à Londres pour se changer les idées et prendre un peu de bon temps ?

Simon releva la tête, les yeux assombris de désir, approcha tout naturellement sa bouche de la sienne. Rose, mettant de côté ses dernières réticences, vint à sa rencontre. S'ensuivit un baiser qui embrasa ses sens et lui fit oublier toute notion du temps. Puis Simon se dégagea, posa son front sur le sien et, d'une voix rauque, lui proposa de rentrer en taxi.

Rose acquiesça, encore frémissante, et attendit pendant qu'il récupérait leurs affaires et réglait l'addition. Une fois sortis sur le trottoir, ils retombèrent dans les bras l'un de l'autre, s'embrassant si passionnément qu'il fallut un long moment à Simon pour reprendre ses esprits et héler un taxi. Après avoir indiqué au chauffeur l'adresse de son appartement à Belgravia, il aida Rose à monter à l'arrière, la rejoignit et voulut reprendre là où ils s'étaient arrêtés.

— Je… Je ne suis là que pour quelques jours, murmura-t-elle en posant une main sur son torse.

— Alors à nous d'en profiter au maximum, répliqua-t-il en l'embrassant de plus belle.

21

— Vous ne voulez vraiment pas que je vous conduise chez la Dr Corby ?

Lizzie Carmichael lança un regard en coin à Zoe, puis se concentra à nouveau sur la route.

— Son cabinet n'est pas loin, et elle doit encore consulter à cette heure-ci…

— Je vous assure que ce n'est pas nécessaire, l'interrompit Zoe.

— Enfin, vos yeux se sont révulsés et vous êtes tombée à la renverse ! Vous n'avez rien de cassé, vous êtes sûre ?

— Non, j'ai eu de la chance.

Zoe sourit faiblement et résista à la tentation de toucher le pansement qu'elle avait sur le front. Heureusement, la haie de buis avait amorti sa chute, et elle en était quitte pour une belle égratignure. Cependant, elle était sous le choc, même si elle s'efforçait de ne pas le montrer.

— Je crois que je me suis levée trop vite, j'ai parfois des chutes de tension. Ce n'est pas grave.

Lizzie ne parut pas franchement convaincue. Mais, au lieu d'engager sa vieille Austin Mini dans la rue où se trouvait le cabinet du médecin, elle continua lentement sa route.

— Je vous dépose à la pension, on s'occupera de vous là-bas. Je préfère ne pas vous laisser seule dans cet état à la maison de la plage.

— Ça va aller, vraiment, répéta Zoe. Mais c'est très gentil à vous de me raccompagner.

Elle lui en était effectivement très reconnaissante. Elle n'avait pas besoin d'un médecin, mais juste d'un peu de repos, aussi poussa-t-elle un discret soupir de soulagement lorsqu'elles arrivèrent quelques minutes plus tard à la maison de la plage.

— Je préviendrai tout de suite les Gallagher si je ne me sens pas bien, promit-elle.

Une fois Lizzie repartie, elle entra d'un pas traînant, pas mécontente d'échapper au regard inquisiteur de la professeure de piano. Épuisée, elle s'allongea sur le canapé du salon, mais à peine eut-elle fermé les yeux qu'elle se redressa brusquement sous l'effet d'une vague de panique.

Lizzie avait raison, en restant seule ici, Zoe se mettait en danger. Le Dr Kashrani le lui avait répété maintes et maintes fois : en cas de rupture d'anévrisme, elle devait se rendre sans tarder à l'hôpital le plus proche, si elle voulait avoir une chance de s'en sortir. À Londres, cela ne posait pas de problème, mais ici, dans ce lieu reculé… L'espace d'un instant, Zoe faillit monter à l'étage et plier bagage.

Son regard se posa alors sur le recueil de poèmes qu'elle avait posé près d'elle. Elle le prit en soupirant et caressa du bout des doigts la reliure en cuir. Elle sentait qu'aujourd'hui, elle s'était rapprochée de la vérité, et donc elle ne pouvait pas partir, pas maintenant, pas avant d'avoir mis la main sur ce journal intime. Mais où pouvait-il bien être ?

Zoe réfléchit fébrilement. En admettant qu'il se trouvait bien ici, où Chris pouvait-il l'avoir caché ? Sous le matelas de son lit ? Non, les Gallagher l'auraient découvert depuis longtemps, ils auraient compris son importance et l'auraient soit envoyé à Londres, soit transmis à la police, qui en aurait ensuite averti les parents de Zoe. Ce journal n'était jamais réapparu, il devait donc être caché dans un endroit improbable.

Zoe regarda autour d'elle et s'arrêta sur le buffet situé à côté de la porte. Il faisait partie des meubles qu'elle avait reconnus en arrivant, tout comme les commodes des chambres à l'étage et les placards de la cuisine. Et Rose n'en avait-elle pas mentionné d'autres, rangés dans la remise ?

Zoe frissonna en repensant à l'armoire en bois sculpté qui s'était autrefois trouvée dans la chambre de Chris. C'était la cachette idéale. Elle bondit et fila tout droit à la remise où elle repéra la vieille armoire entreposée tout au fond. Pour l'atteindre, elle dut d'abord déplacer plusieurs cartons ainsi qu'un petit secrétaire qui se trouvait devant. Après être allée chercher une lampe de poche dans la cuisine, elle entreprit d'examiner l'intérieur de l'armoire, passant en revue chaque planche, chaque panneau jusqu'au sommet, en vain.

Alors qu'elle replaçait le secrétaire devant l'armoire, soudain, elle suspendit son geste. Un bureau ancien tel que celui-ci pouvait très bien comporter des tiroirs à double fond, non ? Elle inspecta chaque tiroir sous toutes les coutures, sans plus de succès, puis une vieille commode qui se trouvait aussi là, et retourna enfin dans la maison pour passer la cuisine au peigne fin. Après une heure de recherches, elle s'affala sur le canapé du salon en soufflant d'agacement.

En admettant que le journal eût vraiment été caché dans cette maison, il avait dû se perdre au fil des ans. Chris l'avait peut-être dissimulé dans un meuble dont les Gallagher s'étaient finalement débarrassés, ou alors dans un tout autre endroit.

Zoe secoua la tête. Non, elle avait vu son frère dans sa chambre avec ce carnet, il était forcément dans cette maison. Mais si Chris ne l'avait pas caché dans un meuble, alors…

Comme sous l'impulsion d'une décharge électrique, elle monta quatre à quatre l'escalier qui menait à l'étage où se trouvait l'ancienne chambre de Chris, désormais occupée par les fils de Rose. C'était une chambre d'enfants typique, avec des lits superposés et des étagères chargées de jouets. Tout avait changé, excepté le vieux plancher dont l'une des lattes avait toujours eu un peu de jeu.

Zoe ne put s'empêcher de sourire en repensant au temps passé avec Chris à sauter dessus à cloche-pied pour la faire grincer. Un jour, réussissant à la soulever, ils avaient découvert dessous un petit espace creux où, se prenant pour des pirates, ils avaient caché des billes en guise de trésor. Avec le temps, Zoe avait oublié ce détail. Chris, lui, s'en était peut-être souvenu au moment de soustraire son carnet à des regards indiscrets.

Zoe enjamba précautionneusement les rails du circuit de train qui était installé par terre et occupait presque l'intégralité de la pièce, tout en tendant l'oreille à chaque pas.

Là ! Au premier grincement, Zoe se mit à genoux et promena ses doigts le long des fentes. Il y avait bien une latte qui bougeait plus que les autres. Elle dut démonter plusieurs rails et les mettre de côté afin de pouvoir l'examiner de plus près. Mais soit le bois avait travaillé, soit quelqu'un avait remis le plancher en état, car la latte était beaucoup moins mobile qu'avant. Zoe se servit d'un des rails en bois comme levier pour la soulever de quelques centimètres, puis glissa sa main dessous.

Elle retint son souffle tandis qu'elle inspectait la cavité à tâtons, et se figea en sentant un objet sous ses doigts. Il lui fallut encore plusieurs minutes d'effort avant de parvenir enfin à extraire sa trouvaille, un carnet couvert de poussière et conforme à la description de Lizzie Carmichael.

Le cœur battant, elle remit les rails à leur place initiale, descendit dans la cuisine et épousseta le carnet à l'aide d'un chiffon. Puis elle retourna s'asseoir sur le canapé du salon et regarda fixement l'objet sans oser l'ouvrir.

Depuis la mort de Chris, elle ne s'était jamais sentie aussi proche de lui qu'en cet instant. C'était comme s'il se trouvait lui aussi dans cette pièce, comme s'il savait qu'elle s'apprêtait à lire ce qu'il avait caché de tous. Et ce fut justement ce qui la fit hésiter au dernier moment, ayant soudain l'impression de trahir sa confiance.

Mais, son besoin de vérité l'emportant, elle ouvrit le carnet d'une main tremblante et commença sa lecture.

22

Lorsque Rose ouvrit les yeux, elle fut éblouie par la lumière qui inondait déjà la chambre. Elle se dit qu'il devait être midi passé, ce que confirma le radio-réveil au design élégant posé sur la table de nuit. Elle avait encore sommeil, mais ce n'était pas très étonnant, et tout son corps était comme habité par une agréable langueur.

Se tournant vers Simon qui dormait encore, Rose sourit et tendit la main pour lui caresser les cheveux, avant de suspendre son geste. Elle ne voulait pas le réveiller mais plutôt profiter de l'instant, l'observer tranquillement et mémoriser chaque détail : ses lèvres bien dessinées, ses mains qui l'avaient embrasée toute la nuit, son début de barbe qui avait irrité sa peau mais qu'elle trouvait tout de même terriblement sexy, son torse et ses bras musclés.

Rose se sentait comme métamorphosée grâce à Simon, un amant extraordinaire qui l'avait éveillée à des sensations inconnues jusqu'alors. Non pas qu'elle eût de nombreux points de comparaison. Matt avait été le premier, et après leur divorce, elle n'avait vécu que quelques liaisons de courte durée qui l'avaient laissée amère et persuadée de ne pas être assez désirable.

Or Simon venait de lui prouver tout le contraire, la faisant se sentir tellement libre et tellement confiante qu'elle s'autorisait à lâcher prise complètement. Avec lui, elle s'était laissée aller comme jamais auparavant, et elle en redemandait encore. Une seule caresse, un seul baiser de Simon suffisait à enflammer ses sens.

Elle se leva sans bruit. Sur la moquette près du lit se trouvaient encore leurs vêtements, qu'ils s'étaient retirés mutuellement la veille au soir avant de les jeter négligemment par terre. Elle ramassa la chemise de Simon, l'enfila et huma son parfum tout en se dirigeant vers la cuisine, le sourire aux lèvres.

Ce qu'elle découvrit en ouvrant le réfrigérateur refroidit quelque peu son enthousiasme. Son contenu se résumait à un beurrier, deux pots de confiture, quatre œufs et, dans la porte, une brique de lait à moitié vide, une bouteille de champagne et deux bouteilles de vin rouge. Rien de plus. Ou plutôt si : Rose découvrit dans le bac à légumes une barquette au nom du restaurant indien où Simon s'était rendu juste avant leur premier dîner ensemble. Mais comme le reste de curry qu'elle contenait n'était pas franchement appétissant, elle la jeta à la poubelle. Elle s'apprêtait à jeter un œil dans le congélateur lorsqu'elle sentit Simon l'enlacer par-derrière.

— Salut, dit-il en embrassant ses cheveux. Qu'est-ce que tu fais ?

Elle se retourna et passa les bras autour de son cou.

— Je voulais… nous préparer un en-cas, dit-elle entre deux baisers. J'ai faim.

— Moi aussi, j'ai faim, mais de toi.

Elle frémit en sentant sa main glisser sous sa chemise. Mais alors qu'il allait l'embrasser de plus belle, il s'arrêta en entendant son ventre qui gargouillait.

— Si je ne mange pas très vite quelque chose, je crains d'être trop faible pour ce que vous avez en tête, monsieur Fielding, le taquina Rose. C'est bien connu, on ne vit pas d'amour et d'eau fraîche.

— Je sais, c'est bien pour ça que je t'ai préparé des toasts et des œufs ce matin.

En effet, il lui avait apporté le petit-déjeuner au lit, ce qui avait achevé de la faire fondre.

— C'était délicieux, vraiment, mais ça remonte à quelques heures. Et j'ai comme l'impression que ces toasts et ces œufs étaient tout ce qu'il y a de comestible chez toi.

— Je plaide coupable, reconnut Simon. Ma femme de ménage est en vacances, c'est elle qui s'occupe des courses d'habitude. Mais heureusement, il y a…

Il saisit une liasse de prospectus posée sur le plan de travail à côté du réfrigérateur et embrassa Rose au passage.

— … des restaurants qui livrent à domicile.

Rose fronça les sourcils en voyant les nombreux prospectus en piteux état.

— C'est dans tes habitudes, qu'on te livre tes repas ?

— Non, je mange dehors la plupart du temps. Et quand je passe voir mes parents, je ne repars jamais sans des plats maison mitonnés par leur cuisinière. Elle travaille pour nous depuis que je suis tout petit et ressent encore le besoin de veiller sur mon alimentation.

— Vous avez une cuisinière ? s'exclama Rose en écarquillant les yeux.

Simon acquiesça.

— Et un majordome. Mais Harold va bientôt prendre sa retraite, et je ne crois pas que maman ait l'intention de le remplacer quand il partira. Elle a dit récemment qu'elle préférerait avoir une gouvernante qui… Oh, excuse-moi.

Il s'éclipsa, le temps d'aller répondre au téléphone qui sonnait quelque part dans l'appartement.

Elle le suivit du regard, puis contempla la cuisine ultramoderne, où chaque étagère devait valoir le double de tout son électroménager en Cornouailles. Les façades des appareils brillaient d'un bel éclat argenté, et rien que les fines poignées en acier inoxydable devaient être hors de prix. Tout l'appartement respirait le luxe, mais on n'en attendait pas moins d'un grand avocat de Londres dont les parents s'offraient les services de domestiques. Rose pensa alors à sa mère, qui se démenait tous les jours aux fourneaux, aussi bien pour sa famille que pour les clients de la pension. L'univers de Simon n'était pas à des kilomètres du sien, mais à des années-lumière.

Celui-ci revint dans la cuisine, vêtu d'un boxer et d'un T-shirt, et posa le combiné sur le plan de travail en secouant la tête d'un air consterné.

— C'était ma mère, elle voulait me rappeler que je dois être à 17 heures au vernissage d'une exposition. J'ai trente-quatre ans, je suis un avocat qui réussit, mais manifestement elle ne me croit pas capable d'honorer mes engagements.

Rose sourit.

— Il faut dire que tu lui as donné des raisons de se méfier. Tu as bien oublié son dîner de charité le soir de mon arrivée.

— Parce que j'étais terriblement distrait, répondit-il en l'attirant vers lui. Concernant ce soir, je ne risque pas d'oublier car il s'agit d'un événement susceptible de t'intéresser : une exposition sur la mode des cinquante dernières années. Ça te tente ?

— Tu voudrais que je vienne ? demanda Rose, interloquée. Mais je ne suis même pas invitée.

— J'ai le droit de venir accompagné. Et on annonce la présence de Clive Wentworth.

Elle écarquilla les yeux.

— Clive Wentworth ? Le grand couturier ?

Il acquiesça.

— Et une foule de gens que tu connais certainement mieux que moi.

Rose réfléchit fébrilement, à la fois euphorique et effarée. Clive Wentworth… Son nom était connu de toute personne s'intéressant un tant soit peu à la mode, c'était l'un des stylistes les plus en vue de Grande-Bretagne. Des mannequins, des actrices portaient ses créations, et il avait même signé la robe de mariée des dernières noces royales.

Rose avait toujours rêvé de le rencontrer, mais elle prit soudain peur à la perspective de se retrouver empêtrée dans ses propres mensonges.

Elle aurait dû dire dès le début la vérité à Simon, qui allait certainement la présenter comme une vraie styliste. Et pour peu qu'elle tombât sur un expert, le pot aux roses risquait fort d'être découvert.

— Je ne crois pas que je connaîtrai grand monde, je ne suis qu'en tout début de carrière, hasarda-t-elle.

« Et encore, c'est beaucoup dire », ajouta-t-elle intérieurement.

— Alors raison de plus pour m'accompagner, déclara Simon. Tu cherches à percer dans ce milieu, n'est-ce pas ?

— Oui, mais... je ne veux pas m'imposer.

Il secoua la tête.

— T'imposer ? Franchement, Rose, parfois, je ne te comprends pas. Je pensais que tu sauterais de joie, c'est l'occasion idéale de développer ton réseau.

Elle lut dans ses yeux l'étonnement qui risquait de se transformer bientôt en méfiance, si elle ne se décidait pas rapidement. « Dis-lui », l'exhorta une petite voix. Mais la peur que cette révélation sonnât le glas de leur relation naissante l'emporta. De plus, cette exposition promettait d'être passionnante.

— Si, je suis ravie, répondit-elle. Mais tu es sûr que ma présence ne dérangera pas ?

*

Le sourire de Simon s'effaça un instant lorsqu'il pensa au regard que sa mère porterait sur Rose, pour finalement décider que son avis lui était bien égal. Il irait à ce vernissage avec elle, que cela plût ou non à sa mère. Tout simplement parce qu'il n'imaginait pas en être séparé, ne fût-ce que pour quelques heures.

Il avait connu de nombreuses femmes, mais aucune ne l'avait séduit comme cette Rose Riley. Elle était particulière, à mille lieues des mondaines qui papillonnaient autour de lui et qu'il savait comment impressionner, contrairement à Rose. Celle-ci ne cessait de le surprendre par son bon sens et son naturel désarmant. Loin de jouer les coquettes, elle ne se rendait pas compte du charme que lui conféraient son teint de porcelaine et ses courbes bien dessinées, qu'il avait pu admirer dès leur première rencontre à travers sa robe détrempée.

Depuis, impossible de la chasser de son esprit. Plus ils se voyaient, plus Simon était séduit, sans toutefois mesurer la force de cette attirance jusqu'à la veille au soir, lorsqu'il l'avait embrassée pour la première fois dans ce petit restaurant indien. Il n'aurait pas su dire à quand remontait la dernière fois qu'il avait désiré une femme à ce point. Toute la nuit, ils s'étaient aimés avec fougue, comme pour profiter de la moindre seconde passée ensemble. Et il le fallait, car Rose n'était à Londres que pour quelques jours.

Simon n'aurait pas été contre passer tout le week-end au lit avec elle. D'un autre côté, il se faisait une joie de l'emmener au vernissage de l'exposition. Si elle rencontrait les bonnes personnes, cela donnerait peut-être un sérieux coup de pouce à sa carrière, auquel cas elle serait peut-être amenée à travailler moins en Cornouailles et davantage à Londres.

Simon se ressaisit dès que cette idée lui traversa l'esprit. Une histoire sans lendemain, c'était ce dont ils étaient convenus, et Rose ne semblait pas se lancer dans de grands projets d'avenir. Elle n'exigeait pas la moindre promesse, pas la moindre déclaration, se distinguant là encore des femmes qu'il avait connues jusqu'alors. Et force était de constater que cela le chiffonnait un peu.

— Bien sûr que non, ta présence ne dérangera pas. Tu vas tous leur voler la vedette et je te garantis qu'on va bien s'amuser.

Jugeant que leur dernier baiser remontait à trop longtemps, il attira le corps chaud de Rose vers lui et soupira en sentant son désir monter à nouveau. Décidément, cette femme le rendait fou. Tant pis, le déjeuner attendrait.

23

Jack gara son 4 × 4 devant la maison de la plage et descendit. Même s'il était déjà midi passé, le soleil se montrait pour la première fois de la journée à travers l'épaisse couche de nuages, éclairant le cottage et son jardin fleuri d'une jolie lumière dorée. Le spectacle avait beau être magnifique, Jack ne se laissa pas distraire. Il arriva en quelques pas à la porte, appuya sur la sonnette et attendit avec impatience que Zoe vînt lui ouvrir. Lizzie Carmichael avait dû se tromper, Zoe allait certainement très bien. Mais, depuis leur rencontre ce matin même en ville, il était tenaillé par un mauvais pressentiment.

Je crois que Zoe a un problème de santé, Jack.

Il s'était fait la même réflexion lors de son malaise au sommet de la falaise, et il avait cru revoir la scène lorsque Lizzie Carmichael lui avait raconté ce qui s'était passé chez elle. Il avait dû lui promettre qu'il en informerait sa mère pour que celle-ci passât voir Zoe. Finalement, il avait préféré venir à la maison de la plage en personne une fois ses différentes courses terminées.

Après qu'il eut sonné une deuxième fois, sa nervosité laissa place à l'inquiétude.

— Zoe ?

Jack frappa à la porte et tendit l'oreille. Pas de réponse.

Il essaya de se rassurer en se disant qu'elle s'était peut-être tout simplement absentée. Elle devait se trouver aux falaises, et voilà qu'il se ridiculisait en croyant voler à son secours.

La mine renfrognée, il tourna les talons et marcha en direction de son 4 × 4. Mais alors qu'il allait ouvrir la portière, il s'arrêta et serra les poings.

« Je jette juste un coup d'œil par la fenêtre et je repars », décida-t-il en contournant le cottage. Voyant par la fenêtre que le petit atelier de couture de sa sœur était vide, il voulut poursuivre jusqu'à la salle de séjour. Mais lorsqu'il atteignit l'arrière de la maison, il constata que la porte-fenêtre qui donnait sur la terrasse n'était pas fermée à clé. Il hésita un instant, puis la poussa et entra dans le salon.

— Zoe ?

Il prit soudain conscience qu'il était un peu sans gêne. Si elle allait bien et qu'elle s'était simplement absentée, elle ne serait pas ravie qu'il entrât de la sorte. L'inquiétude qui le taraudait fut finalement la plus forte. Il ne toucherait à rien, il voulait seulement vérifier que…

Arrivé devant le canapé, il se figea.

Zoe y était allongée sous une fine couverture en laine. Même si ses longs cheveux blonds cachaient une partie de son visage, Jack remarqua des traces de larmes sur ses joues blêmes. Et le fait qu'elle dormît si profondément, au point de ne pas entendre la sonnette, ne fit que renforcer son inquiétude. Jack s'accroupit près du canapé, posa la main sur son épaule et la secoua doucement.

— Zoe ? Zoe, réveille-toi.

Elle ouvrit les yeux tout doucement et eut besoin d'un long moment avant de retrouver pleinement ses esprits et de se redresser en poussant un gémissement.

— Jack ?

Elle le regarda avec perplexité, puis porta la main au large pansement qu'elle avait sur le front.

— Comment… comment tu es entré ?

— Par la porte-fenêtre.

Jack se sentit soudain à la fois soulagé et terriblement idiot. Zoe s'était endormie sur le canapé, sans doute en lisant le livre qui se trouvait ouvert sur l'accoudoir, couverture vers le haut. Tout bêtement. Mais comment aurait-il pu le deviner ?

— J'ai croisé Lizzie Carmichael, elle m'a dit que tu t'étais sentie mal hier après-midi. Je suis venu aux nouvelles, mais tu n'as pas ouvert. J'ai eu peur qu'il te soit arrivé quelque chose.

Il haussa les épaules. Il s'était inquiété pour rien mais, tout de même, la pâleur de Zoe et ses yeux bouffis confirmaient que quelque chose n'allait pas.

— Qu'est-ce qui se passe, Zoe ? Pourquoi tu as pleuré ?

*

Surprise par sa question, Zoe porta les mains à ses joues. Avait-elle vraiment pleuré en dormant ? Elle l'ignorait, tout ce dont elle se souvenait, c'était d'avoir eu un sommeil particulièrement agité, et effectivement d'avoir entendu la sonnette. Elle n'avait pas réagi, engluée dans les images que son cerveau faisait défiler. Chris lui était encore apparu, toujours au bord de la falaise mais pas tout seul, cette fois-ci. Quelqu'un était avec lui, une silhouette énigmatique que Zoe n'avait pas identifiée. Elle avait essayé d'approcher, mais plus elle avançait, plus la silhouette se brouillait. Et son frère aussi s'était progressivement éloigné, comme dans chacun de ses rêves.

— J'en sais un peu plus sur ce que Chris avait en tête, dit-elle en prenant le carnet posé sur l'accoudoir du canapé. Tout est écrit là-dedans.

Tandis que Jack le feuilletait, Zoe prit conscience qu'elle venait de lui confier un document extrêmement intime, et pourtant cela ne lui parut pas déplacé. Tous deux avaient été amis, et si Jack n'était pas venu, elle serait sûrement passée d'elle-même à la ferme pour lui montrer sa trouvaille. Après tout, il était le seul avec qui elle pouvait partager ses avancées.

Jack comprit rapidement quelle était la nature de ce carnet.

— Comment tu as mis la main dessus ?

Zoe lui raconta la fouille de la maison qui avait suivi sa discussion avec Lizzie Carmichael, tandis que Jack lisait les premières pages.

— Ce sont des lettres ? demanda-t-il, surpris.

Zoe, qui s'était attendue à trouver un journal intime classique, avait eu la même réaction.

— Oui. Il était très amoureux, Jack.

Celui-ci leva la tête, et lorsque leurs regards se croisèrent, elle lut l'étonnement dans ses yeux.

— Tu n'étais pas au courant non plus ?

En le voyant nier de la tête, Zoe fut rassurée de savoir qu'elle n'était la seule à qui Chris avait caché ce qu'il ressentait.

— Pourquoi il n'en a jamais parlé ? demanda Jack.

— Parce que c'était un secret. Un secret très bien gardé, même. Dans ce carnet, Chris ne cesse de répéter que personne ne devait l'apprendre.

— Et tu vois de qui il s'agit ? Chaque entrée commence par « mon trésor », « mon amour »...

— À mon avis, c'était intentionnel. Chris a fait exprès de ne citer aucun nom, sans doute par peur que quelqu'un mette la main sur ce carnet.

Jack fronça les sourcils.

— Mais pourquoi tant de mystères ?

— Je n'en sais rien. De toute évidence, ils vivaient une histoire compliquée. Chris évoque par exemple une grande différence d'âge. Dans l'ensemble, tout est assez énigmatique, il s'exprime par métaphores, comme les poèmes qu'il aimait lire. Mais un détail m'a mis la puce à l'oreille. Chaque entrée remonte aux semaines ayant précédé sa mort, mais je pense que tout a commencé l'été d'avant. C'est certainement la raison pour laquelle Chris a tellement insisté pour venir avec nous à Penderak, alors qu'il était déjà étudiant et que papa lui avait trouvé un stage à New York, chez un de ses partenaires. Chris a insisté pour reporter ce stage et nous accompagner en Cornouailles. Ça comptait plus pour lui qu'une opportunité professionnelle.

Zoe se tut un instant, le temps de réfléchir.

— Cependant, je ne vois pas de qui il peut s'agir. Il ne s'est jamais confié à toi ?

— Non. Enfin, tu sais qu'il plaisait aux filles, mais il ne m'a rien dit de particulier. De mon côté, cet été-là, j'avais d'autres projets en tête, souligna Jack en esquissant une grimace.

Zoe comprit le sous-entendu et déglutit. Il disait vrai, comme tous deux avaient passé chaque minute de leur temps ensemble, ils étaient certainement passés à côté des tourments de Chris. Ils n'étaient toutefois pas les seuls à n'avoir rien remarqué, sinon le rapport de police l'aurait mentionné. Et ce point intriguait justement Zoe.

— Comment il a pu garder le secret ? Quelqu'un les a forcément vus ensemble.

— Si la personne en question vivait bien ici, nuança Jack. Chris était étudiant, il a peut-être rencontré quelqu'un à l'université.

— Non, ces lettres sont énigmatiques, mais je parie que c'était quelqu'un d'ici.

Jack secoua la tête.

— D'accord, admettons. Nous ne sommes pas plus avancés. Bien sûr, cet élément n'est pas anodin, mais ça n'a peut-être rien à voir avec sa mort.

— Sauf que, désormais, nous savons qu'une tierce personne est certainement impliquée, quelqu'un qui comptait beaucoup pour Chris. Et s'ils s'étaient donné rendez-vous cette nuit-là sur les falaises ? Ils avaient peut-être l'habitude de se retrouver là-bas, comme nous.

— En effet, murmura Jack.

Lorsque leurs regards se croisèrent, Zoe fut à nouveau submergée de souvenirs : les magnifiques couchers de soleil près de la tour en ruine, la chaleur des bras de Jack, leurs milliers de baisers qui avaient résonné comme autant de promesses. Le temps de l'insouciance, des derniers instants de bonheur…

Zoe s'empressa de chasser ces images de son esprit et revint au sujet qui les occupait.

— Je dois découvrir à qui s'adresse Chris dans ce carnet. C'est la clé du mystère, je le sens.

Mais à peine Zoe eut-elle prononcé ces mots que le découragement l'envahit.

— Seulement, comment avoir le fin mot de l'histoire ? Je ne vais pas aller de maison en maison et demander à chaque habitant de Penderak de qui mon frère était amoureux. Et quand bien même j'irais jusque-là, pourquoi accepterait-on de parler après toutes ces années ? En plus, cette femme a très bien pu déménager.

Jack se leva, la mine grave, et se mit à arpenter le salon de long en large pour mieux réfléchir, une habitude que Zoe lui connaissait depuis toujours. Manifestement, lui aussi voulait en avoir le cœur net. Au bout d'un moment, il s'arrêta et la regarda.

— Le bal de l'été a lieu ce soir.

— Je sais, j'ai vu les affiches en ville. Et ?

— Tu pourrais y aller.

Zoe lui jeta un regard surpris.

— Pourquoi ?

— C'est un événement très populaire, donc tu auras tous les habitants de Penderak ou presque sur un plateau, si je puis dire. Tu pourrais en profiter pour te renseigner.

Zoe le fixa longuement. Son idée était géniale, car le bal de l'été, l'un des points d'orgue de la vie à Penderak, offrait une ambiance décontractée, idéale pour glaner de nouvelles informations. Seul problème, on était censé s'y rendre en couple. Elle était bien placée pour le savoir puisqu'elle avait participé à ce bal avec Jack, et ce depuis l'été qui avait marqué le début de leur relation. Ce souvenir lui porta un coup douloureux au cœur.

— Hum… Oui, tu as peut-être raison, Jack. Tu as prévu d'y aller, toi ?

Il hocha la tête.

— J'ai promis à Megan d'être son cavalier.

« Évidemment », songea Zoe, se sentant ridicule d'avoir compté, en cette occasion encore, sur le soutien de Jack. Ils ne formaient plus un couple, c'était donc bien naturel qu'il se rendît à cette soirée dansante avec la femme qui lui plaisait. Et même s'il n'était pas officiellement avec cette Megan, cela ne saurait tarder. Il n'y avait pas de place pour elle.

— La soirée commence à quelle heure ?

— À 19 h 30, comme toujours, répondit Jack en consultant sa montre. Et justement, je dois filer.

Zoe le raccompagna jusqu'à la porte et le suivit du regard alors qu'il regagnait son 4 × 4 à grandes enjambées, comme s'il avait soudain hâte de partir.

Une fois seule, elle retourna au salon et se pelotonna sur le canapé, encore fatiguée et abrutie après cette quasi-nuit blanche.

« Je vais dormir encore un peu », se dit-elle en fermant les yeux. Elle aurait en effet besoin de toutes ses forces pour affronter ce bal de l'été.

24

— Nous sommes bientôt arrivés ? demanda Rose en essayant de voir par-delà les arbres en bordure de l'allée qui traversait un parc immense.

— Presque, répondit Simon.

Lorsque Marlton House apparut au virage suivant, Rose en eut le souffle coupé.

— Ouah, c'est… gigantesque !

Elle resta bouche bée en découvrant la façade grise du manoir aux nombreuses tourelles, dont une particulièrement imposante en son centre, et aux créneaux qui couraient tout le long du toit, conférant à la bâtisse une allure aussi magnifique qu'intimidante.

— Tu vas en hériter un jour ?

Simon éclata de rire.

— Oh non, et heureusement ! Mon grand-père a légué ce manoir il y a des années au National Trust. L'entretien de cette vieille bicoque est un gouffre financier, et la famille de ma mère n'aurait pas pu se le permettre sur la durée. Le manoir reste le fief du comte de Chiswick, mais on y voit surtout des touristes curieux. Et ma mère y organise encore ses événements caritatifs car, selon elle, ce genre de cadre incite les gens à la générosité.

« Encore faut-il en avoir les moyens », songea Rose, chez qui la tension commençait à monter tandis que Simon se garait devant le perron. Deux jeunes hommes en livrée accoururent aussitôt. Simon leur confia la clé de sa voiture puis aida Rose à descendre.

Elle ajusta nerveusement la robe asymétrique en voile de chiffon légèrement satiné qu'elle avait glissée dans sa valise à la dernière minute. Et elle avait eu du flair, à en juger par le regard admiratif dont Simon la gratifia.

— Je t'ai dit que tu étais sublime ?

— Oui, plusieurs fois déjà, répondit-elle avec un grand sourire. Mais n'hésite pas à me le répéter encore et encore, je me sentirai peut-être moins nerveuse.

Elle gravit le perron au bras de Simon. Sur la dernière marche, celui-ci se pencha vers elle et déposa un baiser sur ses lèvres.

— Je suis certainement le plus stressé de nous deux. Je n'ai jamais eu une cavalière aussi belle, et je vais devoir veiller à ce que personne ne t'enlève.

« Et réciproquement », se dit Rose. Elle trouvait Simon terriblement séduisant, et pas seulement parce qu'il portait le smoking comme une seconde peau. C'était toute son attitude, à la fois élégante et décontractée, qui la fascinait. Son sourire, sa galanterie, son assurance. Ils venaient de se rencontrer, et pourtant, elle savait déjà qu'aucun autre homme ne pourrait jamais rivaliser avec lui. Il la faisait littéralement chavirer, et elle n'imaginait pas devoir le quitter bientôt. Mais, ne préférant pas y penser pour l'instant, elle se contenta de lui rendre son sourire.

Lorsque Simon tendit son carton d'invitation à l'hôtesse tirée à quatre épingles qui les attendait en haut des marches, le cœur de Rose s'accéléra encore. La femme leur indiqua le tapis rouge qui menait à une immense salle de réception décorée de colonnes en marbre. De nombreux invités se pressaient déjà autour des vitrines d'exposition, où des tenues étaient drapées sur des mannequins grandeur nature. Parmi eux circulaient des serveurs avec des plateaux, proposant boissons et petits-fours.

— Simon, te voilà ! s'exclama une femme d'âge mûr vêtue d'un élégant tailleur couleur parme.

Elle le serra dans ses bras et l'embrassa sur la joue. Lorsqu'elle se tourna vers Rose, son sourire s'atténua quelque peu.

— Oh, tu es venu accompagné ?

Rose guetta la réaction de Simon, qui procéda aux présentations le plus naturellement du monde.

— Rose, permets-moi de te présenter ma mère, Elaine Fielding. Et voici Rose Riley, maman, dont je t'ai déjà parlé.

— Oui, bien sûr, je me souviens, répondit Elaine, serrant la main de Rose puis, se tournant à nouveau vers son fils : Lydia Edgars a demandé de tes nouvelles. Elle est venue avec une amie.

— Nous les verrons tout à l'heure, répliqua Simon avec une pointe d'agacement. D'abord, Rose et moi voulons admirer l'exposition. Après tout, c'est pour ça que nous sommes venus.

Il soutint le regard sévère de sa mère puis s'éloigna avec Rose.

— Tu as dit que ma présence ne dérangerait pas, murmura-t-elle une fois hors de portée d'oreille.

— Ne t'inquiète pas, assura Simon en prenant deux flûtes de champagne sur le plateau d'un serveur. Le carton d'invitation stipulait que je pouvais venir accompagné.

— Alors pourquoi ta mère a eu l'air si choquée de me voir ?

Simon esquissa un rictus ironique.

— J'ai bien peur que tu ne correspondes pas tout à fait à l'idée qu'elle se fait de ma future femme.

Rose le regarda avec perplexité.

— Oui, enfin, je n'ai pas prévu de t'épouser.

Une expression qu'elle ne parvint pas à déchiffrer passa sur le visage de Simon tandis qu'il l'observait. Puis il haussa les épaules.

— Ma mère voudrait que je me marie, de préférence avec la fille ou la petite-fille d'un généreux donateur.

Rose comprit soudain pourquoi Elaine avait réagi ainsi.

— Comme cette Lydia, par exemple?

— Exactement, soupira Simon. Maman estime qu'à presque trente-cinq ans, il serait largement temps que je me pose et que je fonde une famille. C'est pour ça qu'elle joue sans arrêt les entremetteuses. Mais une chose est sûre, je ne la laisserai pas me dicter ma conduite.

« Je comprends mieux. En fait, il n'a pas envie de s'engager », se dit Rose en buvant une gorgée de champagne. Elle s'était déjà demandé comment un homme pareil pouvait être célibataire. Les prétendantes ne devaient pas manquer, et d'ailleurs, elle surprit les regards que lui jetaient certaines invitées.

— Et tu te vois père de famille?

Rose, n'y tenant plus, devait lui poser la question.

— J'aime bien les enfants, répondit-il en haussant les épaules. Cependant, je doute d'être un bon père.

— Pourquoi pas? Tu es gentil, ouvert... Toutes les qualités qu'il faut.

Simon haussa les sourcils, l'air de se demander où elle voulait en venir.

— Très franchement, je ne me suis pas encore penché sur la question, dit-il avec une grimace gênée. Tu dois me trouver superficiel.

— Il y a certains sujets auxquels on pense seulement une fois qu'ils se présentent, observa Rose.

Simon la regarda avec un étonnement grandissant.

— Et toi? demanda-t-il après un silence. Tu imagines avoir des enfants un jour?

Rose, sentant une boule se former dans sa gorge, se maudit intérieurement d'avoir abordé le sujet. Elle prit soin de ne pas croiser son regard intrigué et fut sauvée par une exclamation ravie qui retentit dans son dos.

— Simon, tu es venu!

Une jeune femme blonde au chignon sophistiqué approcha, suivie d'une brune aux cheveux longs, et embrassa Simon sur la joue. Toutes deux étaient extrêmement minces, portaient des robes courtes et des bijoux hors de prix.

— Nous te cherchions, Heather et moi, poursuivit la blonde en se tournant vers la brunette tout sourire, qui serra la main de Simon. Ta mère s'est encore surpassée, cette exposition est tout simplement fantastique.

— Rose et moi venons d'arriver, nous n'avons pas encore eu le temps de la voir, répondit-il en attirant Rose vers lui. Rose, je te présente Lydia Edgars et Heather Farrington. Voici Rose Riley.

Tandis qu'elles se serraient la main, Rose comprit à l'expression sur le visage de Lydia que celle-ci était en train de la jauger. La jeune femme, concluant visiblement que Rose n'était pas une menace, choisit de l'ignorer et se mit à draguer ouvertement Simon. Ce dernier répondit poliment à ses questions, tout en enlaçant ostensiblement Rose par la taille.

Celle-ci s'efforça de suivre la conversation tout en éprouvant une pointe de jalousie. Simon était destiné à vivre avec une autre. Peut-être pas Lydia ou Heather, qu'il ne laissait visiblement pas indifférentes. Mais, un jour ou l'autre, une femme de son rang gagnerait son cœur. Une femme qui n'avait pas d'enfants dont elle cachait l'existence, une femme à l'aise en société, une femme comme lui, pas une campagnarde tout droit sortie du fin fond des Cornouailles…

— Excusez-nous, il faut vraiment que nous jetions un œil à cette exposition, sinon ma mère ne me le pardonnera jamais.

Après un dernier sourire aux deux jeunes femmes, Simon entraîna Rose vers la vitrine la plus proche.

— J'ai bien cru que Lydia ne s'arrêterait jamais de parler, murmura-t-il en levant les yeux au ciel.

Rose ne put retenir un petit sourire de soulagement. Peut-être qu'un jour, effectivement, il ferait sa vie avec une autre. Mais, pour l'heure, il l'avait choisie, et elle entendait profiter pleinement de chaque instant passé ensemble.

Ils s'arrêtèrent devant un mannequin grandeur nature, visiblement l'une des pièces maîtresses de l'exposition, exposé dans une vitrine. De part et d'autre, des cartels resituaient le modèle dans son contexte historique. Soudain, Rose se rappela où elle avait vu cette robe du soir en soie bleu ciel au décolleté croisé et au dos transparent.

— Catherine l'a portée ! s'exclama-t-elle, éberluée. Enfin, la duchesse de Cambridge. Elle assistait à une avant-première avec le prince William, et toute la presse s'est demandé si elle portait ou pas un soutien-gorge.

— Dans ce cas, ma mère peut espérer en tirer un bon prix, souligna Simon. Tous ces vêtements seront vendus aux enchères une fois l'exposition terminée.

Rose écarquilla les yeux, effarée par un tel détachement. Pour Simon, cela n'avait manifestement rien d'extraordinaire que la future reine d'Angleterre offrît à sa mère une pièce de sa garde-robe.

— … et voici le modèle que la duchesse de Cambridge a mis à notre disposition, dit une voix derrière elle.

Rose se retourna. Elaine Fielding approchait avec un groupe de personnes qui l'écoutaient attentivement. Tout de suite, elle reconnut le petit homme chauve, très discret dans son costume gris qui marchait à ses côtés.

— Clive Wentworth, murmura Rose.

— Ah, Simon, dit Elaine. Tu n'as pas encore rencontré notre invité d'honneur, il me semble. Clive, je vous présente mon fils, Simon, et…

Elle hésita un instant et désigna Rose.

— … son accompagnatrice.

Il importait peu à Rose que la mère de Simon eût oublié son nom, elle n'en revenait pas de se retrouver face au célèbre couturier anglais dont elle admirait le travail depuis toujours. Simon, en revanche, jeta un regard réprobateur à sa mère.

— Elle s'appelle…

— Rose Riley ! Ça alors !

Une femme élancée aux cheveux courts se fraya un chemin jusqu'à eux. Elle aussi, Rose la reconnut immédiatement : Felicity Myers, l'Américaine arrogante qui avait mis ses nerfs à rude épreuve. Et qui, surtout, en savait long sur sa vie en Cornouailles.

— Qu'est-ce qui vous amène à Londres ? demanda Felicity Myers.

Rose se sentit blêmir et comprit qu'elle devait trouver un subterfuge, si elle ne voulait pas être démasquée devant Simon, sa mère et tous ses invités.

25

— Quelque chose ne va pas, très chère ? s'enquit Felicity Myers. Vous êtes toute pâle.

— Tout va bien, s'empressa de répondre Rose en se cramponnant à sa flûte de champagne. Je suis seulement très surprise de vous voir, je vous croyais rentrée à Boston.

— C'était mon intention, mais il y a eu un changement de programme, répondit l'Américaine, avant d'ajouter sur un ton complice : Vos créations m'ont valu de nombreux compliments, en particulier le chemisier que je porte ce soir. J'ai un œil averti pour la mode, n'est-ce pas, Clive ?

En voyant ce dernier opiner du chef, Rose blêmit encore. Ils se connaissaient, tous les deux ?

— Ce chemisier est l'une de tes créations ? demanda Simon, étonné, tandis que sa mère paraissait soudain très impressionnée.

— Oui, imaginez ma surprise de découvrir un tel talent dans ce petit village perdu en Cornouailles, poursuivit Felicity Myers. C'est tout de même incroyable, que les dernières tendances arrivent jusque là-bas. Je ne savais pas que vous veniez régulièrement à Londres, et je comprends mieux pourquoi vos créations sont si rafraîchissantes. Mais pourquoi ne me l'avez-vous pas dit ? Nous aurions pu convenir d'un rendez-vous ici.

Tout en esquissant un sourire crispé, Rose fustigea intérieurement cette Américaine et ses compliments à double tranchant.

— J'ai décidé de venir à Londres sur un coup de tête, répondit-elle, contente de ne pas avoir à mentir sur ce point. Cela ne m'arrive pas très souvent.

— Évidemment, acquiesça Felicity Myers en posant une main sur son bras avec un sourire mielleux. J'imagine que cela doit être toute une organisation pour que vous puissiez vous libérer.

Rose se sentit devenir écarlate sous le regard interrogateur de Simon.

— D'ailleurs, comment vont vos… Oh!

Elle baissa les yeux et fixa, effarée, son pantalon en soie sur lequel Rose venait de renverser sa flûte de champagne. Lorsque le verre se fracassa par terre, les invités les plus proches reculèrent d'un pas tandis que les éclats s'éparpillaient sur le sol en marbre.

— Oh, mon Dieu! Je suis vraiment désolée! s'écria Rose en prenant un air contrit. Ce que je peux être maladroite!

— C'est un pantalon signé Clive Wentworth! éructa Felicity Myers, furieuse, en frottant désespérément la tache de champagne. Il est fichu par votre faute!

— Je vous l'échangerai, lui assura Clive Wentworth, qui avait jusqu'à présent assisté à la scène sans piper mot.

L'homme se tourna vers Rose et la dévisagea de ses yeux bleu pâle. Il semblait sympathique, même s'il souriait peu.

— Ce sont des choses qui arrivent, n'est-ce pas?

Rose, trop décontenancée pour répondre, se fit devancer par Felicity Myers.

— Oh, merci infiniment, Clive.

De toute évidence, l'Américaine se délectait des regards envieux que lui jetaient les invités à proximité. Mais elle affecta à nouveau une moue triste en désignant son pantalon.

— Tout de même, c'était l'un de mes modèles préférés!

Rose allait lui assurer qu'elle la dédommagerait lorsque Simon intervint.

— Portez-le au pressing, voyez si les dégâts sont réparables et envoyez-moi la note, dit-il en donnant sa carte de visite à l'Américaine bouche bée. Et, le cas échéant, je m'engage bien sûr à payer le pantalon de rechange que M. Wentworth vous a proposé.

— Merci, répondit Felicity Myers, prise de court.

Sur ces mots, elle lança un sourire éclatant à Clive Wentworth et se dirigea d'un pas rapide vers les toilettes, tandis que la mère de Simon faisait vivement signe d'approcher à deux serveurs munis de chiffons, d'une pelle et d'une balayette. Rose se pencha pour les aider à ramasser les éclats de verre.

— Tout va bien, dans quelques minutes, il n'y paraîtra plus, intervint Elaine en la retenant.

Le regard qu'elle lui lança alors exprima sans la moindre ambiguïté ce qu'elle pensait de son comportement. Elle la tenait manifestement pour responsable de toute cette agitation qui venait perturber le bon déroulement de son vernissage.

— Comme M. Wentworth l'a dit, ce sont des choses qui arrivent. Et mon fils se fera un plaisir de régler cette affaire.

Après un dernier regard en coin à Simon, elle se tourna vers Clive Wentworth et le petit groupe qui l'accompagnait.

— Poursuivons la visite, dit-elle en s'éloignant avec un calme olympien.

Simon prit Rose par la main et l'attira derrière une colonne pour la soustraire aux regards des curieux.

— Mon Dieu, c'était terriblement gênant, gémit Rose qui, la tête posée contre le buste de Simon, revivait la scène. J'ai une occasion unique de rencontrer Clive Wentworth et mon champagne finit sur ses chaussures !

— N'oublie pas les éclats de verre, ils ont volé partout, ajouta Simon d'un ton amusé.

— Arrête, je me suis ridiculisée.

Cette parade était tout ce qu'elle avait trouvé pour empêcher Felicity Myers de mentionner ses enfants. Simon ne devait pas apprendre, du moins pas de cette façon, qu'elle lui avait caché un aspect aussi important de sa vie. Surtout maintenant qu'elle en savait un peu plus sur sa conception de la vie de famille.

— Évidemment, je te rembourserai.

Elle soupira en pensant avec amertume au prix que devait coûter un pantalon signé Clive Wentworth. Mais Simon secoua la tête en souriant.

— Hors de question. En revanche, si tu veux bien me remercier avec un baiser, je suis preneur.

Rose leva la tête et s'exécuta avec plaisir. Lorsque Simon desserra son étreinte, le regard méprisant d'Elaine Fielding lui revint en mémoire.

— Je crois que ta mère me déteste, murmura-t-elle tristement.

Simon pouffa.

— Au moins, elle ne risque pas de t'oublier de sitôt. Et puis, vois le positif, cette Américaine s'est répandue en compliments sur tes créations. Tu l'as rencontrée où, au fait ?

Rose secoua la tête.

— C'est l'une des pires clientes que j'aie jamais eues. Je ne sais pas ce qu'elle fabrique ici, je croyais qu'elle était rentrée en Amérique.

— En tout cas, elle aime ton chemisier, souligna Simon.

— Elle *aimait* mon chemisier, rectifia Rose. Après ce qui s'est passé, elle va certainement le taillader à coups de ciseaux et me rayer de sa mémoire pour toujours.

— Ça m'étonnerait, vu son enthousiasme. Tu sais si elle travaille dans le milieu de la mode ? Elle avait l'air de connaître Clive Wentworth.

— Aucune idée.

Rose se souvenait que Felicity Myers avait fait grand étalage de ses connaissances sur les différentes maisons de couture, sans doute pour s'attirer ses bonnes grâces et mieux la mener à la baguette.

Que leurs chemins se croisent à nouveau ici était un mauvais coup du sort, et Rose prit conscience que le danger subsistait. S'ils tombaient à nouveau sur l'Américaine, elle risquait d'être démasquée. Et de perdre Simon…

— Je pourrais me renseigner auprès de ma mère, suggéra ce dernier. Elle doit le savoir, puisqu'elle a envoyé les invitations. Ou retournons voir cette Felicity Myers, tu présenteras tes excuses une nouvelle fois et…

— Non !

Rose posa un index sur les lèvres de Simon et sourit.

— Embrasse-moi plutôt.

Il s'exécuta, et Rose sentit son cœur battre la chamade.

— Mais ce serait bon pour ta carrière, objecta Simon entre deux baisers.

— Je m'en fiche, murmura-t-elle, le souffle court.

Et elle était sincère. De toute façon, elle n'avait pas de carrière. Dans quelques jours, elle retournerait à son quotidien, et en attendant, elle entendait profiter le plus possible de Simon. Rien d'autre n'avait d'importance, pas même la redoutable Felicity Myers.

— Rose Riley, si vous persistez dans cette voie, je ne réponds plus de rien, dit Simon en la serrant tout contre lui. Tu ne veux quand même pas braquer tous les regards sur nous, si ?

— Il vaudrait peut-être mieux qu'on s'éclipse.

Elle se hissa sur la pointe des pieds et l'embrassa une nouvelle fois avec fougue, jusqu'à ce qu'il la repoussât en haussant les sourcils.

— On vient d'arriver, protesta-t-il mollement.

Mais elle vit dans ses yeux qu'il trouvait sa proposition alléchante.

— Je ne crois pas que je vais manquer à ta mère, répondit-elle avec une petite grimace.

— Non, sans doute pas. C'est à moi que tu vas manquer quand tu seras repartie en Cornouailles, soupira Simon.

Rose sentit son cœur battre de plus en plus fort.

— Alors autant profiter de ces quelques jours ensemble.

Sans répondre, il la prit par la main et l'entraîna vers la sortie. Tandis qu'ils attendaient en silence que le voiturier en livrée se garât au pied du perron, leur excitation était quasi palpable.

Dès qu'ils furent tous deux montés en voiture, Simon appuya sur l'accélérateur puis, au lieu d'emprunter l'allée par laquelle ils étaient arrivés, prit au premier croisement un chemin étroit qui s'enfonçait dans le parc. Connaissant visiblement les lieux comme sa poche, il tourna encore deux fois dans des allées cachées par de hautes haies et se gara près d'un bosquet.

— Ici, nous ne serons pas dérangés.

Il se pencha vers Rose, mais celle-ci descendit de voiture.

— Viens.

Quand Simon l'eut imitée, elle le prit par la main et l'entraîna vers le bosquet, tandis que la brise tiède et l'odeur d'herbe fraîchement coupée aiguisaient ses sens.

— Tu as déjà fait l'amour à la belle étoile ? susurra-t-elle.

Rose, qui n'avait jamais été particulièrement avide de nouvelles expériences, se découvrait bien plus audacieuse avec Simon, qui exerçait sur elle un pouvoir qu'elle n'aurait pas su définir. Elle gémit de désir lorsqu'il la plaqua contre un chêne et lui caressa les seins.

— Non, mais une femme que je viens de rencontrer me donne envie d'innover.

— Je crois que tu devrais suivre cette envie, dit Rose, le souffle court.

— J'y compte bien.

Les baisers fougueux de Simon achevèrent de l'embraser, son cœur battait à tout rompre. Se sentant plus vivante que jamais, elle laissa libre cours à ses sensations, s'abandonna à ses caresses, gémit lorsque les lèvres chaudes de celui-ci se refermèrent sur ses mamelons dénudés, murmura son prénom tout en frémissant au rythme de ses mouvements de langue. À son tour, elle l'aida à déboutonner sa chemise de ses doigts tremblants, en rabattit les pans vers l'arrière et caressa avidement son torse, tout en plongeant dans ses yeux bleus assombris de désir.

Après avoir ôté son pantalon, Simon souleva Rose de terre et l'allongea dans l'herbe. Tout de suite, elle s'ouvrit à lui. Quand il la pénétra, tous deux restèrent immobiles l'espace d'un instant, se regardant droit dans les yeux en savourant cette impression de n'être plus qu'un. Puis Simon commença à se mouvoir, et presque immédiatement, ils trouvèrent un rythme qui les emporta toujours plus haut, pressant et impérieux. Rose, croyant perdre la tête tant elle était enivrée de plaisir, se cramponna à lui alors que le monde autour d'elle explosait et, quelques secondes plus tard, Simon laissa échapper à son tour un gémissement de délivrance.

Leurs respirations s'apaisèrent peu à peu, de même que les dernières vibrations de plaisir qui les parcouraient. Leur sentiment de bonheur, lui, perdura un long moment, leur laissant le temps de le savourer pleinement tout en restant enlacés.

« Avec lui, c'est si bon, si fou, si sauvage », songea Rose. Et lorsque Simon releva la tête et la regarda, elle crut voir ses propres pensées se refléter dans ses yeux.

— Mais qui es-tu, Rose ? murmura-t-il alors, avant de l'embrasser tendrement.

Le cœur de Rose se serra soudain, comme pris dans un étau. Elle ne pouvait pas s'autoriser à tomber amoureuse de lui. Tous deux vivaient une aventure qui prendrait fin sitôt qu'il découvrirait la vérité, alors mieux valait ne pas échafauder de scénarios romantiques qui n'avaient aucun sens.

— Je suis ta tentatrice, répondit-elle avec une légèreté feinte.

Alors qu'ils essayaient de se relever, ils tombèrent dans les bras l'un de l'autre en riant, encore grisés par la folie qu'ils venaient de commettre, puis regagnèrent la voiture main dans la main.

— On va chez moi ? demanda-t-il en tournant la clé de contact.

Elle acquiesça et se cala en soupirant dans le siège passager, tandis qu'il enclenchait la marche arrière.

« J'en profiterai le temps que ça durera », décida-t-elle en son for intérieur, tout en essayant d'ignorer ce pincement au cœur qui ne voulait plus disparaître.

26

Zoe prit une profonde inspiration en entrant dans la grande salle de l'hôtel Alistair, décorée pour l'occasion de guirlandes et de fleurs, et fut accueillie par la même vision qu'autrefois : des tables aux belles nappes blanches disposées le long des murs, un orchestre qui jouait sur une scène montée dans un angle et de nombreux couples qui dansaient enthousiastes sur la piste au rythme de la musique. Sauf que, quatorze ans plus tôt, elle avait franchi le seuil de cette salle au bras de Jack. Ce soir, elle était seule.

« Je n'aurais pas dû venir », se dit-elle avec lassitude en sentant à nouveau une douleur au niveau du front. Depuis qu'elle s'était réveillée de sa sieste, une migraine lui vrillait le crâne, et elle avait hésité à rester au calme. Seulement Jack avait raison, elle devait saisir cette chance d'en apprendre davantage sur l'amour secret de Chris, et s'était finalement mise en route après avoir pris une aspirine.

Comme l'hôtel Alistair disposait de la plus grande salle de réception de tout Penderak, c'était là que se tenait tous les ans le traditionnel bal de l'été. L'aménagement de la salle et sa décoration mobilisaient de nombreux bénévoles, preuve de l'importance que revêtait l'événement pour le village. Et, visiblement, le bouche-à-oreille fonctionnait très bien dans la région, car Zoe constata que les touristes étaient venus en nombre.

Un peu perdue dans cette foule, elle tenta de repérer les personnes qu'elle connaissait. Si elles étaient moins nombreuses qu'escompté, la tâche s'annonçait tout de même ardue, et la simple perspective de les interroger les unes après les autres suffit à amplifier sa migraine. Tant pis, elle allait rentrer, faute de se sentir d'attaque. Et puis elle préférait s'épargner la vue de Jack et de Megan en train de danser ensemble.

— Salut, Zoe.

« Trop tard », songea-t-elle en reconnaissant la voix de Jack. Elle arbora un sourire forcé et se retourna.

Jack, qui avait toujours eu les vêtements formels en horreur, ne portait pas de costume comme certains des participants, mais une belle chemise verte qui lui allait à ravir et un jean foncé. Cette tenue n'entamait en rien son charme ; de toute façon, il aurait été attirant même avec un vieux T-shirt déchiré.

— Salut, répondit Zoe.

Le soulagement qu'elle éprouva en le voyant seul fut de courte durée, car quelques instants plus tard, Megan apparut et se colla à lui.

— Ah, mademoiselle Bevan, lança-t-elle. Je ne savais pas que vous veniez aussi.

— Je me suis décidée au dernier moment.

Megan portait une robe évasée dont la couleur champagne contrastait avec ses longs cheveux foncés, qu'elle portait détachés. Force était de constater qu'elle était radieuse dans cette tenue, et la présence de Jack, qu'elle regardait avec un sourire éclatant, n'y était sans doute pas pour rien.

Jack, lui, ne quittait pas des yeux Zoe, qui lissa nerveusement la petite robe d'été bleu ciel qu'elle portait avec un cardigan assorti. Elle savait pertinemment que sa tenue n'était guère appropriée pour l'occasion, seulement elle n'avait pas mieux dans sa valise.

— Tu peux t'asseoir avec nous si tu veux, proposa Jack en désignant une table sur la droite de la salle.

Zoe reconnut Daisy, Iris et Gordon, et fut tentée un instant d'accepter son invitation. Comme les Gallagher, appréciés à Penderak, connaissaient du monde, elle obtiendrait peut-être des informations plus facilement si elle se joignait à eux. Cela supposait toutefois de subir toute la soirée la vue de Megan en train de papillonner autour de Jack, et elle risquait de ne pas le supporter.

— Non, ça ira. Je ne veux pas déranger.

— OK, bonne soirée alors, répondit Megan avant que Jack n'eût le temps d'insister. Nous sommes venus pour danser, *darling*. Tu viens ?

Lorsqu'elle l'entraîna vers la piste, Zoe surprit l'expression agacée de Jack. Tout en les suivant du regard, elle se demanda si elle ne s'était pas trompée sur la nature de leur relation. Peut-être qu'ils n'étaient pas si proches que ça, après tout. Ou était-ce sa présence qui mettait Jack mal à l'aise ? Dans ce cas, pourquoi lui avait-il proposé de venir au bal, puis de s'asseoir à leur table ?

Zoe se ressaisit et se fraya un chemin parmi les danseurs à la recherche d'une place d'où elle pourrait observer la foule. Elle repéra finalement une chaise libre à une table au fond, où deux couples étaient déjà installés. Ils la saluèrent d'un sourire puis, peu de temps après, se levèrent pour aller danser. Restée seule, Zoe sentit les regards que lui jetaient les personnes assises aux tables voisines, se demandant sans doute pourquoi elle n'était pas venue accompagnée. Elle regretta soudain d'avoir décliné l'invitation de Jack.

— Je vous sers un verre ?

Zoe tressaillit et leva la tête vers la jeune fille aux longs cheveux sombres qui venait d'apparaître à côté d'elle. Elle portait un jean, un T-shirt et un tablier bleu foncé autour de la taille, comme les autres adolescents qui circulaient entre les tables avec des plateaux et des carnets de commandes. Zoe se souvint qu'autrefois déjà, la mairie proposait aux jeunes du village d'assurer le service, moyennant une petite rétribution.

— Oui, je veux bien une eau plate.

Elle n'aurait pas été contre une bière, mais le médecin lui avait formellement déconseillé de boire de l'alcool. Et puis elle devait garder les idées claires.

La jeune fille tendit un coupon à Zoe.

— Si vous voulez bien le compléter avec votre nom. Je vais noter ce que vous consommez, et quand vous partirez, j'encaisserai l'ensemble. On procède comme ça maintenant, c'est plus simple.

Zoe s'exécuta tandis que l'adolescente allait chercher sa commande.

— Oh, c'est vous qui habitez chez nous en ce moment ! s'exclama-t-elle à son retour, en lisant le nom sur la note.

— Et toi, tu es la fille de Rose ? Sarah, c'est bien ça ?

— Exactement, répondit-elle avec un grand sourire. Mon cousin William m'a déjà parlé de vous. Il vous trouve cool.

— Ah oui ? Il est venu aussi ?

Sarah secoua la tête.

— Non, il s'est disputé avec mon oncle. Je ne sais pas à quel sujet, mais Jack était furax et l'a privé de sortie.

Zoe se tourna vers Jack, qui était en train de danser avec Megan, et se demanda sur quoi avait porté la dispute. William en voulait-il toujours à son père de l'avoir empêché de rejoindre sa mère à New York ? Si la décision de Jack avait été sans doute mûrement réfléchie, leur relation en avait été très affectée. Restait à espérer que William acceptât un jour de lui pardonner.

— J'y vais, je dois aller prendre les commandes des autres participants, dit Sarah avant de s'éloigner.

Une fois seule, ce fut plus fort qu'elle, Zoe chercha à nouveau Jack du regard sur la piste de danse. Juste à ce moment-là, il se tourna dans sa direction, et leurs regards se croisèrent par-dessus l'épaule de Megan. Puis, comme celle-ci lui glissait quelques mots, il continua à danser en ne prêtant plus attention à Zoe.

Elle s'empressa de boire une gorgée d'eau et fixa son verre tout en essayant d'ignorer le poids qui lui comprimait la poitrine. Bien sûr que Jack n'avait d'yeux que pour Megan, ils allaient bien ensemble, et ce n'était qu'une question de temps avant que…

— Eh bien, si ce n'est pas Zoe Bevan !

Zoe leva la tête et vit une femme souriante d'une cinquantaine d'années, dont la silhouette athlétique était soulignée par une robe moulante de couleur rouge.

— Docteur Corby ! s'exclama Zoe, la reconnaissant tout de suite. Comment allez-vous ?

— Si j'en crois Lizzie Carmichael, c'est plutôt à vous qu'il faut poser la question. Je peux m'asseoir ?

Sans attendre de réponse, Barbara Corby s'assit sur la chaise libre à côté de Zoe. Celle-ci ne s'en étonna pas outre mesure, car la seule médecin de Penderak était connue pour ses manières qui frisaient parfois la brusquerie. Zoe l'avait consultée une fois pour un terrible mal de ventre, et sa mère avait préféré s'assurer qu'il ne s'agissait pas de l'appendicite. Si cette rencontre l'avait marquée, elle était surprise de constater qu'il en allait de même pour la Dr Corby.

— Je pensais que vous m'auriez oubliée.

— Sachez qu'un médecin de campagne se souvient de tous ses patients, même s'il ne les voit plus pendant un certain temps, assena la Dr Corby, avant de poursuivre avec gravité : Une perte de connaissance n'est pas à prendre à la légère, vous auriez dû passer à mon cabinet pour que je vous ausculte.

Elle fronça les sourcils et scruta Zoe, gênée par ce conseil médical qu'elle n'avait pas sollicité. Un médecin londonien ne se le serait jamais permis ; d'un autre côté, cette perte de connaissance ne serait sans doute jamais parvenue à ses oreilles, et c'était justement ce qui différenciait Penderak d'une métropole. Les habitants des petits villages se connaissaient tous et veillaient les uns sur les autres.

Barbara Corby, comprenant son impair, secoua la tête.

— Excusez-moi, je me mêle de ce qui ne me regarde pas. Mettons ça sur le compte de la déformation professionnelle. Je ne peux pas m'en empêcher : médecin un jour, médecin toujours !

— C'est gentil de votre part, mais je vais très bien, vraiment, je…

Zoe s'interrompit lorsque son regard se posa à nouveau sur Jack qui, par sa stature, se distinguait des autres participants. Elle dut s'arracher à la contemplation de ses larges épaules avant de réussir à achever sa phrase.

— … je suis sûre que ce n'était qu'une chute de tension.

Barbara Corby la dévisagea avec scepticisme, mais n'insista pas.

— Et comment vont vos parents ? demanda-t-elle.

Zoe, que la question n'avait pas du tout effleurée au cours de ces derniers jours, eut soudain mauvaise conscience. Elle avait été très occupée et ne savait même pas si son père ou Philip avaient essayé de la joindre. Elle s'était contentée de leur envoyer un texto très bref en arrivant, puis avait éteint son portable, ce qui était un peu radical de sa part. Après avoir décidé de le rallumer dès son retour à la maison de la plage, elle informa Barbara Corby de l'état de santé de sa mère.

— Je suis vraiment désolée, dit la médecin. D'abord votre frère, puis votre mère… Tout ça doit être très difficile pour vous.

Zoe acquiesça.

— C'est justement ce qui m'amène ici. J'ai l'intention de découvrir comment mon frère est tombé de la falaise. Je voudrais faire mon deuil, mais c'est impossible tant que cette incertitude demeure.

Barbara Corby hocha la tête.

— Je comprends parfaitement que cette terrible tragédie vous hante, j'ai moi-même eu du mal à intégrer la nouvelle.

Je me souviens d'avoir vu votre frère à mon cabinet quelques jours plus tôt car il s'était blessé en marchant sur une moule.

— Oui, la plaie s'était infectée.

— C'était une entaille assez profonde qu'il fallait surveiller.

Après quelques secondes d'hésitation, Zoe prit son courage à deux mains.

— Chris vous a-t-il parlé d'une liaison qu'il aurait entretenue avec une femme ?

Elle posa la question à tout hasard. Si elle voyait mal Chris se confier à la Dr Corby, elle ne devait toutefois négliger aucune piste.

— Ça ne me dit rien, et puis il n'était pas venu me parler de ses histoires de cœur, répondit la médecin en souriant.

— Très bien, je formule ma question autrement : l'avez-vous vu en compagnie d'une femme plus âgée dont il semblait particulièrement proche ?

— Proche ? D'une femme plus âgée ? répéta Barbara Corby, perplexe. Vous m'en posez des questions... Ça remonte à une éternité ! Cependant, maintenant que vous le dites... J'ai vu Alicia Spencer qui l'attendait devant le cabinet, et je me souviens encore de m'être demandé, en l'apercevant par la fenêtre, pourquoi elle venait le chercher.

— Alicia Spencer ?

Zoe ne connaissait pas ce nom.

— La femme de John Spencer, qui était inspecteur à l'époque.

Zoe réfléchit un instant, puis inspira profondément lorsque la mémoire lui revint.

— Vous voulez dire... la sœur de Harry Owen ?

— Sa sœur aînée, tout à fait. Ils se ressemblent, d'ailleurs.

Zoe se souvenait en effet de cette femme sympathique qui avait les mêmes cheveux blonds très clairs que son frère Harry.

— Et vous avez eu l'impression qu'il se passait quelque chose entre eux ?

— Bien sûr que non. Alicia et John venaient d'avoir leur premier enfant, et ils sont toujours mariés, à ce que je sache. De plus, Chris et Alicia avaient dix bonnes années d'écart. Mais pourquoi toutes ces questions ?

Zoe hésita un instant à lui dire la vérité, puis décida de jouer cartes sur table, car c'était la seule façon de glaner des informations.

— J'ai trouvé un vieux carnet qui appartenait à Chris, soupira-t-elle. Il y confie qu'il est amoureux, mais sans jamais citer de nom. Je sais seulement qu'il s'agissait d'une femme plus âgée que lui.

— Tout de même, ça ne peut pas être Alicia Spencer, insista Barbara Corby. Même avec la meilleure volonté du monde, j'ai du mal à y croire.

Mais ce n'était pas impossible. Zoe en était là de ses réflexions lorsque la musique s'arrêta. Le guitariste du groupe procéda à une annonce au micro qu'elle n'écouta pas, toute concentrée qu'elle était sur une autre pensée. Chris évoquait dans son carnet une différence d'âge importante. Et c'était peut-être la situation d'Alicia, déjà mariée et mère de famille à l'époque, qui les avait empêchés de vivre leur amour au grand jour. Zoe venait-elle de découvrir la clé de l'énigme ?

— Chris n'a jamais parlé d'Alicia, je ne savais même pas qu'ils se connaissaient, murmura-t-elle.

Ressentant soudain un frémissement de malaise, elle regarda machinalement vers la piste de danse, mais Jack ne s'y trouvait plus.

— Je pense qu'ils se connaissaient bien, sinon elle ne serait pas venue le chercher au cabinet, souligna Barbara Corby, pensive elle aussi. Enfin, je peux me tromper, il s'agissait peut-être d'une coïncidence. Comme je vous le disais, c'était il y a longtemps et je ne veux surtout pas lancer de rumeurs.

— Moi non plus, s'empressa de lui assurer Zoe.

Elle allait lui demander si Alicia Spencer vivait toujours à Penderak lorsqu'elle sentit une main se poser sur son épaule. Surprise, elle se retourna et retint son souffle en découvrant Jack qui se tenait derrière elle.

— Tu veux bien m'accorder cette danse ? lui demanda-t-il en lui tendant la main.

27

— Mais tu es venu avec Megan, protesta Zoe.

— On doit danser la prochaine avec une autre personne que son partenaire, tu n'as pas entendu l'annonce ?

C'était effectivement une tradition au bal de l'été, et Zoe avait autrefois détesté de devoir « prêter » Jack à d'autres danseuses, se réjouissant toujours de l'entendre dire combien il la préférait à toutes les autres. Dirait-il les mêmes mots à Megan quand il la retrouverait ?

Zoe hésita encore un instant puis, le cœur battant, posa sa main dans celle de Jack qui l'aida à se lever.

— Excusez-moi, dit-elle à Barbara Corby avant de le suivre sur la piste de danse.

Lorsque la musique reprit, la nervosité de Zoe s'accrut encore. Elle s'efforça de ne rien laisser paraître du trouble qu'éveillait en elle la proximité de Jack, qui la guidait d'un pas assuré. Ils avaient été d'excellents partenaires de danse, et lorsque Zoe leva la tête et croisa son regard, le souvenir de leur dernier bal quatorze ans plus tôt les submergea.

Ce soir-là, Jack lui avait annoncé qu'il comptait s'installer au Canada et qu'il n'imaginait pas partir sans elle. Sur le moment, Zoe, complètement prise de court, avait été incapable de lui donner une réponse, sa raison disant d'attendre et son cœur l'encourageant à accepter.

Si Zoe n'aurait pas su dire à quel moment précis ses sentiments amicaux envers le frère de sa meilleure amie s'étaient mués en amour, elle se souvenait parfaitement de s'en être rendu compte un an avant l'été fatidique, en cette même occasion. Elle avait dansé avec Jack, tout comme maintenant, et un déclic s'était produit, sans qu'aucun d'eux n'eût été en mesure de poser des mots dessus.

Après le départ de Zoe quelque temps plus tard, ils avaient gardé contact par téléphone et par courrier, se rapprochant paradoxalement en dépit de la distance. Puis Zoe avait rendu visite à Rose pendant les vacances d'hiver, et Jack l'avait embrassée sous la branche de gui accrochée au-dessus de la porte de la pension. À partir de ce jour, Zoe n'avait cessé de compter les jours qui la séparaient de son retour à Penderak l'été suivant, qui s'était avéré le plus beau de sa vie. Jusqu'à cette terrible journée.

Le cœur de Zoe se serra douloureusement. Comment ces vacances qui avaient si bien commencé avaient-elles pu tourner au cauchemar ? Pourquoi avait-elle repoussé Jack après la mort de Chris ? Et lui, pourquoi ne s'était-il pas battu pour la revoir ?

« Peut-être qu'on s'est trompés, que ce n'était qu'une amourette », songea-t-elle avec tristesse en baissant les yeux pour ne plus croiser le regard de Jack.

— J'ai cru que tu ne viendrais pas.

À ces mots de Jack, elle releva la tête et se demanda s'il en était content ou s'il aurait préféré qu'elle s'abstînt.

— J'ai failli changer d'avis, répondit-elle en tentant de ne rien laisser paraître de sa soudaine mélancolie. J'ai rencontré ta nièce, elle m'a dit que tu t'étais disputé avec William.

Le visage de Jack s'assombrit.

— Ce garçon me fait tourner en bourrique, il me contredit sans arrêt et prend un malin plaisir à passer outre à mes interdictions. Aujourd'hui, il a fouillé dans des cartons entreposés au grenier, et j'ai tout retrouvé sens dessus dessous.

— Pourquoi il a fait ça ? demanda Zoe, interloquée.

— Parce qu'il cherche des souvenirs de sa mère et me soupçonne de lui cacher des choses, soupira Jack.

— Et c'est le cas ?

Il se rembrunit encore.

— William en sait suffisamment, répondit-il en serrant Zoe encore davantage pour éviter de bousculer un autre couple. Et toi, de quoi tu parlais avec la Dr Corby ?

Elle était tellement troublée de se retrouver ainsi tout contre lui qu'elle eut besoin de quelques secondes pour reprendre ses esprits.

— Je pense avoir un début de piste.

Elle lui rapporta ce que Barbara Corby venait de lui confier, mais Jack esquissa une moue sceptique.

— Je ne suis pas sûr que cette piste te mène bien loin, Zoe. Ils pouvaient très bien se parler sans pour autant avoir une liaison.

— Mais ça reste une hypothèse, insista-t-elle. Je peux au moins demander à Alicia quelle était la nature de ses relations avec Chris.

Jack secoua la tête.

— Hélas, elle est partie s'installer en Irlande avec sa famille il y a quelques années déjà. John Spencer en est originaire et a voulu retourner vivre là-bas. C'est pour ça que Harry Owen est aujourd'hui commissaire, il a été promu après le départ de son beau-frère.

Cette information réduisit à néant les espoirs déjà minces de Zoe. L'Irlande, ce n'était pas la porte à côté, et elle pouvait difficilement voyager en ce moment.

— Dans ce cas, j'irai parler à Harry Owen. J'ai vu qu'il était là ce soir. C'est le frère d'Alicia, après tout. Il aura peut-être des informations.

— Ne va pas trop vite en besogne, Zoe, objecta Jack. La Dr Corby les a vus une fois ensemble, tu ne peux pas en conclure qu'ils avaient une liaison.

Zoe lui lança un regard de reproche.

— C'est toi qui as suggéré que je vienne ce soir pour que j'essaie de glaner des informations.

— Oui, en faisant en sorte de réveiller la mémoire des gens, pas en te jetant sur la première piste venue et en échafaudant une histoire à dormir debout. Si quelqu'un d'autre les a vus ensemble, alors oui, ce sera un bon point de départ. Mais évite de colporter des ragots.

Zoe s'immobilisa. « Il a raison », se dit-elle tandis que les autres couples continuaient à danser autour d'eux. Elle avait pris l'information donnée par la Dr Barbara Corby comme argent comptant, tant elle avait espéré toucher au but. Mais, comprenant qu'elle n'en était encore qu'au début de ses recherches, elle sentit un immense découragement l'envahir.

— Je n'ai plus beaucoup de temps, laissa-t-elle échapper.

Elle regretta aussitôt ses paroles en voyant les yeux de Jack se rétrécir. Il la prit par le bras, l'entraîna hors de la piste de danse puis s'isola avec elle dans le hall désert de l'hôtel.

— Comment ça, tu n'as plus beaucoup de temps ? demanda-t-il en la sondant du regard. Qu'est-ce qui t'arrive, Zoe ?

— Rien, je veux tirer cette affaire au clair avant de repartir, s'empressa-t-elle de répondre. Je commence à perdre patience, je ne pensais pas que ce serait aussi laborieux.

En réalité, c'était un tourbillon de frustration, de colère et de désespoir qui l'agitait, et elle eut toutes les peines du monde à demeurer impassible tout en soutenant le regard de Jack.

— Ça se serait passé autrement si tu étais restée, lâcha-t-il entre reproche et tristesse. Nous aurions pu découvrir le fin mot de l'histoire ensemble.

— Je te rappelle que tu es parti pour le Canada et que tu ne voulais plus entendre parler de moi.

Dans le regard de Jack, la colère le disputa à l'incrédulité.

— Tu oublies la lettre que je t'ai envoyée.

— Quelle lettre? demanda Zoe en écarquillant les yeux. Je n'ai jamais reçu aucun courrier de toi.

— Je t'ai écrit avant de partir pour le Canada, persista Jack. J'ai même repoussé mon vol en espérant que tu finirais par me répondre.

— Je n'ai rien reçu, répéta Zoe. Et quand bien même, pourquoi m'écrire? Tu aurais pu me téléphoner.

— Ah bon, et comment? Ta ligne de portable a été coupée du jour au lendemain. «Ce numéro n'est plus attribué», c'est le message sur lequel je tombais à chaque fois que j'essayais de te joindre.

Zoe se remémora les jours et les semaines qui avaient suivi la mort de Chris. Son portable avait disparu, elle avait cru qu'elle l'avait perdu et son père lui en avait rapidement racheté un, mais avec un numéro différent. Voilà pourquoi Jack n'avait pas réussi à la contacter, mais elle n'y avait pas pensé sur le moment, trop engluée qu'elle était dans son chagrin.

— Pourquoi tu n'as pas essayé sur notre ligne fixe?

Jack serra les poings et regarda Zoe dans le blanc des yeux.

— Parce que je ne voulais pas risquer de tomber sur ton père après sa scène à la pension, mais sache que j'ai fini par prendre mon courage à deux mains. Alors que j'attendais à l'aéroport, ma valise sous le bras, j'ai appelé chez vous histoire de n'avoir aucun regret. Comme je le craignais, c'est ton père qui a décroché, et il a été on ne peut plus clair: il m'a dit que tu ne voulais plus entendre parler de moi et que je devais te laisser tranquille.

— Quoi? s'exclama Zoe, effarée. Je n'étais pas du tout au courant!

Croyant recevoir un coup au creux de l'estomac, elle se sentit vaciller mais resta debout tant bien que mal. Si c'était vrai, alors…

— Qu'est-ce que tu disais dans ta lettre ? demanda-t-elle d'une voix blanche.

Elle n'eut qu'à regarder Jack pour connaître la réponse. Soudain, elle se sentit blêmir. Jack ne lui avait pas tourné le dos, contrairement à elle. Il avait essayé de la contacter dans l'espoir qu'ils se réconcilient, seulement son père avait veillé à ce que ses messages ne lui parviennent jamais. Elle en avait conclu que Jack ne voulait plus la voir, que leur amour était mort en même temps que Chris. Or, toutes ces années, elle avait été dans l'erreur.

— Jack, je…

— Ah, c'est là que tu te caches !

Megan apparut derrière lui et se pendit à son bras.

— Je te cherchais, ajouta-t-elle en regardant tour à tour Jack et Zoe, l'air de jauger la situation. Je suis ta cavalière, tu te souviens ?

Jack ne répondit pas tout de suite et continua à scruter Zoe, sans que celle-ci parvînt à déchiffrer l'expression sur son visage. Puis il se tourna vers Megan, lui assura que non, il ne l'avait pas oubliée, et le sourire de la jeune femme se décrispa. Il salua Zoe d'un signe de tête et retourna dans la salle au bras de la jeune femme. Zoe les suivit du regard, puis se traîna avec lassitude vers un fauteuil installé dans un angle du hall et s'y laissa tomber.

« Tout ça n'a plus d'importance », se dit-elle avec une infinie tristesse. Et c'était aussi ce qu'elle avait lu à l'instant dans le regard de Jack. Ils avaient eu une chance de se réconcilier et elle l'avait manquée, sans en être responsable. Enfin, c'était peut-être mieux ainsi. Après tout, elle n'avait rien à lui offrir, étant donné son état de santé actuel.

Elle resta assise un moment en attendant que se desserrât l'étau qu'elle avait autour de la poitrine et essaya de se concentrer à nouveau sur la raison de sa présence au bal.

Seulement, sa démarche lui parut soudain terriblement vaine. Elle n'avait plus la force de retourner dans la salle, d'aborder les participants et de les interroger sur Chris. D'à nouveau réveiller toute cette douleur pour finalement se heurter à un mur. Peut-être que sa méthode était entièrement à revoir.

Zoe fronça les sourcils tandis qu'une idée germait dans son esprit. Chris n'était parvenu à garder cet amour secret qu'au prix d'une extrême prudence, ce qui n'avait pas dû être facile dans une petite bourgade comme Penderak, où tout le monde se connaissait. Mais quelqu'un savait, et ce depuis toujours.

Zoe sortit de son sac le carnet qu'elle avait emporté sur un coup de tête avant de partir pour le bal. Elle avait préféré ne pas s'en séparer, tout en doutant qu'il lui fût d'une quelconque utilité. Elle le feuilleta rapidement jusqu'à une page vers la fin qui l'avait profondément émue dès sa première lecture.

En irait-il de même pour la personne à qui ces lignes étaient adressées ?

Zoe resta assise encore un moment, le temps de peaufiner son plan, puis se leva et retourna dans la salle où la fête battait son plein. Le groupe jouait, les couples dansaient un slow sur la piste et les conversations allaient bon train. Le bruit ambiant heurta les oreilles de Zoe, qui s'étaient habituées au calme du hall d'entrée, tandis qu'elle se frayait un chemin jusqu'à la scène.

Faisant fi de ses mains moites et de son cœur qui battait jusque dans sa gorge, elle monta d'un pas décidé les marches qui menaient à la scène et attendit les dernières mesures de la chanson. Le batteur, remarquant la présence de Zoe, attira l'attention des autres musiciens.

— J'ai une annonce, dit-elle au chanteur et guitariste.

Celui-ci désigna en souriant le micro installé sur le devant de la scène.

— Je vous en prie, jolie demoiselle.

Zoe s'avança, pleine de trac. Les musiciens s'étant arrêtés de jouer, tous les danseurs attendaient debout, la tête tournée vers elle, et les gens installés aux tables la regardaient également. Face à ces dizaines de visages, Zoe prit soin d'éviter celui de Jack pour ne pas ajouter encore à sa nervosité.

— Je m'appelle Zoe Bevan, dit-elle d'une voix posée lorsque les derniers murmures se furent tus. Je suis la sœur de Chris Bevan, mort il y a quatorze ans après avoir chuté de la falaise. Et j'aimerais vous lire ce qu'il a écrit dans son journal intime quelques jours avant sa mort.

28

Alors que Zoe ouvrait le carnet, elle sentit sa bouche s'assécher et son assurance se dégonfler comme un ballon de baudruche.

Pour elle qui s'était souvent exprimée devant de grandes assemblées, ce n'était pas une première, sauf que dans un colloque, il n'y avait pas de sentiments en jeu. Là, elle s'apprêtait à entrer en territoire inconnu, et cela lui fut plus difficile qu'elle ne l'aurait cru.

— C'est un poème que mon frère a écrit pour son grand amour, déclara-t-elle après s'être éclairci la voix encore une fois.

Sombre secret que notre amour

Qui bouleverse tous nos repères
La nuit nous protège de ses atours
Une étoile pour toute lumière
Heureux, à toi pour toujours
Le temps d'un instant éphémère

Il nous faut garder espoir
Sinon mon âme dépérira
Mélancolie, tristesse sans fard
Voilà ce qui surgit devant moi
Ose ce nouveau départ
Unissons-nous dès ce soir.

Chris avait maintes fois retravaillé ces quelques vers, barrant des mots et les remplaçant par d'autres. Si ce poème n'était pas un chef-d'œuvre, Zoe le trouvait bouleversant, et elle espérait ne pas être la seule.

— Je ne sais pas de qui il parle, poursuivit-elle en balayant l'assistance du regard, mais je sais qu'il avait à cœur que cet amour ne reste pas secret. Le temps a passé, on pourrait croire que ça n'a plus d'importance aujourd'hui, or c'est tout le contraire.

Ses yeux se posèrent un court instant sur Jack qui, à côté de Megan sur la piste de danse, la regardait avec intensité.

— Quelqu'un nous doit la vérité, à moi et à ma famille. Quelqu'un qui a gardé le silence trop longtemps. Et donc, je vous en conjure : osez parler, en mémoire de Chris, car il le mérite. Aidez-le, aidez-nous à enfin trouver la paix.

Un silence pesant retomba sur la salle, tandis que les participants s'échangeaient des regards surpris, perplexes ou gênés. Ce fut seulement lorsque Zoe salua les musiciens et redescendit de scène que les conversations reprirent de plus belle.

Elle se doutait bien que pour la majorité des personnes présentes, ce qu'elle venait de dire n'avait aucun sens. La plupart ne les connaissaient pas, ni elle ni Chris, et ne voyaient absolument pas de quoi elle parlait. Mais si la personne à laquelle ces vers étaient adressés répondait à sa démarche, alors celle-ci n'aurait pas été vaine.

— Mademoiselle Bevan, attendez !

Harry Owen, le visage grave, la retint par le bras alors qu'elle s'apprêtait à sortir dans le hall.

— Vous avez parlé d'un journal intime ? demanda-t-il avec fébrilité. Pourquoi ne nous l'avez-vous pas communiqué au moment de l'enquête ?

— Je viens de tomber dessus par hasard.

Zoe se mordit les lèvres. Il ne lui était pas venu à l'idée que cette découverte pourrait également intéresser la police.

— Vous permettez ? demanda Harry Owen en tendant la main. Nous devons en prendre connaissance, peut-être que nous y trouverons de nouveaux éléments.

Malgré la détermination affichée par le policier, Zoe hésita.

— Vous me le rendrez ?

— Bien sûr, vous le récupérerez dès que possible.

Malgré cette promesse, Zoe ne lui confia le carnet qu'à contrecœur. Harry Owen le glissa dans la poche intérieure de sa veste et lui souhaita une bonne fin de soirée.

— Prenez-en soin ! lui cria-t-elle alors qu'il s'éloignait.

Une fois seule, elle subit le contrecoup de sa prise de parole et ne se sentit plus la force de rester pour guetter une éventuelle réaction. Préférant fuir les regards curieux, elle alla au vestiaire, récupéra son manteau et sortit de l'hôtel.

Dehors, la brise était nettement plus fraîche et de gros nuages s'amoncelaient dans le ciel noir, masquant la pleine lune. Zoe, perdue dans ses pensées, ferma son manteau et avança dans les ruelles qui descendaient vers le port. À part les bars et les restaurants encore éclairés, le front de mer était désert et il n'y avait aucun taxi en vue. Zoe en avait pris un pour venir, faute de se sentir suffisamment d'attaque pour cette longue marche, et aurait volontiers regagné la maison de la plage par le même moyen. Indécise, elle s'arrêta devant un ponton éclairé par des lampions et contempla les petits bateaux à moteur qui se balançaient doucement sur les vagues.

— Zoe ! Attends !

Le vent porta la voix de Jack jusqu'à elle. Elle se retourna et le vit qui courait dans sa direction, avant de s'immobiliser à quelques pas d'elle. Tandis qu'il la regardait avec intensité, une bourrasque s'engouffra dans sa veste en cuir et le décoiffa.

— Tout le monde parle de toi, Zoe, dit-il d'une voix assez forte pour couvrir le vent. On peut dire que tu as lancé un pavé dans la mare.

Zoe haussa les épaules.

— C'était le but.

Elle esquissa un sourire, puis reprit son sérieux en voyant Jack approcher encore d'un pas pour se poster à quelques centimètres d'elle. Lorsque la lueur du lampion accroché au-dessus d'eux se refléta dans ses yeux, l'expression qu'y lut Zoe lui coupa le souffle.

— C'est vrai que tu n'as jamais reçu ma lettre ? demanda Jack.

Elle acquiesça tristement.

— Et si tu l'avais reçue ?

Zoe sentit son cœur se serrer. « Alors tout aurait été différent », songea-t-elle. Mais il était trop tard.

— Qu'est-ce que ça change ? murmura-t-elle en haussant les épaules. Toi, tu es avec Megan, et moi…

— Eh bien, ça change tout.

Il approcha encore et la scruta longuement, comme pour s'imprégner de chacun de ses traits.

— Je le reconnais, Zoe, je t'ai détestée, et il était hors de question que je te revoie. J'ai cru que mes sentiments étaient plus forts que les tiens, que tu m'avais rayé de ta vie, et j'ai eu toutes les peines du monde à l'accepter.

Lorsqu'il posa les mains sur les épaules de Zoe, celle-ci lut dans son regard un désespoir qui l'ébranla au plus profond de son être.

— Seulement, aujourd'hui, je ne sais plus quoi penser, poursuivit-il. Est-ce que je comptais vraiment pour toi ? Si tu pouvais revenir en arrière, est-ce que tu changerais le cours des choses ?

— Oui, murmura-t-elle, se prenant à croire qu'une deuxième chance s'offrait à eux.

Jack prit son visage entre ses mains et caressa ses lèvres de ses pouces. Tout naturellement, le regard de Zoe se posa sur sa bouche qui n'était plus qu'à quelques centimètres de la sienne.

Il allait l'embrasser, et elle ne pouvait pas lutter. De toute façon, elle n'en avait pas envie. Lorsque leurs lèvres se touchèrent, elle sentit une décharge électrique parcourir tout son corps. Comme Jack resserrait son étreinte, elle se lova contre lui, passa les bras autour de son cou et répondit fiévreusement à son baiser.

Comment Zoe avait-elle pu vivre aussi longtemps sans lui ? Ce fut comme si son être se recomposait, comme si le vide qu'elle avait ressenti toutes ces années venait de se combler. Elle choisit d'ignorer la petite voix qui l'exhortait à la raison, lui rappelant qu'elle était venue ici pour clore un chapitre de sa vie et non pour en commencer un autre.

Soudain, Jack se dégagea si brutalement que Zoe eut besoin de plusieurs secondes pour recouvrer ses esprits. Puis, à son tour, elle entendit que quelqu'un l'appelait.

— Oncle Jack ! Oncle Jack !

Sarah, son tablier toujours noué autour de la taille, courut dans leur direction jusqu'à les rejoindre, hors d'haleine.

— Oncle Jack, je crois qu'il y a un problème avec William, articula-t-elle dès qu'elle eut retrouvé un peu de souffle. Il vient de m'appeler, il avait une drôle de voix, comme s'il venait de pleurer. Il a dit que maintenant, il savait, mais quand je lui ai demandé de quoi il parlait, il a raccroché. Et là, il ne répond plus. Il a dû éteindre son portable.

Jack sourit en la voyant si inquiète.

— Je suis sûr que ce n'est rien, mais merci de me l'avoir dit. Je vais rentrer à la ferme et voir ce qui se passe.

— OK.

Alors que Sarah allait tourner les talons, Jack la retint par le bras.

— Attends, tu peux prévenir Megan ? Dis-lui que je suis désolé, que j'ai dû rentrer pour m'occuper de William et que je la rappellerai bientôt.

Sarah hocha la tête et repartit en direction de l'hôtel. Lorsqu'elle fut suffisamment loin, Jack poussa un profond soupir. Puis, soudain, il blêmit, sa bouche ne dessinant plus qu'une ligne fine.

— Qu'est-ce qui se passe ? demanda Zoe.

— Je n'en suis pas sûr, répondit Jack. Mais si c'est ce à quoi je pense, on court tout droit à la catastrophe.

29

Jack manœuvra son 4×4 dans les rues vides de Penderak en regardant droit devant lui. Dès qu'ils eurent laissé derrière eux les lumières du village, il appuya sur l'accélérateur, tandis que le vent à présent violent faisait vibrer la carrosserie.

Sur le siège passager, Zoe se cramponnait à la poignée intérieure sans oser commenter sa conduite dangereuse. Elle ne savait toujours pas ce qui inquiétait Jack à ce point, car celui-ci esquivait ses questions. Mais, à en juger par son visage fermé, l'heure était grave.

— Tu tiens vraiment à ce que je t'accompagne ? hasarda-t-elle. Il vaudrait peut-être mieux que tu parles à William seul à seul.

— En admettant que nous ayons encore des choses à nous dire, grommela Jack. Et puis je pense qu'il acceptera de se confier à toi. Après tout, il m'a dit qu'il t'aimait bien. Tu veux bien réessayer de l'appeler ?

Lorsqu'il lui tendit son portable et que leurs doigts se frôlèrent, Zoe frémit en repensant au baiser fougueux qu'ils venaient d'échanger. Mais elle devait garder la tête froide et se concentrer sur l'appel à William.

— Son portable est toujours éteint, dit-elle à Jack.

Celui-ci étouffa un juron et appuya encore un peu plus sur l'accélérateur. Quelques instants plus tard, ils arrivèrent à la ferme dont les fenêtres étaient éclairées.

— On dirait qu'il est là, soupira Jack.

Son soulagement fut de courte durée, car seul Buddy vint à leur rencontre.

— Je vais voir là-haut.

Il grimpa quatre à quatre l'escalier qui menait aux chambres. Pendant ce temps, Zoe, suivie de Buddy, vérifia le salon, la cuisine et le cellier. Personne. Elle se dirigea alors vers le bureau situé à l'arrière de la maison, ouvrit la porte et poussa un cri de surprise.

La pièce était sens dessus dessous, comme si des cambrioleurs l'avaient fouillée de fond en comble. L'un des tiroirs du secrétaire installé devant la fenêtre avait été forcé, à en juger par le bois éclaté juste au-dessus de la serrure. Il avait dû contenir les papiers qui jonchaient à présent le sol.

Intriguée, Zoe ramassa un document et le parcourut. C'était une lettre de Karen adressée à Jack, et elle n'en crut pas ses yeux lorsqu'elle en découvrit le contenu. Elle allait poursuivre ses recherches lorsque Jack la rejoignit, le visage blême.

— Il a trouvé, balbutia-t-il en se laissant tomber sur la chaise du bureau.

— C'est William qui a forcé le tiroir ? demanda Zoe en désignant le bois abîmé.

Jack hocha la tête.

— William me demandait sans arrêt ce qu'il y avait dedans. Mais je croyais que tant que je le fermais à clé, ces papiers seraient en lieu sûr. Jamais je n'aurais cru qu'il irait jusque-là.

Jack était sous le choc et Zoe aussi, mais pour une tout autre raison. Elle désigna la lettre qu'elle avait ramassée.

— Karen ne voulait pas de William à New York ?

— Non. Elle avait rencontré quelqu'un là-bas, un riche homme d'affaires, et s'était mis en tête de l'épouser. Sauf qu'apparemment, ce type voulait bien d'elle mais pas de William. Alors elle m'a écrit pour m'annoncer qu'elle renonçait à sa garde et qu'elle ne réclamerait aucun droit de visite, même pour les vacances. Elle était prête à le rayer de sa vie. J'ai tout essayé pour lui faire entendre raison, je lui ai expliqué qu'elle ne pouvait pas tirer un trait sur sa famille du jour au lendemain, qu'elle devait maintenir le lien avec son fils, mais elle n'a rien voulu entendre.

— Comment a-t-elle pu prendre une décision pareille ? murmura Zoe en secouant la tête, effarée.

Jack haussa les épaules.

— Karen était comme ça, complètement imprévisible. Après des semaines de tractations par courrier et par téléphone, elle a enfin accepté de me revoir. J'ai cru que je réussirais à la raisonner si nous en discutions *de visu*. Elle était en chemin quand l'accident s'est produit.

Zoe se passa une main sur le front.

— Et William n'en savait rien jusqu'à ce soir.

Jack leva les mains au ciel, désemparé.

— C'était ça ou lui dire que sa mère ne voulait plus de lui. Sa mort brutale l'a traumatisé, je n'allais pas en plus ternir l'image qu'il se faisait d'elle.

Zoe sentit son cœur se serrer en comprenant que Jack en avait payé le prix fort. Il avait accepté que son fils le haït pour lui épargner un choc supplémentaire, et pour finir, William avait tout de même découvert la vérité.

— J'aurais dû brûler ces foutues lettres, maugréa Jack. Mais j'ai pensé que c'était important de les garder, car Karen avait aussi des formules très touchantes au sujet de William. Je comptais les parcourir une dernière fois et lui montrer des extraits choisis quand il serait en âge de comprendre.

Zoe comprenait pourquoi Jack avait agi de la sorte, seulement sa dernière phrase soulignait le nœud du problème. William était trop jeune, et apprendre la vérité de cette façon l'avait certainement bouleversé.

— Il faut absolument le retrouver avant qu'il fasse une bêtise.

— Il est peut-être dans la grange ou dans la bergerie ! s'exclama Jack en bondissant de sa chaise.

Il sortit en trombe, Zoe sur les talons, mais aucune trace de William dans les bâtiments extérieurs.

— Il a pu partir n'importe où, dit Jack avec angoisse. Il passe son temps à traîner dehors, il doit connaître toutes les cachettes.

Zoe secoua la tête.

— À mon avis, il est allé sur les falaises, dit-elle en se remémorant sa rencontre avec l'adolescent. La première fois que je l'ai vu, il sortait des buissons au pied de la tour en ruine, il doit avoir pour habitude de s'y cacher. Et puis c'est là qu'il m'a parlé de la mort de sa mère. Vu l'état dans lequel il doit être, il est certainement allé se réfugier là-bas.

Jack acquiesça.

— On y va avec le 4 × 4 ! De toute façon, il faut bien commencer quelque part !

Quelques minutes plus tard, ils se garèrent sur le petit parking et entreprirent de descendre le chemin qui descendait jusqu'aux falaises. Zoe ne tarda pas à retirer ses chaussures à talons pour progresser plus facilement sur le sentier caillouteux, tandis que Jack allumait la lampe de poche qu'il avait prise dans son 4 × 4. Le vent soufflait toujours aussi fort, mais les nuages s'étaient dissipés et la lune les guida sur le chemin.

Très vite, ils aperçurent les contours de la tour en ruine. Dès qu'ils l'atteignirent, Jack en éclaira chaque recoin. Tous deux crièrent le nom de William, mais soit il n'était pas là, soit il n'entendait pas leurs voix couvertes par le grondement des vagues.

Désemparée, Zoe approcha du garde-corps, se pencha par-dessus la rambarde et regarda la plage en contrebas. C'était la marée montante, et l'eau recouvrait déjà une bonne partie de la bande de sable. Sous les assauts du vent, les vagues s'écrasaient contre les rochers en projetant des gerbes d'écume blanche.

Zoe, ne pouvant s'empêcher de se remémorer la mort de Chris, essaya de repérer l'endroit précis où son corps avait été retrouvé. Quatorze années avaient passé, mais elle était à peu près sûre que c'était près des grands rochers allongés au milieu de la plage.

Elle allait se détourner lorsque son regard fut attiré par une forme sur une saillie en contrebas. Elle plissa les yeux et discerna une silhouette assise.

— Regarde, je crois que c'est William ! cria-t-elle à Jack.

Ce dernier accourut et se pencha à son tour par-dessus la rambarde. En voyant son visage se décomposer, Zoe comprit qu'il pensait au pire.

— Il est assis sur un rocher, lui dit-elle pour le rassurer, sans succès.

— Nous devons descendre, que ce soit William ou pas, rétorqua Jack en désignant l'eau qui montait inexorablement. Dans quelques minutes, cette corniche sera submergée. Cette personne ne peut plus descendre, et avec une houle pareille, la prochaine grosse vague risque de l'emporter.

— Alors vite ! Nous n'avons plus beaucoup de temps !

Ils dévalèrent les marches taillées dans la roche, puis s'élancèrent vers les rochers où ils pensaient avoir repéré William. La corniche en forme de plateau surplombait la plage de trois mètres, et la lueur de la pleine lune éclairait distinctement la silhouette de l'adolescent assis à l'avant de la saillie, que l'eau frôlait désormais. Recroquevillé, les genoux ramenés sous son menton, il regardait fixement la mer en ignorant l'écume qui l'éclaboussait à intervalles réguliers.

— C'est bien lui ! s'écria Jack, entre angoisse et soulagement.

Il mit ses mains en porte-voix et hurla son prénom du plus fort qu'il le put pour couvrir le mugissement des vagues, sans succès.

— Il ne nous entend pas. Il faut aller le chercher avant que le pied de la falaise ne se retrouve sous l'eau !

Jack tenta d'escalader la paroi en pierre mais glissa, ses pieds ne trouvant aucune prise.

— C'est trop lisse par ici.

Alors qu'il voulait changer d'endroit, Rose le retint par le bras.

— J'y arriverai peut-être si tu me fais la courte échelle.

L'idée qu'elle se lançât dans une telle escalade ne plaisait pas à Jack, c'était évident, mais il comprit très vite qu'ils n'avaient plus le temps de tergiverser.

Il entrecroisa les doigts et se baissa de façon que Zoe pût y poser le pied. Elle prit de l'élan, se hissa et réussit à prendre appui sur une petite saillie. De là, elle put progresser en direction de la corniche et s'approcha prudemment de l'adolescent. Lorsqu'elle fut assez près, elle cria son nom.

— William !

Lorsque celui-ci tourna brusquement la tête, Zoe remarqua aussitôt ses yeux bouffis et les traces de larmes sur ses joues, signes qu'il avait longuement pleuré. Pendant quelques secondes, il contempla Zoe telle une apparition, puis reprit sa position initiale.

— William !

Zoe continua d'avancer vers lui à quatre pattes de façon à laisser moins de prise au vent.

— Tu ne peux pas rester ici, tu entends ? La marée haute va bientôt recouvrir la plage !

— Je m'en fous, dit-il d'une voix étranglée par les larmes. Maman ne voulait plus de moi, alors qu'elle était censée m'aimer.

Zoe posa une main sur son épaule et le força à la regarder.

— Bien sûr qu'elle t'aimait, et ton père aussi ! D'ailleurs, il t'attend en bas. Descends avec moi, c'est trop dangereux ici.

Comme pour étayer son propos, une vague plus forte que les autres les frappa de plein fouet, manquant de les faire tomber à la renverse.

L'eau froide dut ramener à la raison l'adolescent qui autorisa Zoe à l'aider à se lever. Ensemble, ils commencèrent à redescendre, mais la roche érodée par les intempéries était trempée et glissante, et le vent soufflait si fort qu'ils faillirent plus d'une fois perdre l'équilibre.

— Par ici ! hurla Jack.

Ce dernier s'était déplacé à un endroit où la surface bien plus irrégulière faciliterait leur descente. En revanche, le niveau de l'eau y était beaucoup plus élevé.

— Dépêchez-vous, les vagues atteignent déjà mon bassin !

— Passe devant, ordonna Zoe à William.

Celui-ci descendit en progressant doucement et à reculons. De là où se tenait Zoe, la terre ferme paraissait bien loin, et le mugissement assourdissant des vagues accrut encore sa peur. Elle s'efforça tout de même de garder le sourire pour ne pas inquiéter l'adolescent.

— Tu vas y arriver, l'encouragea-t-elle.

En effet, William réussit à descendre sans se blesser. Jack le guida sur les derniers centimètres, l'aida à poser les pieds par terre, puis le fit s'éloigner et se tourna vers Zoe.

— À toi ! cria-t-il en tendant les bras.

Zoe prit une profonde inspiration et imita William. Elle se retourna, appuya les coudes sur la roche et tendit les jambes à la recherche d'une prise où caler ses pieds. Puis elle progressa à son tour mais plus difficilement que William, gênée par sa robe trempée qui lui collait au corps et ses orteils engourdis par le froid. Et alors qu'elle cherchait à tâtons un creux dans la roche, elle glissa brusquement et se rattrapa *in extremis* à une pierre en saillie.

— Jack ! cria-t-elle, paniquée, tandis que ses bras tremblaient sous l'effort.

Une vague plus haute que les autres la submergea, plaquant son corps contre la paroi rocheuse. Alors qu'elle luttait de toutes ses forces pour ne pas lâcher prise, elle aperçut du coin de l'œil Jack, emporté au loin.

Elle cria à nouveau tandis que ses doigts gourds étaient en train de lâcher prise, lentement mais inexorablement. L'instant d'après, l'eau l'engloutit tout entière.

30

Pendant un long moment, Zoe n'eut plus aucun point de repère, puis elle reconnut enfin le contact du sable sous ses doigts et dans son dos. Elle réussit à hisser la tête hors de l'eau, avant d'être emportée par une deuxième vague. Paniquée, elle pédala frénétiquement avec les jambes et tenta de se raccrocher à quelque chose, n'importe quoi. Mais elle en fut empêchée par la puissance de l'eau qui la malmenait dans tous les sens, menaçant de la projeter contre la paroi rocheuse. Sa poitrine brûlait, tandis qu'elle se débattait désespérément pour extraire la tête de l'eau.

Enfin, sa tête perça la surface et Zoe put inspirer à pleins poumons, avant de constater à sa grande frayeur que le courant l'avait entraînée jusque dans la crique. Aussitôt, elle essaya de nager vers le rivage, mais une nouvelle vague l'engloutit. Soudain, elle sentit des bras l'empoigner et l'entraîner vers le haut.

— Garde ton calme, chuchota Jack à son oreille tandis qu'elle haletait. J'ai besoin que tu m'aides pour que nous nous en sortions ensemble.

Zoe nagea comme elle le put, mais ce fut la force de Jack qui, après plusieurs minutes terrifiantes, leur permit de vaincre la houle. Ils atteignirent la plage à bout de souffle, et Zoe s'effondra sur le sable. Elle y serait restée à tout jamais si Jack ne l'avait pas prise par le bras pour l'entraîner vers l'escalier taillé dans la roche.

— Il faut absolument partir d'ici ! cria-t-il à William en les poussant tous deux devant lui.

Après ce qui parut une éternité à Zoe, ils gagnèrent enfin le sommet de la falaise puis la voiture. Trempés et frigorifiés, ils rentrèrent tous les trois à la ferme où Buddy les accueillit en aboyant.

— Je vais nous chercher des vêtements secs.

Jack monta les marches quatre à quatre et revint quelques instants plus tard avec des habits sous le bras et une serviette qu'il tendit à Zoe.

— Tu peux te changer dans la salle de bains du bas. William et moi, nous allons là-haut.

L'adolescent hocha la tête sans broncher. Zoe sentit son cœur se serrer en le voyant si blême et perdu tandis qu'il suivait Jack à l'étage.

Lorsqu'elle se regarda quelques instants plus tard dans le miroir de la salle de bains, elle constata que sa pâleur n'avait rien à envier à celle de William. Elle se déshabilla en vitesse, se sécha puis enfila le pantalon de jogging, le pull et les chaussettes que Jack lui avait apportés. Comme le pantalon était à peu près à sa taille, elle supposa que c'était celui de William. Quant au pull bien trop large, il portait l'odeur de Jack, qui l'enveloppa dans une douceur réconfortante après cet épisode terrible.

Ayant retrouvé un semblant d'énergie, elle alla dans la cuisine, prépara deux tasses de thé et les emporta à l'étage.

— J'ai pensé que ça vous ferait du bien, dit-elle à Jack, qu'elle croisa dans le couloir.

Il portait encore ses vêtements mouillés, mais sourit pour la première fois depuis que Sarah les avait rejoints sur le port.

— Merci.

Il prit l'une des tasses et désigna une porte tout près.

— Tu peux apporter l'autre à William ? Je vais me changer rapidement.

Zoe acquiesça et le suivit du regard alors qu'il s'éclipsait dans sa chambre. Puis elle frappa à la porte qu'il lui avait indiquée, l'ouvrit tout doucement et trouva William au lit, allongé sous une couverture. Il avait les cheveux tout ébouriffés et la pâleur de son visage faisait ressortir ses yeux, qui paraissait immenses.

— Voici de quoi te réchauffer.

— Je suis désolé, répondit-il d'un air peiné. Je ne voulais pas vous mettre en danger.

Zoe posa la tasse sur la table de nuit et s'assit près de lui au bord du lit.

— Je sais. Disons que tout est bien qui finit bien.

William secoua la tête.

— Vous avez failli vous noyer par ma faute, dit-il, les larmes aux yeux. Décidément, je fais toujours tout de travers. C'est pour ça que maman s'est débarrassée de moi ?

— Tu n'y es pour rien, assura Zoe en lui caressant doucement les cheveux. Tout ça n'était pas de ton ressort. Ta maman avait parfois du mal à remplir son rôle car des drôles d'idées lui passaient par la tête.

— Des idées un peu folles, même, acquiesça William avec un sourire timide.

— Tu vois. Et concernant ta garde, c'était pareil. Ton père ne vous aurait jamais séparés. Il a voulu la revoir pour la raisonner et, le connaissant, il y serait arrivé.

À ces mots, William se mordit les lèvres.

— Papa, lui, m'a jamais laissé tomber, murmura-t-il. Il a toujours été là. Et moi, j'ai été horrible avec lui parce que je croyais…

Il s'interrompit, les yeux mouillés de larmes.

— Il aurait dû me dire la vérité plus tôt.

— Il a cherché à te protéger, William. Et je suis sûre qu'il ne t'en tient pas rigueur.

À ces mots, le soulagement se lut dans les yeux de l'adolescent.

— Papa ! s'exclama-t-il soudain en regardant par-dessus l'épaule de Zoe.

Elle se retourna et vit Jack, changé et appuyé contre l'encadrement de la porte. Comprenant qu'il avait certainement surpris une partie de leur conversation, Zoe rougit et bondit sur ses pieds. Soudain, elle craignit d'être allée trop loin. La relation entre Jack et son fils ne la concernait absolument pas, même si elle s'y était retrouvée impliquée par la force des choses.

— Je... Je t'attends en bas.

Alors qu'elle passait devant lui, Jack lui prit la main et la retint.

— Merci, chuchota-t-il.

Elle frémit face à son regard plein de tendresse, tout en dégageant doucement sa main. Alors que Jack allait s'asseoir près de William, elle quitta la pièce et descendit au salon.

Lorsqu'elle s'affala sur le canapé, elle sentit combien tout le stress accumulé ces dernières heures l'avait épuisée. Physiquement, du moins, car son esprit était en alerte. Dans sa tête défilèrent les images dramatiques de cette scène sur la plage, elle revécut les terribles minutes passées dans l'eau, ce sentiment d'avoir frôlé la mort... et le baiser de Jack sur le port.

Il avait dit qu'il ne savait plus quoi penser, et elle était tout aussi perdue. Bouleversée, elle éprouva le besoin de fermer les yeux. « Juste quelques minutes », se dit-elle en s'allongeant sur le canapé, pelotonnée dans le pull de Jack.

À son réveil, la pièce était plongée dans l'obscurité. Elle se redressa vivement et eut besoin de plusieurs secondes avant de se rappeler où elle se trouvait. La lune brillait à travers la fenêtre, soulignant les contours de la lampe posée sur le guéridon près du canapé. Elle trouva l'interrupteur à tâtons, l'alluma et cligna des yeux, éblouie par la lumière vive.

Buddy, allongé devant le canapé, leva la tête. Zoe le caressa, pensive, avant de remarquer la couverture en laine sur ses jambes et l'épais coussin placé sous sa tête.

Jack l'avait bordée et installée bien confortablement, au lieu de la réveiller.

Non, Zoe se trompait. Jack lui avait proposé de la reconduire à la maison de la plage, mais elle ne savait plus ce qu'elle avait répondu. Elle se souvenait d'avoir aimé sa proximité, de s'être laissé envelopper par la chaleur de la couverture, au point de s'assoupir quelques instants plus tard.

Lorsque son regard se posa sur l'horloge ancienne installée dans un angle du salon, elle constata avec surprise qu'il n'était que 2 heures du matin. Alors qu'elle n'était plus du tout fatiguée, elle se rallongea à contrecœur sur le canapé et contempla le plafond.

Elle savait que le mieux était de partir avant que la situation lui échappât, seulement la voix de la raison avait beau le lui répéter, elle ne pouvait s'y résoudre. Son être tout entier répugnait à retourner à la maison de la plage. À l'idée de s'y retrouver seule avec ses angoisses, Zoe sentit une boule naître dans sa gorge.

Sans hésiter plus longtemps, elle bondit du canapé, monta l'escalier à pas feutrés et entra discrètement dans la chambre de Jack, une pièce toute simple meublée d'une vieille armoire en bois massif et d'un grand lit qu'éclairait la lune.

Allongé sur le dos, Jack dormait en respirant calmement et régulièrement, à demi recouvert par les draps.

Zoe s'approcha doucement et constata qu'il ne portait pas de T-shirt. Elle sentit son cœur s'accélérer à mesure qu'elle promenait son regard sur son torse nu. Tandis que son désir montait, elle comprit soudain qu'elle n'était pas montée jusqu'ici simplement pour ne pas se retrouver seule. Elle voulait Jack, le désirait avec chaque fibre de son être, au point de presque ressentir une douleur physique.

« Une seule nuit », songea-t-elle, bouleversée. Elle ne pouvait exiger plus. Dans son sommeil, Jack se tourna sur le côté, son visage à quelques centimètres de Zoe, venue s'asseoir au bord du lit. Ce changement de position avait beau être inconscient, elle ne put s'empêcher d'y voir une invitation. Après avoir pris une profonde inspiration, elle se glissa sous les draps, s'abîma dans la chaleur de Jack, dans son odeur, et poussa un soupir d'aise tandis qu'il la prenait dans ses bras, toujours assoupi.

Elle resta immobile un moment, puis caressa le torse de Jack en s'abandonnant au contact de sa peau nue sous ses doigts. Lorsqu'elle se pencha pour déposer un baiser sur son épaule, elle sentit qu'il réagissait. Levant la tête, elle vit qu'il était réveillé et la dévisageait avec étonnement.

Soudain nerveuse, Zoe retint son souffle et se perdit dans son regard, incertaine de ce que la suite lui réservait. Dans un premier temps, Jack ne bougea pas, se contentant de l'observer. Puis il resserra son étreinte et l'attira tout contre lui. Lorsque leurs lèvres se trouvèrent le plus naturellement du monde, Zoe ne put réprimer un soupir de plaisir en comprenant que, pour cette nuit au moins, Jack serait tout à elle.

31

Jack, l'esprit embrumé, ne savait pas comment Zoe était arrivée dans son lit, mais il était heureux de pouvoir enfin l'étreindre et l'embrasser à nouveau. Il refusait de penser à la complexité de leur relation et à tout ce qui leur restait à mettre au clair. Pour l'heure, il se contentait de savourer sa présence, succombant au désir qui l'habitait depuis leurs retrouvailles.

Quand il caressa ses cheveux vers l'arrière, la lueur de la lune éclaira le petit grain de beauté en forme de cœur qu'elle avait sous l'oreille.

Lentement, il laissa courir ses lèvres sur sa peau veloutée au doux parfum de vanille, dessinant une ligne de baisers le long de son cou jusqu'à sa clavicule. Puis il sentit un frisson le parcourir lorsqu'elle gémit doucement et passa à son tour une main dans ses cheveux.

À son arrivée au Canada, avant de rencontrer Karen, Jack s'était étourdi dans les bras d'inconnues pour tenter d'effacer le souvenir de Zoe qui le tourmentait, mais cela avait été peine perdue. Il n'avait jamais retrouvé la passion qu'il avait connue avec elle, si dévorante et bouleversante qu'il se sentait comme pris dans un tourbillon.

D'un geste décidé, il empoigna le pull que portait Zoe, le fit passer par-dessus sa tête, le jeta négligemment près du lit et contempla ses seins à l'arrondi parfait. Ses mamelons légèrement foncés se tendirent d'excitation lorsqu'il les suçota doucement l'un après l'autre. Les gémissements intenses que poussa alors Zoe l'excitèrent et l'encouragèrent à lui donner encore plus de plaisir.

Il fit courir ses mains jusqu'à sa taille, lui enleva son pantalon et se perdit quelques instants dans la contemplation de son corps nu et svelte allongé devant lui, éclairé par la pleine lune. Zoe avait changé, elle était encore plus belle, plus mûre, plus désirable, et Jack eut soudain la furieuse envie de redécouvrir et reconquérir chaque centimètre carré de sa peau.

Il en allait de même pour Zoe qui tendit les bras, l'attira vers elle et le couvrit à son tour de caresses jusqu'à ce qu'ils soient tous les deux brûlants de désir.

— Jack, chuchota-t-elle à son oreille tout en s'offrant à lui.

Il la regarda droit dans les yeux tout en pénétrant sa moiteur, et à cet instant, ses derniers doutes s'envolèrent. Il commença à se mouvoir lentement en s'abîmant dans le regard de Zoe, où il lut le même étonnement qu'il ressentait. Elle était comme faite pour lui, avec son corps qui épousait parfaitement le sien. Elle alla au-devant de chacun de ses mouvements de bassin, les encourageant avec ardeur et l'enserrant de toutes ses forces. Enfin, parcourue par un frisson intense, elle enfonça les ongles dans ses épaules et se cambra sous lui.

D'un baiser, Jack étouffa son cri de jouissance puis, sentant qu'à son tour il perdait tout contrôle, s'enfonça en elle une dernière fois. Ce fut alors comme une digue qui céda, il comprit qu'il n'y avait plus de retour en arrière possible, qu'il allait devoir vivre avec cette passion qui embrasait chaque fibre de son être.

*

Zoe trembla tandis qu'une dernière onde de plaisir parcourait son corps. Elle se tenait toujours fermement à

Jack et n'entendait pas lâcher prise. Ce fut seulement après un long moment qu'il s'allongea à côté d'elle, l'attirant contre lui tout en reprenant son souffle.

« Je l'aime », songea-t-elle en fermant fort les yeux, bien consciente qu'elle n'avait pas le droit d'éprouver pareil sentiment. Puis elle sombra dans un profond sommeil.

À son réveil, le soleil inondait la pièce, et à la lumière du jour, les événements de la nuit passée lui parurent presque irréels. Or elle n'avait pas rêvé, la place à côté d'elle était encore tiède et elle reconnut l'odeur de Jack sur l'oreiller voisin.

Ils avaient commis une erreur, mais Zoe ne la regrettait nullement. Après avoir enfilé le pull et le pantalon de jogging que Jack avait posés sur une chaise à côté du lit, elle sortit dans le couloir et se dirigea vers la salle de bains pour se rafraîchir. En passant, elle constata que la porte de la chambre de William était fermée. L'adolescent devait encore dormir.

Quelques minutes plus tard, elle descendit l'escalier, s'arrêta sur le seuil de la cuisine et s'appuya contre l'encadrement de la porte. Buddy, qui était allongé sur sa couverture, se leva aussitôt et s'approcha en remuant la queue. En revanche, Jack, qui lui tournait le dos et faisait cuire du bacon, à en juger par l'odeur et les grésillements, ne la remarqua pas.

Il avait encore les cheveux mouillés après la douche, était pieds nus comme elle et portait une chemise ouverte sur un jean. Il n'était donc pas levé depuis longtemps, bien que l'horloge au mur indiquât presque 10 heures déjà. Ce n'était pas étonnant qu'il eût dormi autant, même un homme robuste comme lui avait dû puiser dans ses dernières ressources lors du sauvetage sur la plage – sans parler de ce qui s'était passé ensuite.

Un frisson lui parcourut l'échine lorsqu'elle repensa à la fougue avec laquelle ils s'étaient aimés, au bonheur qu'elle avait ressenti dans ses bras. Elle se remémora également la question que Jack lui avait posée la veille au soir sur le port.

Si tu pouvais revenir en arrière, est-ce que tu changerais le cours des choses ?

La réponse était oui. Elle prendrait une tout autre décision, et surtout, elle ferait disparaître ce fichu anévrisme dans son cerveau qui l'empêchait d'aller vers Jack, de se blottir contre lui, d'espérer que, cette fois, ils construiraient un avenir et ne seraient plus jamais séparés. Or c'était ce qui se profilait à l'horizon, et Zoe en avait déjà le cœur brisé.

— Bonjour, dit-elle assez fort pour couvrir le grésillement de la graisse brûlante.

Elle guetta la réaction de Jack avec appréhension, craignant soudain que cette nuit passée ensemble n'eût pas la même signification pour lui. Mais ses doutes s'envolèrent dès qu'il se retourna, un sourire radieux aux lèvres.

Alors qu'elle voulait le rejoindre, soudain, le sol se déroba sous ses pieds.

— Zoe ! s'écria Jack en la rattrapant juste à temps.

— Ça va aller, murmura-t-elle en luttant contre la nausée qui accompagnait son vertige. C'est juste un petit malaise.

— Qu'est-ce qui t'arrive, à la fin ? insista Jack en plantant son regard dans le sien.

— Jack ?

Une voix leur parvint de l'extérieur, puis quelqu'un frappa à la porte.

— Jack, tu es là ?

Zoe sursauta en reconnaissant la voix de Megan, dont elle avait complètement oublié l'existence, et leva les yeux vers Jack. Ce dernier, aussi surpris qu'elle, fronça les sourcils en entendant le grincement de la porte d'entrée, puis des pas qui approchaient.

— Jack ?

Zoe voulut se dégager mais Jack la retint fermement. Ce qui n'était pas plus mal car elle se sentait encore faible.

Quelques secondes plus tard, Megan apparut dans l'encadrement de la porte.

— Comme c'était ouvert, j'ai cru que…

Elle n'acheva pas sa phrase, décontenancée en constatant la présence de Zoe.

— Je… Je suis désolée, je ne voulais pas vous déranger, dit-elle après un silence gênant. Je venais prendre des nouvelles de William. Sarah m'a dit hier soir que tu avais dû partir plus tôt parce qu'il avait un problème. Ça s'est arrangé ?

— Il va bien, répondit Jack.

— Ah, bonne nouvelle.

Megan sourit en tâchant de faire bonne figure.

— Bon… Dans ce cas, je file. À plus tard, Jack.

Elle tourna les talons et quitta la cuisine. Quelques instants plus tard, ils entendirent claquer la porte d'entrée.

Après avoir réprimé un juron, Jack aida Zoe à s'asseoir sur une chaise, puis retira la poêle de la plaque de cuisson. En sentant l'odeur de brûlé, elle fut doublement gênée.

— Je suis désolée.

— C'est moi le fautif, répondit Jack en s'asseyant face à elle. Je savais que Megan éprouvait des sentiments pour moi, et je n'ai jamais osé lui dire que ce n'était pas réciproque. À vrai dire, je n'en peux plus d'elle, de cette manie qu'elle a de débarquer à l'improviste, comme si elle avait tous les droits. Sans parler d'hier soir, quand elle n'arrêtait pas de m'appeler « *darling* ». C'était le pompon.

Zoe repensa à l'air renfrogné de Jack lorsqu'elle l'avait vu au bras de Megan. Elle l'avait pris personnellement alors qu'en réalité, c'était à Megan qu'il en voulait. Parce qu'il ne voulait d'aucune femme dans sa vie, après tout ce qu'il avait vécu avec Karen.

— Tu crois que Megan va t'en vouloir ?

— Je m'expliquerai avec elle un de ces jours, répondit-il avec un haussement d'épaules. Pour l'instant, celle qui me préoccupe, c'est toi.

Face à son regard insistant, Zoe faillit craquer et tout lui révéler. Seulement, ce n'était pas parce qu'ils venaient de passer une nuit merveilleuse, et qu'elle se savait à présent toujours amoureuse de Jack, qu'il en allait forcément de même pour lui. S'il apprenait ce dont elle souffrait, il se sentirait peut-être obligé de rester auprès d'elle. Or Zoe ne voulait pas de sa pitié, tout comme elle refusait que le spectre de la maladie planât sur le peu de temps qui leur restait. Ne valait-il pas mieux profiter de l'instant présent ?

— Je… Je ne le sais pas moi-même, prétendit-elle, sachant que Jack ne goberait pas cette histoire de chute de tension. Je devrais peut-être voir un médecin.

— Oui, c'est nécessaire. La Dr Corby consulte demain.

Zoe acquiesça, à la fois contente de voir que sa réponse l'avait tranquillisé et décidée à trouver un prétexte le moment venu.

— Et comment va William ? Il s'est remis de ses émotions ?

— Il lui faudra certainement du temps pour digérer tout ça, soupira Jack. Mais je pense que, inconsciemment, il s'en doutait depuis longtemps. Les enfants sentent ce genre de choses. Mais il avait du mal à se l'avouer.

Zoe repensa à l'expression de William la veille au soir, lorsqu'elle l'avait trouvé couché. Elle avait certes lu du désarroi dans son regard, mais il savait désormais qu'il avait un père à la hauteur et que celui-ci, contrairement à sa mère, ne l'abandonnerait jamais.

— Vous vous êtes réconciliés ?

— Oui, enfin pour l'instant, répondit Jack avec un sourire en coin. Cela dit, je suis prêt à parier qu'il trouvera bientôt un nouveau truc pour me faire tourner en bourrique.

Il se tourna vers la porte en entendant des pas dans l'escalier, et son expression s'adoucit lorsque William entra dans la cuisine d'un pas traînant, encore pâle et ébouriffé.

Ne sachant pas quelle serait sa réaction en la voyant, Zoe retint sa respiration, mais il la salua le plus naturellement du monde et s'assit à côté d'elle.

— Tu as faim ? demanda Jack.

— Tu m'étonnes, affirma William. Il y a des œufs ?

Jack sortit du four un plat d'œufs brouillés et servit trois portions accompagnées du bacon légèrement noirci. William se jeta littéralement sur son assiette.

— Après, tu voudras qu'on te donne un coup de main, Zoe et moi, avec les moutons ? proposa-t-il entre deux bouchées.

Jack et Zoe échangèrent un regard surpris.

— Avec plaisir, répondit Jack. Mais tu devrais peut-être d'abord lui demander si ça la tente.

William finit de mâcher sa bouchée puis se tourna vers Zoe.

— Tu veux venir avec nous ?

Zoe hésita et interrogea du regard Jack qui, comme son fils, espérait une réponse positive.

— D'accord, mais seulement si tu me montres ce que je dois faire, répondit-elle.

Elle sourit, décidant de ne pas penser davantage aux adieux difficiles qui se profilaient à l'horizon.

32

— Ici, c'est parfait !

Rose désigna un arbre de Hyde Park un peu à l'écart des promeneurs, nombreux en cet après-midi magnifique. Elle étala à l'ombre la couverture qu'elle avait apportée, puis Simon y déposa le panier à pique-nique. Trop occupée à en sortir les provisions, elle remarqua seulement après coup qu'il la regardait avec amusement.

— De quoi as-tu envie ? lui demanda-t-elle.

— De toi, répondit-il avant de se pencher pour l'embrasser. À vrai dire, tu suffis à mon bonheur.

À ces mots, Rose sentit son cœur battre la chamade.

— Ce sera pour le dessert, tu vas devoir te contenter de ça en attendant, répliqua-t-elle en lui fourrant un grain de raisin dans la bouche.

Simon s'allongea à côté d'elle et prit un sandwich dans lequel il mordit de bon cœur.

— Je n'avais pas pique-niqué dans un parc depuis une éternité, mais je pourrais facilement m'y habituer.

« Et moi donc », se dit Rose en observant Simon à la dérobée. Leur entente était parfaite, elle n'en revenait pas de se sentir aussi à l'aise en sa compagnie alors qu'ils ne se connaissaient que depuis quelques jours. Et elle était tellement mordue qu'elle évitait à tout prix de penser au peu de temps qui leur restait avant son départ. De plus, avec le travail qui reprenait le lendemain pour Simon, ils ne pourraient plus se voir qu'en soirée.

— Dommage que ce ne soit pas tous les jours dimanche, dit Rose en tâchant de faire bonne figure.

Simon devait penser comme elle, à en juger par l'ombre qui passa sur son visage.

— Je pourrais prendre quelques jours de congés, proposa-t-il.

— Oh, ce serait super ! s'exclama Rose, pleine d'espoir. Mais tes clients s'en sortiront sans toi ?

— Mieux que moi, si je ne te vois plus.

Dans son regard, Rose lut la question qui la taraudait elle aussi depuis le début. Simon se demandait visiblement ce qui allait advenir de leur relation, seulement elle devait d'abord trouver le courage de lui révéler la vérité, avant qu'ils avisent ensemble.

— Attention ! s'écria quelqu'un.

Du coin de l'œil, Rose aperçut un objet qui fonçait droit sur eux. Alors qu'elle se penchait en espérant l'éviter, Simon se leva à la vitesse de l'éclair et intercepta le ballon de football avant que celui-ci ne la frappât en pleine tête.

— Quel réflexe, souligna-t-elle, une fois remise de sa frayeur. Henry serait ravi de t'avoir comme gardien dans son équipe.

Simon, étonné, haussa les sourcils.

— C'est qui, Henry ?

Rose, comprenant qu'elle venait de gaffer, se mordit les lèvres. C'était peut-être le destin, après tout. Elle devrait bien lui dire un jour ou l'autre, et puis elle serait enfin libérée d'un poids.

Elle prit une profonde inspiration et ouvrit la bouche, pour finalement la refermer en voyant un garçon du même âge que son fils cadet approcher et regarder d'un air timide le ballon que tenait Simon.

— Je peux le récupérer, s'il vous plaît ?

Simon lui lança le ballon en souriant.

— Joli tir, tu seras certainement le prochain David Beckham. La prochaine fois, vise un peu mieux, d'accord ?

Le garçon hocha vigoureusement la tête et rejoignit sa famille en courant.

— Je ne savais pas que tu étais aussi gentil avec les enfants, remarqua Rose lorsqu'ils furent à nouveau seuls.

— Je n'ai rien contre les gamins tant que je ne dois pas les supporter plus de cinq minutes, répondit Simon avec une petite grimace.

Rose déglutit avec difficulté.

— Cinq minutes, pas plus ?

— Je n'en sais rien, en fait, répondit-il en haussant les épaules. L'occasion ne s'est jamais présentée.

Il se rallongea sur la couverture et contempla Rose d'un air pensif.

— Mais peut-être que ça ne me déplairait pas.

Rose sentit son cœur s'accélérer.

— Ah oui ?

Il acquiesça et lui prit la main.

— J'ai beaucoup réfléchi ces derniers jours, et la perspective de fonder une famille ne m'effraie plus autant qu'avant. Alors, avec la bonne personne, pourquoi pas ?

— Mais il faudrait que ce soit tes enfants à toi, c'est ça ?

— Bien sûr.

Alors que Rose allait enchaîner, la sonnerie du portable de Simon retentit. Il le sortit de sa poche, consulta l'écran et fronça les sourcils.

— Excuse-moi, il faut que je réponde.

Il se leva et s'éloigna de quelques pas, laissant une Rose soulagée. Grâce à cette interruption bienvenue, il ne verrait peut-être pas combien sa remarque l'avait touchée en plein cœur.

Tant mieux si Simon se voyait en père de famille, seulement c'étaient ses propres enfants qu'il entendait élever. Comprenant qu'une famille recomposée ne faisait pas partie des scénarios envisageables, Rose redouta d'autant plus le moment où il découvrirait la vérité.

*

Une fois terminée sa conversation avec Darios Pandakis, Simon ne put réprimer un juron. Il en avait plus qu'assez des sautes d'humeur de l'excentrique Grec qui, manifestement, ne se reposait pas le dimanche et attendait de ses interlocuteurs qu'ils se plient à ses quatre volontés. Or Simon n'avait aucune envie de penser au travail aujourd'hui, il préférait largement profiter de sa journée avec Rose.

Il tourna la tête vers elle et fronça les sourcils en la voyant en train d'arracher des brins d'herbe, perdue dans ses pensées.

Pourquoi soudain cet air si malheureux ? Était-ce parce qu'il venait d'exposer sa vision de la famille ? Il avait fini par se lancer car à chaque fois qu'il avait tendu la perche à Rose, celle-ci s'était dérobée, et cela commençait sérieusement à l'inquiéter.

C'était tout de même le comble, lui qui s'était toujours bien gardé d'aborder le sujet avec ses anciennes compagnes. Devait-il en conclure que Rose refusait de s'engager ? Avec lui, tout du moins ? Non seulement Simon était persuadé qu'elle lui cachait quelque chose, mais il appréhendait son départ qui approchait à grands pas et supportait de moins en moins l'incertitude quant à l'avenir de leur relation.

Simon voulait en apprendre davantage sur Rose, mais plus il essayait de se rapprocher d'elle, puis elle semblait lui échapper. Et pourtant, il le voyait dans ses yeux : elle aussi ressentait quelque chose pour lui.

« Il faut que je tire les choses au clair, mais pas ici », se dit Simon en la rejoignant d'un pas décidé. Cette mise au point aurait lieu dans un autre cadre, et il avait déjà sa petite idée.

Quand il se rassit à côté de Rose sur la couverture, le regard perdu qu'elle lui lança le toucha en plein cœur.

— C'était ta mère ? demanda-t-elle.

— Non, c'était Pandakis.

Rose haussa les sourcils.

— Il renonce à acheter la villa ?

— Au contraire, il la veut plus que jamais, affirma Simon avec un soupir d'agacement. Et c'est justement le problème.

33

— Je peux nourrir le chien ?

Ce fut un William tout joyeux qui entra dans la cuisine, suivi de près par Buddy, qui sentait où était son intérêt.

— Bien sûr, dit Jack en s'écartant pour laisser passer Zoe.

Ils revenaient tout juste de leur escapade qui avait duré beaucoup plus longtemps que prévu. Après s'être occupés des moutons, ils avaient décidé de profiter de cette belle journée pour partir en excursion tous ensemble. Après une halte au cottage de Rose, où Zoe avait enfilé des vêtements propres, ils avaient déjeuné dans un pub de Padstow puis passé un long moment sur la plage, où surfeurs et body-boardeurs profitaient des vagues. Sous un soleil à nouveau radieux après la tempête de la veille, Zoe avait écouté les anecdotes de Jack sur sa vie au Canada et ses projets à venir pour la ferme. Elle avait beau savoir que c'était autant de temps perdu pour ses recherches concernant la mort de son frère, elle n'avait pas hâte de mettre fin à cette parenthèse. Quant à William, il avait passé le plus clair de son temps à lancer des bâtons à Buddy, qui les lui avait rapportés sans jamais se départir de son enthousiasme. L'adolescent semblait désormais prendre plaisir à s'occuper du chien, qu'il regardait présentement manger avec un grand sourire.

— Buddy rapporte tout ce qu'on lance. Et vous l'avez vu avec le troupeau ? Je ne savais pas qu'il se débrouillait aussi bien.

— Il faut dire que tu ne t'intéressais pas beaucoup à lui jusqu'à aujourd'hui.

Jack se mordit les lèvres. Il dut regretter sa remarque, car il s'empressa d'ajouter :

— Buddy a de très bonnes dispositions et apprend vite, mais il lui manque encore certaines bases. Si tu veux, à partir d'aujourd'hui, tu peux travailler avec lui et peaufiner son entraînement.

— Ce serait cool, répondit William en grattant Buddy derrière les oreilles. Il a terminé sa gamelle, on va ressortir un peu.

— Ne t'éloigne pas trop, on ne va pas tarder à dîner.

Jack attendit d'être seul avec Zoe pour l'attirer vers lui et l'embrasser. Ils n'avaient rien montré devant William, et Zoe constata avec soulagement qu'elle n'était pas la seule à qui cela avait pesé.

— Tu manges avec nous ? demanda Jack.

Zoe allait répondre par l'affirmative lorsque William revint sans crier gare dans la cuisine. Ils se dégagèrent aussitôt, mais leur étreinte n'échappa pas à l'adolescent – ni à Daisy Gallagher, qui entra à sa suite.

— Grand-mère est là, dit William.

Sans autre commentaire, il ressortit en laissant Jack et Zoe avec Daisy. Les deux femmes se serrèrent la main.

— Je ne voulais pas déranger, dit Daisy, mais comme il n'y avait personne à la maison de la plage, je me suis dit que j'allais peut-être te trouver ici.

Zoe la regarda avec surprise.

— Vous vouliez me voir ?

— Rose m'a appelée, acquiesça Daisy. Elle veut à tout prix te parler, seulement ton portable est éteint et elle n'arrive pas non plus à te joindre sur le fixe.

— Elle a précisé de quoi il s'agissait ?

Soudain, Zoe pensa avec angoisse à ses parents. Leur était-il arrivé quelque chose ? Sa décision de reprendre contact au plus vite avec son père lui était complètement sortie de la tête, après les événements de la veille.

Daisy secoua la tête.

— Elle ne m'a pas donné de détails, elle a seulement dit que c'était à propos de la villa. Il faut que tu la rappelles au plus vite.

— Tu peux te servir de mon téléphone, dit Jack.

Zoe secoua la tête. Non seulement elle se sentait mal à l'aise en présence de Daisy, qui l'observait d'un œil beaucoup plus critique que lors de leur dernière rencontre, mais elle éprouvait soudain le besoin de consulter la messagerie de son portable.

— Non, il vaut mieux que j'aille à la maison de la plage et que je tire cette histoire au clair.

— Je te conduis ? proposa Jack.

— Je vais marcher, ce n'est pas bien loin. Et puis tu as de la visite.

Elle lui sourit en espérant qu'il sentait combien elle regrettait de devoir partir. Mais l'arrivée de Daisy Gallagher lui avait fait l'effet d'une douche froide, lui rappelant ce qu'elle avait été ravie d'occulter l'espace d'une journée : sa place n'était pas ici.

Jack la raccompagna à la porte, la prit dans ses bras et l'embrassa.

— Tu reviendras ? demanda-t-il.

L'incertitude que Zoe lut dans ses yeux lui porta un coup au cœur.

Elle acquiesça, puis tourna les talons et se dirigea d'un pas rapide vers la maison de la plage.

*

Jack poussa un gros soupir, puis referma la porte en essayant d'ignorer le terrible sentiment de vide qu'il éprouvait soudain. Depuis leur baiser sur le port, ils ne s'étaient plus quittés, et Jack avait appréhendé le moment où il devrait laisser partir Zoe sans savoir quels étaient ses sentiments vis-à-vis de lui.

Il redoutait sa réponse, raison pour laquelle il s'était contenté de lui parler du Canada et de la vie qu'il menait désormais à la ferme. Pas une fois il n'avait évoqué la possibilité d'un avenir commun, préférant savourer ce moment avec Zoe et William sans penser à la suite. Cela avait été idiot de sa part. Et lâche. Mais il refusait tout simplement d'entendre qu'elle devait rentrer à Londres – car il n'était pas sûr d'avoir à nouveau la force de se battre pour elle. Il en avait bavé la dernière fois et ne s'en était jamais vraiment remis. Voulait-il courir le risque une nouvelle fois ?

Lorsqu'il entra dans la cuisine, l'eau chauffait dans la bouilloire et sa mère sortait une théière. Elle était tout bonnement incapable de rester en place, elle avait toujours ce besoin de s'activer et, dans d'autres circonstances, Jack en aurait souri.

— Je n'ai pas envie d'une tasse de thé, bougonna-t-il en s'asseyant à la table de la cuisine.

Daisy ne s'avoua pas vaincue pour autant.

— Eh bien moi, si, répliqua-t-elle en versant l'eau bouillante dans la théière puis, ajoutant après un silence : J'espère que tu sais ce que tu fais.

Jack comprit qu'elle parlait de Zoe.

— Oui, je sais ce que je fais, répondit-il avec brusquerie. Ce que je ne sais pas, c'est en quoi ça te regarde.

Sa mère planta les poings sur ses hanches.

— Évidemment que ça me regarde, quand je vois mon fils foncer dans un mur tête baissée. Depuis hier soir, tout le village ne parle que de son coup d'éclat et de ton départ précipité. Comment peux-tu t'infliger ça une deuxième fois ?

Jack sentit son estomac se tordre en entendant sa mère exprimer ce qui le tourmentait en son for intérieur. Mais il fit comme si de rien n'était et soutint son regard.

— Il fallait qu'on s'occupe de William. Et grâce à Zoe, j'ai pu éviter qu'il soit emporté par la marée.

À mesure que Jack avançait dans son récit, les yeux de sa mère s'écarquillaient avec incrédulité.

— Je ne le savais pas, dit-elle, peinée, lorsqu'il eut terminé.

Elle sortit une tasse d'un placard, y versa du thé et s'assit à côté de Jack.

Après un long silence, celui-ci leva la tête et constata que sa mère était toujours aussi dubitative.

— Et Megan ? Elle serait parfaite pour toi, Jack, vous auriez un avenir ensemble. Avec Zoe, en revanche…

— Tu la connais à peine, maman.

Jack se leva et se mit à arpenter la cuisine de long en large.

— Parce que toi, tu la connais ? persista Daisy en haussant les sourcils. Comment peux-tu être sûr qu'elle ne te quittera pas du jour au lendemain, comme la dernière fois ?

Jack s'arrêta et tapa du poing sur la table.

— Est-ce qu'on pourrait changer de sujet ?

Sans se démonter, Daisy soutint son regard furieux jusqu'à ce qu'il reprît son sang-froid.

— Je suis désolé, dit-il en s'affalant sur une chaise, bien conscient qu'il était allé trop loin.

Daisy lui prit la main et sourit.

— Moi aussi, je suis désolée. Je ne devrais pas m'en mêler, mais tu sais ce que c'est : quand on est parent, on se fait sans arrêt un sang d'encre pour ses enfants, quel que soit leur âge.

Jack pensa à William avec un sourire en coin.

— Tu n'as pas à t'inquiéter, maman, la rassura-t-il.

Daisy serra la main de Jack dans la sienne et se leva.

— Je dois y aller.

Quand, arrivée à la porte, elle se tourna une dernière fois vers Jack, celui-ci sentit qu'elle avait encore quelque chose à lui dire. Elle se ravisa au dernier moment, se contenta d'un sourire et tourna les talons.

Les coudes posés sur la table, Jack se passa une main dans les cheveux en poussant un gros soupir.

« Elle se trompe sur Zoe », se dit-il en espérant avoir raison. Autrement…

Non, il ne voulait pas y penser.

34

Zoe était en train d'ouvrir la porte de la maison de la plage lorsque le téléphone fixe se mit à sonner. Elle se dépêcha de prendre l'appel.

— Zoe, enfin ! s'exclama Rose, qui avait l'air extrêmement soulagée. J'ai essayé de te joindre cent fois mais tu ne répondais pas.

— J'étais chez Jack, répondit Zoe en s'affalant sur le canapé, épuisée. Ta mère m'a dit que tu voulais me parler, qu'est-ce qui se passe ?

— C'est à propos de la villa. L'homme qui veut l'acheter a appelé Simon... je veux dire, M. Fielding pour lui annoncer qu'il était prêt à payer cinquante mille livres de plus. Seulement, il y a un hic : tu n'as que jusqu'à lundi soir pour considérer son offre. Si tu ne lui donnes pas de réponse, il renoncera à acheter la villa.

Il fallut plusieurs secondes à Zoe, complètement désarçonnée, pour répondre.

— Cinquante mille livres, tu dis ?

Certes, c'était une coquette somme qui venait s'ajouter à un prix d'achat déjà important, seulement elle n'appréciait pas ce genre d'ultimatum.

— Je ne sais pas, il faut que je réfléchisse.

— Je me doutais que tu dirais ça, mais Simon insiste pour que tu ne tardes pas trop. Ce Darios Pandakis est peut-être un excentrique qui tente un coup de bluff, mais c'est aussi un homme de parole. Si tu ne te décides pas d'ici demain, il reprendra ses billes.

— « Simon » ? Tu dois bien connaître cet avocat, pour l'appeler par son prénom.

Zoe avait seulement voulu taquiner un peu Rose, mais comme cette dernière ne répondit pas, elle comprit que sa boutade avait tapé dans le mille.

— Il y a quelque chose entre vous ?

— Oui, soupira Rose. Ne me demande pas comment c'est arrivé, mais c'est l'homme le plus génial que j'aie rencontré depuis très longtemps et je suis folle de lui.

Zoe alla chercher son sac qu'elle avait laissé dans le couloir et en sortit son téléphone portable.

— C'est une bonne nouvelle, non ? dit-elle en le rallumant.

— Oui, si je ne lui avais pas caché que j'ai trois enfants. Qu'est-ce que je dois faire, Zoe ?

Rose avait l'air vraiment désemparée, et Zoe aurait bien voulu l'aider. Elle était contente de recueillir à nouveau ses confidences, mais elle n'avait qu'un seul conseil à lui donner. Un conseil qui ne surprendrait pas Rose.

— Tu dois lui dire la vérité.

« Et ça vaut aussi pour moi », ajouta-t-elle en silence. Elle-même n'avait cessé de retarder le moment d'annoncer à Jack qu'elle devrait le quitter à nouveau.

— Tu as raison, Simon doit savoir, murmura Rose. Nous dînons ensemble ce soir, je lui dirai à ce moment-là. Au moins, il ne risque pas de me faire une scène au restaurant.

Zoe ne put s'empêcher de rire.

— Ça va bien se passer. Et s'il t'aime comme toi, tu l'aimes, vous trouverez une solution ensemble.

— Et toi, qu'est-ce que tu fabriquais chez Jack ? demanda Rose d'une voix pleine d'espoir. Vous vous êtes expliqués ?

Zoe esquissa une grimace.

— Pas vraiment, mais…

Elle hésita, avant de se décider finalement à dire ce qui la tracassait. Après tout, Rose venait de se confier à elle, et elle éprouvait à son tour le besoin de parler à quelqu'un.

— Il y a quatorze ans, je me suis conduite comme une idiote, Rose. Jack ne voulait pas que nous nous séparions et m'a écrit une lettre que je n'ai jamais reçue. J'ai cru qu'il m'avait oubliée, or c'était tout le contraire.

Zoe repensa avec une infinie tristesse à tout ce temps qu'ils avaient perdu.

— Je l'aime toujours. Je crois que je n'ai jamais cessé de l'aimer, conclut-elle en ravalant ses larmes.

— Il n'est pas trop tard, s'exclama Rose, ravie, comme si c'était exactement ce qu'elle voulait entendre. C'est une deuxième chance qui s'offre à vous, et vous la méritez.

À peine eut-elle achevé sa phrase que le portable de Zoe se mit à vibrer sur la table basse. Un coup d'œil à l'écran l'informa qu'une dizaine de textos lui avaient été envoyés, presque tous de son père et de Philip, entre-temps rentré des États-Unis.

— Je dois te laisser, Rose. Je te tiens au courant pour la villa, d'accord ? Et sache que… ça m'a fait plaisir de discuter avec toi.

— Oui, à moi aussi.

Zoe reposa le téléphone sur sa base en se disant que jamais elle n'aurait dû renoncer à cette amitié, tout comme à son histoire d'amour avec Jack. Puis elle consulta ses textos. Philip et son père venaient tous deux aux nouvelles, mais si le premier restait courtois, les textos du second trahissaient une impatience grandissante.

Fais-nous signe, Zoe.
Nous sommes inquiets.
Mais où es-tu, bon sang ?
Si tu veux bien allumer ce fichu téléphone !

Zoe se mordit les lèvres. Elle se rendit compte qu'elle avait tout de même fait preuve de désinvolture en coupant tout contact aussi brusquement. Alors qu'elle avait voulu éviter les questions, il lui fallait à présent trouver une excuse en or pour se justifier d'avoir tant tardé à rallumer son portable.

Qui devait-elle appeler en premier ? Après réflexion, son choix se porta sur Philip, qui serait certainement plus enclin à la discussion. Elle était en train de le chercher dans sa liste de contacts lorsque son regard s'arrêta sur le dernier texto qu'il lui avait envoyé.

J'espère que ça va, chérie. Donne-moi de tes nouvelles, s'il te plaît.

Elle resta bloquée devant le mot « chérie ». Philip versait rarement dans les petits noms tendres, même s'il était bien sûr en droit de l'appeler ainsi. Ils étaient toujours censés se marier bientôt, seulement Zoe ne pouvait plus devenir sa femme. Ce qu'elle ressentait à son égard était tellement terne par rapport aux sentiments qu'elle éprouvait pour Jack, et elle comprit soudain qu'elle avait multiplié les subterfuges pour sans cesse repousser le moment de l'épouser et d'emménager avec lui. Parce que, au plus profond d'elle-même, elle avait toujours su que son cœur appartenait à un autre.

Comme elle lui devait tout de même une explication, elle se décida enfin à appuyer sur la touche d'appel. Philip répondit aussitôt.

— Zoe, enfin ! Comment ça va ? Ton père est dans tous ses états, tu sais.

— Je suis désolée, dit-elle en cherchant fébrilement ses mots. Je… Le réseau est très mauvais ici, c'est sans doute pour ça que tu tombais sans arrêt sur la messagerie. Mais je vais bien, il ne faut pas vous inquiéter.

Elle imagina Philip en train de hausser les sourcils.

— Et tu es où, exactement ?

— Je suis... en Écosse, dans l'hôtel golf près d'Édimbourg où l'on avait organisé un grand séminaire. Tu te souviens ?

C'était le premier lieu qui lui était venu à l'esprit, mais à peine eut-elle prononcé ces mots qu'elle comprit son erreur.

— Pourquoi tu es partie là-bas ? demanda Philip, dubitatif. Je t'entends encore me dire que tu n'y remettrais jamais les pieds parce que c'était trop isolé.

— C'est justement de calme que j'ai besoin.

Philip ne répondit pas. Alors que Zoe s'apprêtait à faire diversion en parlant travail, quelqu'un sonna à la porte.

— C'était quoi, ce bruit ? demanda Philip.

Zoe sentit une douleur s'insinuer au niveau du front. Ces mensonges lui coûtaient trop d'efforts, elle n'allait pas tarder à craquer.

— Je dois y aller, je te rappelle.

— Zoe, attends...

Elle lui raccrocha au nez. Philip risquait désormais de s'inquiéter pour de bon, mais c'en était trop.

La sonnette retentit de nouveau, et Zoe se dépêcha d'aller ouvrir. Mais alors qu'elle espérait voir Jack, elle se retrouva nez à nez avec le commissaire Harry Owen.

— Je peux entrer ?

— Bien sûr.

Le regard de Zoe s'arrêta sur le carnet de Chris qu'il avait sous le bras. Elle s'écarta pour le laisser passer, puis l'invita à entrer au salon.

— Vous voulez vous asseoir ?

Il secoua la tête.

— Je préfère rester debout.

Zoe remarqua alors la tension sur son visage, ses gestes nerveux et sa respiration difficile.

— Je suis venu vous rapporter ceci.

— Cela vous a-t-il aidé ? demanda Zoe en reprenant le carnet.

En voyant Harry Owen acquiescer, la mine grave, Zoe sentit son cœur s'accélérer.

— Dois-je comprendre que vous avez de nouveaux éléments ?

Le policier poussa un profond soupir.

— Pas à proprement parler. En revanche, je peux vous dire à qui le poème de votre frère était adressé.

35

— *Prego, signore* Fielding !

Le maître d'hôtel de La Vigna désigna une table pour deux près de la fenêtre qui donnait sur un grand parc.

— Nous vous avons attribué votre table habituelle. J'espère qu'elle vous convient.

— Merci, Fausto.

Devançant l'Italien, Simon aida galamment Rose à s'asseoir.

— Je vous apporte tout de suite la carte, dit le maître d'hôtel.

— Alors, tu n'es pas déçue ? demanda Simon à Rose lorsqu'ils furent seuls.

— Non, cet endroit est vraiment charmant, répondit-elle en promenant son regard sur les tables aux nappes damassées qu'éclairaient des chandeliers en argent.

Le restaurant La Vigna était aussi raffiné qu'elle l'avait redouté. Elle devait cependant admettre qu'il lui plaisait beaucoup et qu'elle s'y sentait à l'aise, surtout grâce à Simon. Depuis qu'elle le connaissait, Rose avait gagné en assurance. Alors que, deux jours plus tôt, elle aurait eu l'impression de détonner dans ce genre d'établissement, Simon était parvenu à combler le manque de confiance dont elle avait longtemps souffert. Encouragée par le regard admiratif qu'il portait sur elle, elle se sentait enfin séduisante, accomplie, elle ne rougissait plus de ce qu'elle était. Et elle lui en serait éternellement reconnaissante.

— Tu permets que je te conseille ? proposa Simon lorsque le serveur eut apporté les menus.

Rose hocha la tête mais ne l'écouta que d'une oreille distraite, tandis qu'il lui vantait les saveurs du carpaccio et des fettucine aux truffes et vin blanc. Elle était trop occupée à l'observer et à s'imprégner des moindres détails de son visage, pour mieux se les remémorer lors de leur séparation. Et celle-ci risquait de survenir encore plus tôt que prévu, si Rose suivait les conseils de Zoe.

— Rose ?

Comme Simon la dévisageait en haussant les sourcils, elle se rendit compte qu'elle n'avait pas répondu à ses suggestions.

— Pardon ? Euh… Oui, ça a l'air très bon. Je prendrai la même chose, dit-elle avec un petit sourire d'excuse.

Simon commanda pour eux deux et choisit également une bouteille de vin. Une fois le serveur reparti, il se tourna vers Rose et la sonda du regard en fronçant les sourcils.

— Qu'est-ce qui t'arrive ? Rien de grave ?

— Je n'arrête pas de penser à ma conversation avec Zoe, répondit-elle en se triturant nerveusement les mains sous la table.

Elle hésita. Devait-elle tout lui avouer maintenant, ou valait-il mieux attendre encore un peu ?

— Si ton amie a un tant soit peu de bon sens, elle acceptera l'offre, dit Simon en pensant que Rose faisait allusion à la vente de la villa. Elle n'obtiendra jamais un prix plus élevé pour cette maison.

— Je ne pense pas que ce soit une question d'argent.

Rose sourit au maître d'hôtel venu leur apporter le vin. Elle attendit que Simon l'eût goûté et qu'ils fussent tous deux servis avant de poursuivre.

— Cette maison est pleine de souvenirs, et c'est certainement la raison pour laquelle elle hésite. Elle n'est pas en train de faire monter les enchères. En plus, elle a d'autres soucis en tête.

— Du genre ?

Rose hésita à s'étendre, du fait des relations professionnelles qu'entretenaient Simon et Zoe. Cependant, elle savait qu'il n'était pas du genre à ébruiter des confidences.

— Elle vient de revoir mon frère, avec qui elle a eu une grande histoire d'amour, et je crois qu'il se passe à nouveau quelque chose entre eux.

Rose sourit à cette idée qui n'était pas pour lui déplaire. Elle avait toujours été convaincue que Jack et Rose étaient destinés l'un à l'autre.

Simon fronça les sourcils.

— Pourtant, je la croyais fiancée avec un cadre important de son entreprise.

— Comment ? s'écria Rose. Elle ne m'a jamais parlé de lui.

— J'espère que ton frère ne va pas au-devant d'une grosse déception, répondit Simon en haussant les épaules. En tout cas, j'espère me tromper.

« J'espère aussi », songea Rose qui, voyant les entrées arriver, posa sa serviette sur ses genoux. Le carpaccio que Simon avait commandé était délicieux, tout comme les pâtes qui suivirent, et elle s'efforça de profiter le plus possible de ce dîner. Mais plus le moment fatidique approchait, plus Rose devenait nerveuse à l'idée de révéler la vérité à Simon.

— Apportez-nous deux flûtes de champagne, dit-il à Fausto au moment du dessert.

L'Italien s'exécuta avec empressement. Une fois le champagne servi, Rose ne put réprimer un sourire.

— Tu termines toujours tes dîners sur une note aussi festive ?

— Non, mais j'espère en effet que nous aurons bientôt un heureux événement à fêter, dit Simon, la mine grave, en lui prenant la main. Écoute, je sais que ça peut paraître fou alors que nous ne nous connaissons que depuis quelques jours, mais c'est la première fois que je rencontre une femme telle que toi. J'ai eu la chance incroyable que nos chemins se croisent, et je ne veux surtout pas que notre relation prenne fin quand tu rentreras en Cornouailles. Je me fiche des kilomètres qui nous sépareront, tout comme je me fiche des obstacles qui se dresseront sur notre route. Je veux être avec toi, un point c'est tout. Parce que je n'ai jamais aimé quelqu'un comme je t'aime. Et si mes sentiments sont réciproques, je pense qu'il nous faut saisir cette chance.

Rose fondit en plongeant dans le regard de Simon, où se lisait une incertitude dont il n'était pas coutumier. Leur relation ne pouvait continuer qu'à une seule condition : qu'elle lui révélât toute la vérité.

— Simon, je…

Elle s'interrompit et regarda fixement l'entrée du restaurant qu'elle voyait parfaitement depuis sa place. « Oh non », songea-t-elle tandis que le sang se retirait de son visage. Elle aurait aimé se tromper, mais hélas, l'homme qui venait d'entrer accompagné d'une jolie blonde était bien Matt, son ex-mari. Il attendait que Fausto les conduisît à leur table.

— Rose ? demanda Simon, perplexe.

— Si tu veux bien m'excuser, j'en ai pour deux minutes.

Elle se leva et se dirigea d'un pas rapide vers les toilettes. En chemin, elle pourrait intercepter Matt et lui parler avant qu'il ne les abordât. Simon ne devait surtout pas le rencontrer alors qu'elle ne lui avait encore rien dit.

— Rose ! s'exclama Matt, interloqué, en la toisant de la tête aux pieds. Qu'est-ce qui t'amène à Londres ?

— J'avais quelques affaires à régler.

Elle se tourna vers la belle accompagnatrice de Matt : elle était plus jeune que lui, vingt-cinq ans au grand maximum, et correspondait en tout point à ses critères. Matt crut alors bon de passer aux présentations.

— Voici Kelsey Jones, dit-il, sans s'étendre sur leur degré d'intimité, et voici mon ex-femme, Rose. Pourquoi tu ne m'as pas prévenu que tu venais ?

— L'occasion s'est présentée à la dernière minute. Il faut absolument que nous mettions à plat cette histoire de pension alimentaire.

La belle Kelsey tiqua à ces mots, ce qui n'échappa pas à Matt.

— Tu tiens vraiment à ce qu'on en parle maintenant ? marmonna-t-il, visiblement gêné.

— Non, mais ce n'est que partie remise.

Rose voulut se diriger vers l'escalier qui descendait aux toilettes, mais Matt la retint par le bras.

— Attends ! Tu es venue seule ?

— Non, je dîne avec un ami.

Rose se dégagea et tourna la tête vers Simon qui regardait par la fenêtre, perdu dans ses pensées.

— Attends, c'est Simon Fielding ?

Rose eut soudain un nœud à l'estomac.

— Tu le connais ?

— Pas personnellement, mais son cabinet défend les intérêts de notre entreprise et j'ai eu l'occasion de le rencontrer plusieurs fois. En plus d'avoir excellente réputation, c'est un parent du comte de Chiswick.

Matt ne cacha pas son admiration ni sa perplexité devant le fait que Rose fréquentât un avocat aussi brillant que bien né.

— Et toi, comment tu le connais ? lui demanda-t-il.

— Je ne crois pas que ça te regarde, rétorqua Rose. Maintenant, si tu veux bien m'excuser…

Elle tenta une nouvelle fois d'aller vers l'escalier, mais Matt la retint par le bras en serrant plus fort.

— Bien sûr que si, ça me regarde, tu es la mère de mes enfants. Et d'ailleurs, ils sont où, tous les trois ?

Rose fut prise d'une colère froide en remarquant l'étincelle de jalousie dans les yeux de Matt. Manifestement, il n'appréciait pas qu'elle eût un autre homme dans sa vie. C'était le comble, étant donné ses infidélités répétées qui avaient fini par signer la mort de leur couple.

— Ils sont tous les trois avec ma famille, sur qui je peux toujours compter, contrairement à toi, lança-t-elle en se dégageant d'un geste sec. Les enfants ne demandent même plus de tes nouvelles, puisque tu ne daignes pas donner signe de vie, et ça fait des mois que nous attendons l'argent que tu nous dois. Et ne viens pas me raconter que tu es sur la paille. Si tu peux te permettre d'inviter ta nouvelle copine dans ce restaurant, la pension alimentaire ne devrait pas être un problème.

Matt blêmit et pinça les lèvres. Il détestait les scènes en public, et à vrai dire, Rose aussi. Seulement il l'avait provoquée, et elle était de toute façon à bout de patience depuis longtemps.

— Tu as le droit d'intervenir au sujet des enfants, tu restes leur père, poursuivit Rose, poings serrés et regard noir. En revanche, tu n'es plus mon mari, donc tu me feras le plaisir de rester en dehors de ma vie. À bientôt, Matt. Et comme on dit : tu auras de mes nouvelles par mon avocat.

Elle le fusilla du regard une dernière fois en signe d'avertissement, puis descendit aux toilettes. Une fois rafraîchie, elle eut les idées plus claires et remonta l'escalier.

En regagnant la salle, elle aperçut Matt et sa cavalière attablés à l'autre extrémité. Son ex-mari la regarda, mais elle l'ignora et revint s'asseoir à côté de Simon, qui l'attendait.

— Désolée pour l'attente.

— Pas de problème.

Lorsqu'il haussa les épaules, elle remarqua sa mine déconfite.

— Je n'aurais pas dû te mettre la pression avec mon petit discours. Je crois que je me suis un peu emballé.

— Quoi ? Non !

Elle n'avait pas imaginé qu'il interpréterait ainsi sa réaction, qui avait effectivement dû lui faire l'effet d'une douche froide.

— Je ressens la même chose, Simon, vraiment. Je suis folle amoureuse de toi et je n'ai aucune envie qu'on se sépare. Mais il faut que je t'avoue…

Sentant une présence dans son dos, elle s'interrompit et tourna la tête.

— Je suis navré de vous déranger, dit Matt.

Les taches rouges qui marbraient ses joues témoignaient du mal qu'il se donnait pour réprimer sa colère. Cependant, il prit soin de parler suffisamment bas pour ne pas être entendu des tables voisines.

— Très bien, tu veux que je m'occupe de nos enfants, Rose ? Je crois qu'en effet, ce serait une bonne idée, étant donné la façon dont tu les négliges. Tu devrais être avec eux, au lieu de prendre du bon temps à Londres.

Le regard en coin qu'il lança à Simon en dit long sur ses intentions. Il était bien décidé à se venger de Rose et à lui rendre coup pour coup. Un objectif indéniablement atteint.

— Étant donné les circonstances, je vais reconsidérer les termes du divorce et négocier un nouveau droit de garde, poursuivit-il. Après tout, je ne paie pas la pension alimentaire de trois enfants pour que tu mènes la belle vie grâce à l'argent d'autres hommes.

Il tourna les talons sans attendre de réponse et retourna s'asseoir à sa table. De son côté, Rose resta sans voix, abasourdie par ce coup d'éclat. Quant à Simon, il se contenta de suivre Matt du regard, les yeux écarquillés.

— C'était mon ex-mari, lâcha finalement Rose. J'allais t'en parler.

Les yeux de Simon se rétrécirent.

— Tout comme tu allais me parler de tes trois enfants, je suppose, rétorqua-t-il, à la fois amer et dépité.

36

Zoe remarqua que des gouttelettes de sueur perlaient sur le front de Harry Owen.

— Finalement, je vais m'asseoir, dit-il d'une voix blanche.

Il se laissa tomber sur le canapé, à croire que ses jambes ne pouvaient plus le porter, tandis que Zoe prenait place dans un fauteuil en face de lui. Il n'avait plus rien du commissaire pincé qui l'avait reçue avec froideur et avait invoqué la procédure pour ne pas lui communiquer le rapport d'enquête.

— Votre intervention a fait forte impression hier soir. Vous avez raison, c'est impossible de vivre ainsi dans l'incertitude, et la personne pour qui Chris a écrit ce poème vous doit la vérité depuis trop longtemps maintenant.

— Vous connaissez vraiment son identité ?

En voyant Harry Owen hocher la tête, Zoe repensa à ce que la Dr Corby lui avait confié le soir du bal. Soudain, elle crut savoir pourquoi le policier était aussi nerveux.

— C'était donc bien votre sœur ?

Harry Owen haussa les sourcils avec surprise, puis secoua la tête en signe de dénégation.

— Alicia ? Non, Chris la connaissait à peine.

— Dans ce cas, qui était-ce ? insista Zoe.

Harry Owen prit une profonde inspiration.

— C'était moi, lâcha-t-il enfin.

— *Vous ?*

Zoe le fixa sans en croire ses oreilles, tandis qu'un scénario commençait à prendre forme dans son esprit. Un scénario qu'elle n'avait jamais envisagé jusqu'alors.

— C'était vous, l'amour de sa vie ?

Harry Owen hocha la tête.

— Et réciproquement.

— Mais… pourquoi vous n'avez jamais rien dit ?

Dans un geste désespéré, Harry Owen leva les bras et les laissa retomber. Il semblait abattu, et Zoe vit qu'il avait les larmes aux yeux.

— Parce que j'étais trop lâche. Nous l'étions tous les deux, du moins au début, parce que tout s'opposait à notre histoire. Chris n'avait que vingt ans, moi, presque trente. Nous avions peur de ces sentiments nouveaux, excitants, bouleversants, qui remettaient toutes nos vies en question. Je venais d'une famille très conservatrice, dans laquelle l'homosexualité n'était pas tolérée. Quand le sujet venait sur le tapis, mes parents tenaient des propos au mieux condescendants, au pire méprisants. Pour résumer, c'était une tare regrettable qui, heureusement, ne touchait pas les gens « normaux », dont ils se réclamaient. C'était « contre nature », pour reprendre l'expression de mon père. Il n'aurait jamais accepté que je m'éprenne d'un homme, de plus, dans mon métier… La police est un milieu très masculin, j'avais peur des réactions de mes collègues. J'ai donc longtemps essayé de nier mon attirance pour les hommes. Sauf qu'on ne parle pas de quelque chose qui finit par passer, comme un rhume un peu récalcitrant.

Zoe repensa avec angoisse aux remarques qu'elle avait entendues dans la bouche de son père sur les couples de même sexe, qui n'avaient guère à envier à celles des parents de Harry Owen. Son cœur se fendit lorsqu'elle tenta d'imaginer ce que son frère avait enduré.

— Et Chris ?

— Il était dans le même état d'esprit, soupira Harry Owen. Il avait peur que vos parents le rejettent, il était parfaitement lucide quant aux conséquences d'une telle révélation. C'est la raison pour laquelle nous nous sommes montrés très prudents. Ma sœur était la seule à savoir et nous aidait à nous retrouver en cachette.

Les pensées de Zoe se bousculaient dans son esprit. Son hypothèse n'avait pas été totalement infondée, Alicia avait bien été impliquée dans la liaison secrète de Chris, mais d'une façon pour le moins inattendue.

— Votre relation a duré combien de temps ?

— Un an environ. Elle a débuté l'été précédant la mort de Chris. Après nous être avoué nos sentiments, nous avons commencé à nous écrire, à nous téléphoner. Pendant l'hiver, je me suis rendu deux fois à Londres pour le voir et, au fil du temps, notre amour s'est épanoui. Et quand nous nous sommes retrouvés à Penderak…

Il n'acheva pas sa phrase et sourit avec mélancolie.

— Mais c'était il y a tellement longtemps, souligna Zoe. Pourquoi vous ne nous en avez jamais parlé ? À moi, tout du moins ? J'aurais voulu savoir.

— Je… J'en étais incapable, concéda Harry Owen après un long silence. Parce qu'il y a autre chose que je n'ai jamais dit à personne. Un secret que je pensais emporter dans ma tombe. Et c'est ce qui se serait passé si vous n'aviez pas lu le poème en public, ajouta-t-il en désignant le carnet avant de poursuivre, la lèvre inférieure tremblante : J'ai cru que me taire était la meilleure solution. Qu'ainsi, je protégeais Chris. Puis, hier soir, j'ai relu ses lettres et j'ai compris que vous aviez raison, mademoiselle Bevan. Chris était un homme formidable, et je n'ai plus jamais aimé comme je l'ai aimé, lui. Il mérite que j'honore sa mémoire. Et je ne me pardonnerai jamais de n'avoir pu le sauver.

— Comment ça, « le sauver » ? répéta Zoe d'une voix étranglée, la boule au ventre. Qu'est-ce que vous voulez dire par là ?

Une nouvelle fois, Harry Owen eut besoin d'un long moment avant de poursuivre.

— Ce dernier été, nous avions atteint un point de non-retour. Nos rendez-vous secrets nous mettaient les nerfs à vif et nous en avions assez de toutes ces cachotteries. Même si je ne voulais pas perdre Chris, je craignais le rejet de notre entourage et ses conséquences. Chris, lui, était destiné à reprendre l'entreprise familiale, il avait une belle carrière qui s'annonçait, et je refusais qu'il y renonce à cause de moi. Comme j'étais le plus âgé de nous deux, j'ai estimé que je devais également être le plus raisonnable, et j'ai décidé d'en rester là. Enfin, j'ai essayé. J'ai pris mes distances et Chris l'a accepté, du moins au début. Mais nous ne nous sommes jamais séparés pour de bon.

Harry Owen poussa un profond soupir.

— Quand je l'ai retrouvé cette nuit-là sur la falaise, il était comme transformé. Il m'a dit que vous et Jack vouliez vous expatrier au Canada. Votre décision lui avait fait comprendre qu'il devait désormais suivre sa propre route. Il avait l'intention de suivre votre exemple : repartir de zéro avec moi, ailleurs, peu importe la réaction de votre père.

— Pourtant, nous nous sommes disputés, objecta Zoe. Il m'a reproché d'être égoïste, de ne pas penser à la famille. Il n'en démordait pas ! Et moi, je l'ai traité de lâche.

Harry Owen esquissa un triste sourire.

— Eh bien, il semblerait que vous l'ayez convaincu. Et vous savez comment il était, une fois qu'il avait une idée en tête.

— Rien ne pouvait le faire changer d'avis, acquiesça Zoe en revoyant Chris tenir tête à son père au sujet des cours de piano.

Harry Owen se leva et arpenta le salon de long en large.

— C'est justement ça qui m'a attiré chez lui, cette énergie qu'il était capable de déployer, cette passion, cette détermination. J'aurais peut-être dû prendre exemple sur lui, seulement je pensais être dans le vrai. En fait, je n'étais pas aussi fort que lui. Il serait peut-être encore en vie si…

Zoe déglutit avec difficulté.

— Qu'est-ce qui s'est passé ?

Harry Owen s'immobilisa et se tourna vers elle.

— C'était un accident, lâcha-t-il, une immense détresse dans le regard. Nous nous sommes disputés au sommet de la falaise. J'ai essayé de lui dire que ce n'était pas possible, que nous n'avions pas d'avenir ensemble et qu'il devait se montrer raisonnable, mais Chris n'a rien voulu entendre. Il a démonté tous mes arguments les uns après les autres, jusqu'à ce que je sois à court. J'aurais dû l'écouter, mais j'ai pris peur et je suis parti. Je marchais déjà depuis un bon moment quand j'ai compris mon erreur, puis j'ai rebroussé chemin. Chris contemplait la mer depuis le bord de la falaise en me tournant le dos. J'ai crié son nom, mais comme le vent soufflait fort cette nuit-là, il ne m'a pas entendu. J'étais presque arrivé à sa hauteur lorsqu'il s'est retourné brusquement et a glissé, sans que j'aie le temps de le rattraper. Il aurait suffi d'une enjambée… Chris a réussi à se raccrocher à une saillie dans la roche. J'ai essayé de saisir sa main, mais il était trop bas. Je lui ai crié que je l'aimais et qu'il devait tenir le coup, le temps que j'aille chercher du secours. Je ne sais pas s'il m'a entendu. L'instant d'après, j'ai vu ses doigts glisser, j'ai entendu un cri…

Harry Owen ferma les yeux tandis que des larmes se formaient sous ses paupières.

— J'ai couru jusqu'à la plage, mais je savais déjà qu'il était mort. Et par ma faute, puisque je l'avais fait sursauter. Alors que j'étais revenu lui dire que je l'aimais et que je ne voulais pas le quitter.

Zoe prit le temps de digérer en silence toutes ces informations.

— Mais Jack n'a retrouvé Chris que le lendemain matin, dit-elle enfin. Pourquoi n'avez-vous pas donné l'alerte tout de suite ?

— Parce que j'étais en état de sidération, répondit Harry Owen en se laissant retomber sur le canapé. Je ne sais pas combien de temps je suis resté assis auprès du corps de Chris. La souffrance était insoutenable, je ne me voyais pas vivre sans lui. Quand le jour s'est levé, j'ai vu que ce serait bientôt la marée haute et je me suis ressaisi. Je me suis rendu compte que si on me trouvait là, la vérité serait révélée au grand jour, or il n'était pas question que des ragots viennent salir notre histoire. J'ai pris son portable pour que personne ne lise nos textos, puis j'ai effacé mes traces de pas dans le sable. Comme le corps de Chris a été découvert juste avant la marée haute, mes collègues ne risquaient pas de retrouver des éléments sur la plage me reliant à lui, et il n'y avait aucun témoin. Seule ma sœur était au courant. J'ai cru que c'était mieux ainsi, que, au moins, Chris reposerait en paix. Je savais qu'on risquait de me soupçonner de l'avoir poussé et d'avoir camouflé mon crime. Mais ce n'était pas le cas, je le jure. C'était un accident.

Sans qu'elle sût dire pourquoi, Zoe le croyait, même si elle restait profondément choquée par ce que Harry Owen avait fait.

— Vous êtes policier, et nous comptions sur vous pour élucider cette affaire. Vous imaginez vivre ainsi dans l'incertitude ? Vous auriez dû nous le dire, martela-t-elle en repensant au moment où Harry Owen, blême et manifestement bouleversé, lui avait exprimé ses condoléances.

— Je sais. Croyez-moi, au début, j'ai failli venir vous voir plusieurs fois, seulement ça n'aurait pas ramené Chris. Et puis votre famille vivait déjà un enfer, votre père était fou de chagrin. La vérité aurait achevé de le détruire.

Zoe sentit une bouffée de colère monter en elle.

— Sauf que ce n'était pas à vous d'en décider, rétorqua-t-elle. Si nous avions su, nous aurions peut-être pu faire notre deuil. Comment avez-vous pu être aussi égoïste et nous confisquer ainsi la vérité ?

À ces mots, Harry Owen tressaillit.

— Je suis désolé. Je sais que vous devez me haïr, mais j'ignorais à quel point votre famille avait souffert de ma décision. Au contraire, j'ai cru vous faciliter la vie.

Zoe réfléchit. Le haïssait-elle vraiment ? Elle était encore sous le choc, et rien ne disait qu'elle lui pardonnerait un jour son long silence. D'un autre côté, le carnet de Chris transpirait d'amour pour cet homme. Et elle avait beau condamner la décision de Harry Owen, elle comprenait ce qui l'avait motivée.

— Je vais à présent réparer mes erreurs et assumer les conséquences de mes actes, affirma le policier. Il est grand temps que les gens sachent ce qui s'est réellement passé.

Zoe écarquilla les yeux.

— Vous voulez vous exprimer publiquement ?

— Oui, quitte à m'exposer à des poursuites. Il y aura sûrement une procédure interne à mon encontre pour obstruction à l'enquête, et je serai obligé de démissionner. J'accepterai les sanctions quelles qu'elles soient et je quitterai Penderak. J'accomplirai la volonté de Chris, à savoir repartir de zéro ailleurs, peut-être en Irlande auprès de ma sœur.

Il réfléchit quelques instants, le dos voûté, puis se leva.

— Attendez ! s'écria Zoe en l'imitant. Je… Je dois d'abord prévenir mon père. Il faut que vous gardiez ces informations pour vous jusqu'à ce que j'aie eu le temps de lui parler.

Sur ce, elle raccompagna Harry Owen jusqu'à la porte. Lorsqu'elle se retrouva face à lui sur le seuil, elle ne put se résoudre à lui serrer la main. Cependant, elle avait un dernier mot à lui dire et l'occasion risquait de ne pas se représenter de sitôt.

— Merci.

Harry Owen haussa les sourcils avec surprise.

— C'est très important pour moi, de connaître enfin la vérité, ajouta Zoe.

— Mon silence n'a que trop duré. Seuls mes plus proches savent qui je suis vraiment, or je ne pouvais me taire plus longtemps, après toutes les souffrances que j'ai infligées. Maintenant que j'ai lu le carnet de Chris, je sais que ce n'est pas ce qu'il aurait voulu. Il est temps d'assumer.

Une fois Harry Owen parti, Zoe referma la porte, s'appuya contre le panneau et se laissa glisser par terre car ses jambes ne la portaient plus. Soudain, une douleur intense lui vrilla les tempes tandis que mille émotions l'assaillaient. Elle avait toujours cru que savoir la vérité la réconforterait quelque peu, et pourtant la perte de Chris la frappa une fois encore en plein cœur. Elle serra le carnet contre sa poitrine tandis que des larmes brûlantes coulaient sur ses joues. Son chagrin était ravivé, elle pleurait Chris, elle pleurait toutes ces occasions manquées, elle pleurait le chemin sur lequel elle s'était fourvoyée en croyant devoir le remplacer.

— Zoe ?

Quelqu'un frappa à la porte. Zoe, reconnaissant avec soulagement la voix de Jack, se releva péniblement et lui ouvrit.

— Qu'est-ce qui s'est passé ? demanda-t-il, effaré, à la vue de son visage rougi de larmes.

Incapable d'articuler un mot, Zoe se réfugia dans la chaleur de ses bras en sanglotant de plus belle.

37

Simon était muré dans le silence. En sortant du restaurant, il avait ouvert la portière passager à Rose, comme toujours, s'était installé au volant puis n'avait plus pipé mot, se contentant de manœuvrer la Mercedes en direction de Hampstead.

— Simon ? hasarda Rose, ne supportant plus cette atmosphère pesante.

Lorsqu'il tourna la tête, elle constata que la déception se lisait toujours dans ses yeux. Depuis la scène au restaurant, il la regardait comme si elle était une inconnue, et Rose en souffrait encore plus que tout ce qu'elle avait imaginé dans ses pires scénarios catastrophes. Si Simon l'avait accablée de reproches, elle aurait au moins pu essayer de se justifier.

— Je suis désolée, répéta-t-elle pour la énième fois. Je voulais te le dire mais je ne savais pas comment. Tout se passait bien entre nous, et comme tu n'avais pas l'air emballé par les enfants…

— Si je comprends bien, tu m'as menti ouvertement, tu t'es fait passer pour une autre, mais c'est ma faute ?

Rose avala sa salive.

— Franchement, tu aurais accepté de me revoir, si tu avais su que j'étais mère de famille ?

Le regard qu'il lui jeta lui confirma qu'elle avait vu juste.

— Tu serais parti en courant, reconnais-le. Tu m'aurais vite oubliée et tu serais tombé dans les bras d'une femme jeune, belle, libre et de ton milieu. Et puis je ne me suis pas fait passer pour une autre. Je m'appelle bien Rose, je vis en Cornouailles et je gagne ma vie en vendant mes créations. Et j'ai des enfants, accessoirement.

Simon ricana.

— « Accessoirement » ? Ce n'est pas ce que j'appelle un détail.

— Évidemment, mais comment je pouvais deviner que ça deviendrait sérieux entre nous ? Au début, ce n'était qu'un flirt, je pensais que nous passerions quelques jours ensemble et qu'ensuite ce serait chacun sa vie. Jamais je n'aurais cru tomber amoureuse de toi.

Le visage de Simon s'assombrit encore.

— Autrement dit, tu n'as jamais eu l'intention de t'engager ?

— Bien sûr que si, mais je suis partie du principe que mes enfants te poseraient forcément problème. Et j'avais raison.

En effet, Rose n'avait jamais envisagé qu'un jour, ils finiraient par former un vrai couple. Elle avait vécu ces quelques jours comme une parenthèse enchantée qu'elle ne voyait pas perdurer sur le long terme.

Simon braqua le volant si sèchement au virage suivant que Rose dut se cramponner à son siège pour ne pas être projetée contre la portière.

— Je retiens surtout que tu ne m'as pas fait confiance, déplora-t-il. Nous étions si proches, je pensais te connaître mais…

— Mais quoi ?

Il secoua la tête.

— Ce n'est pas ce que j'avais imaginé.

Rose sentit que la douleur qui étreignait sa poitrine était en train de se muer en colère. Bien sûr, elle avait commis une erreur en ne jouant pas franc jeu avec lui, qui se méfiait d'elle désormais. Toutefois, elle lui en voulait de faire ainsi machine arrière juste après s'être dit prêt à se battre pour leur relation. Sauf qu'il décidait seul des conditions, sans la consulter.

— Et deux enfants, ça conviendrait à monsieur, ou même un seul, ce serait déjà trop ? lâcha-t-elle d'un ton amer.

— Mais tu ne comprends donc pas? éructa Simon en s'engageant à pleine vitesse dans l'allée qui menait à la villa.

Devant la maison plongée dans l'obscurité, l'éclairage extérieur s'alluma automatiquement dès qu'il se gara derrière le cabriolet de Zoe. Lorsqu'il se tourna à nouveau vers Rose, sa colère avait disparu et son visage n'était plus que désarroi.

— Je croyais à notre relation. Du jour au lendemain, je me suis imaginé fonder une famille avec toi, et ce soir, j'apprends que tu en as déjà une. À ton avis, qu'est-ce que je ressens ?

— Je n'ai pas de famille, j'ai des enfants, nuança Rose. Parce que leur père m'a laissé tomber il y a des années pour s'éclater à Londres avec d'autres femmes, à jeter son argent par les fenêtres alors que nous en aurions bien besoin. Bien sûr que ses conquêtes n'ont pas de gamins qui risqueraient de le gêner. Il n'a eu aucun problème pour repartir de zéro, lui. Moi, je n'ai pas pu et, de toute façon, il ne me serait jamais venu à l'idée d'abandonner mes enfants. Seulement, il y a un prix à payer : je ne peux rien construire avec le seul homme dont je suis tombée amoureuse depuis mon divorce, étant donné qu'il n'est pas prêt à les accepter. Je suis mère de famille, Simon, et c'est à prendre ou à laisser.

Les larmes aux yeux, elle descendit de voiture et se dirigea vers la porte d'entrée.

— Attends! s'écria Simon, qui lui emboîta le pas et la prit par le bras pour la forcer à le regarder. Tu ne peux pas prétendre que ça ne change rien. Laisse-moi juste le temps de digérer la nouvelle.

Elle le dévisagea à la recherche d'un élément susceptible de lui redonner espoir. D'un élément lui indiquant qu'il lui accorderait une deuxième chance. Mais rien n'était moins sûr. Il demandait du temps, mais elle ne doutait guère de l'issue.

— Parce que tu crois que je vais t'attendre bien gentiment ? rétorqua-t-elle, furieuse. Maintenant que tu m'as montré ce que valent tes promesses ? Tu venais de déclarer que tu étais prêt à surmonter tous les obstacles qui se dresseraient en travers de notre route, mais visiblement tu avais des idées plus accessoires en tête. Pour la couleur du canapé ou des rideaux, là, oui, tu aurais accepté un compromis pour ne pas me perdre. Pour tout le reste, ça doit se passer comme toi, tu l'as décidé, sans que j'aie mon mot à dire. Je me doutais que tu réagirais de la sorte, et c'est la raison pour laquelle je ne t'ai rien dit. Mais j'ai eu tort, parce que je me serais épargné une belle perte de temps et d'énergie.

Elle fouilla son sac à la recherche de sa clé, qu'elle trouva heureusement très vite, et se dépêcha d'ouvrir la porte. Simon la suivit dans le vestibule, l'attira vers lui et l'embrassa fougueusement. Aussitôt, Rose se sentit fondre et répondit à son baiser avec ardeur. Au bout d'un long moment, ils desserrèrent leur étreinte et se regardèrent dans le blanc des yeux, à bout de souffle.

— Rose, je ne veux pas que notre histoire se termine ainsi, murmura-t-il.

Devant sa détresse, elle reprit espoir l'espace d'un instant. Mais la peur de souffrir à nouveau fut la plus forte, et elle le poussa doucement en direction du perron.

— J'ai des enfants, c'est comme ça et nous ne pouvons rien y changer. J'ai vécu un vrai rêve à tes côtés, mais il semblerait que nous ayons tous deux ouvert les yeux. Alors bonne continuation. J'espère qu'un jour, tu trouveras une femme qui te rendra heureux.

À ces mots, elle ferma la porte puis, le cœur battant, apposa l'oreille contre l'épais panneau de bois. Après un long silence, elle entendit les pas de Simon crisser sur le gravier, puis le moteur de sa Mercedes vrombir et s'évanouir au loin.

« C'est terminé », songea-t-elle en effleurant ses lèvres tremblantes. Même si elle s'y était préparée, la tournure des événements lui brisa le cœur. Abattue, elle se traîna jusqu'à la cuisine, s'affala sur une chaise et regarda dans le vide pendant de longues minutes.

Soudain, elle se dit qu'elle n'aurait jamais dû venir à Londres. Une aventure ? À d'autres, cela ne lui correspondait pas et elle aurait dû le savoir. Mais pourquoi avait-il fallu qu'elle rencontrât un homme merveilleux comme Simon ?

Elle sentit les larmes lui monter aux yeux puis rouler sur ses joues, sans même essayer de les retenir. Au contraire, elle laissa libre cours à son chagrin, sanglotant longuement. Puis, une fois calmée, elle releva la tête. Sa décision était prise, elle repartirait à la première heure demain matin. Elle n'imaginait pas séjourner plus longtemps dans cette maison qui lui rappelait tant Simon. Elle ne pouvait même pas regarder la table de la cuisine sans penser à lui. D'ailleurs, si elle en avait eu le courage, elle serait partie dans l'heure. Mais il était tard et elle tombait de fatigue, aussi préféra-t-elle aller se coucher.

Elle se traîna jusqu'à la chambre, où elle passa encore un long moment à se rejouer les événements de la soirée. Elle finit toutefois par s'assoupir, avant d'être réveillée en sursaut par le gong de la porte qui résonna dans toute la maison. Elle se frotta les yeux et vit que le réveil sur la table de nuit indiquait 5 h 30 du matin. Qui pouvait bien se présenter si tôt ?

Comme le gong retentissait de nouveau, Rose s'extirpa des draps, enfila le peignoir accroché derrière la porte et se recoiffa à la va-vite. Tandis que l'on sonnait encore et encore, elle se dirigea vers la porte, le cœur battant, en se prenant à espérer que Simon avait changé d'avis.

Or ce ne fut pas lui qu'elle trouva sur le seuil, mais un homme brun aux tempes grisonnantes, vêtu d'un costume impeccable. Il la dévisagea, la mine grave.

— Oui, vous désirez ?

— Je m'appelle Philip Freeman, annonça l'homme d'un ton poli mais ferme, et je voudrais savoir ce que vous fabriquez dans la maison de ma fiancée.

38

Zoe serra contre son cœur le bouquet de fleurs sauvages qu'elle avait cueillies en chemin, y enfouit son visage et huma longuement le doux parfum qu'elles exhalaient. Puis elle se tourna vers Jack, qui se tenait à ses côtés au sommet de la falaise, appuyé contre la rambarde. Il avait beau sourire, son regard trahissait une certaine tristesse.

— Tu veux que je m'en charge ? lui demanda-t-il.

Zoe lui donna la moitié du bouquet.

— Faisons-le ensemble.

Il hocha la tête, puis tous deux jetèrent d'un même geste les fleurs dans les vagues qui léchaient le pied de la falaise. Tandis qu'elles disparaissaient dans l'écume, Jack se plaça derrière Zoe et l'enlaça.

Lorsque, la veille au soir, Zoe lui avait rapporté les révélations de Harry Owen, Jack avait eu l'idée de venir ici afin de rendre hommage à Chris. Pour Zoe, ce geste était autant approprié que nécessaire. Sa peine était intacte et ne s'estomperait jamais vraiment, mais elle avait l'impression que son frère était comme sorti des ténèbres. Elle l'avait découvert sous un jour nouveau et comprenait à présent ce qu'il avait enduré, ce qui, paradoxalement, rendait son souvenir moins douloureux. Dorénavant, quand elle penserait à lui, elle ne verrait plus son corps supplicié, mais l'image réconfortante de son visage souriant.

Elle frissonna dans la fraîcheur de la brise matinale et sentit Jack derrière elle qui resserrait son étreinte. Elle se tourna vers lui et se blottit contre son torse, trouvant refuge dans la chaleur de son corps.

Zoe lui était infiniment reconnaissante de l'avoir accueillie la veille au soir à la ferme après qu'elle lui eut révélé la vérité sur la mort de son frère, car jamais elle n'aurait pu rester seule. Ils avaient passé une bonne partie de la nuit à parler de Chris, de la nuit de sa mort et de ses tourments, dont ils n'avaient rien su. Après avoir laissé Zoe pleurer tout son soûl, Jack l'avait aimée doucement, tendrement. À chacun de ses baisers, elle avait eu l'impression que son âme cicatrisait, contribuant ainsi à la réconcilier avec le passé. Depuis cette affreuse matinée quatorze années plus tôt, elle n'avait jamais vraiment été heureuse, et elle comprit soudain qu'elle ne le serait plus jamais sans Jack à ses côtés.

— Tu veux rentrer ? demanda Jack après avoir déposé un baiser sur sa chevelure.

Zoe se dégagea à contrecœur et sentit avec bonheur sa main se refermer autour de la sienne, tandis qu'ils passaient devant la tour en ruine.

Dès qu'ils eurent laissé la falaise derrière eux, le vent faiblit. Zoe leva la tête et, voyant le soleil très haut dans le ciel, se dit qu'il devait être presque midi. Après un réveil tardif, ils avaient pris leur temps pour manger avec William et se recueillir au sommet de la falaise. Ces quelques heures passées ensemble avaient été agréables et relaxantes, mais Jack avait certainement d'autres préoccupations.

— Est-ce que je t'empêche de travailler ? demanda-t-elle, se sentant soudain coupable.

Jack sourit.

— Oui, hélas, mais je n'ai aucune envie de te laisser. Tu pourrais m'accompagner, comme hier.

Elle plongea le regard dans ses yeux verts où elle aimait tant se perdre. Elle mourait d'envie d'accepter, seulement l'opération avait lieu dans quelques jours, et maintenant qu'elle savait ce qui était arrivé à Chris, il lui restait encore un certain nombre de détails à régler. Elle poussa un profond soupir en pensant aux suites de l'intervention. Si suites il y avait.

— Il faut que je rentre à Londres pour parler à mon père, dit-elle à regrets. Non seulement il doit savoir ce qui est arrivé à Chris, mais j'ai bien l'intention de lui demander quelques explications concernant ta lettre.

Jack lui caressa la joue en la dévisageant tendrement, puis se pencha vers elle pour l'embrasser.

— Et ensuite ? Tu reviendras ?

Zoe eut le cœur brisé en décelant l'espoir qui transparaissait dans sa voix.

— C'est ce que tu veux ?

Un instant, elle se surprit à espérer une réponse négative de Jack, qui aurait au moins le mérite de simplifier la situation. Mais en voyant la passion qui animait son regard, elle comprit qu'il pensait précisément le contraire.

— Bien sûr que c'est ce que je veux, Zoe, répondit-il en attirant sa tête contre sa poitrine. Je t'aime et je refuse que tu disparaisses à nouveau de ma vie. J'ai besoin de toi.

Au contact de Jack, des battements de son cœur, de sa main qui lui caressait doucement les cheveux, Zoe ferma les yeux quelques instants et regretta de ne pas pouvoir lui dire que c'était son souhait, à elle aussi. Qu'elle ne voulait plus passer une seule seconde loin de lui. Or il lui était impossible d'échafauder un quelconque projet d'avenir. Et si l'opération la laissait handicapée ? Elle ne voulait surtout pas être un fardeau pour Jack, qui devait déjà gérer la ferme et subvenir aux besoins de William.

Au prix d'un effort surhumain, elle se dégagea de son étreinte, le repoussa doucement et le regarda droit dans les yeux. Sachant que Jack lisait en elle comme dans un livre, elle devait choisir soigneusement ses mots pour qu'il la crût.

— Ce n'est pas possible, Jack. Je ne peux pas rester.

— Qu'est-ce que tu veux dire par là ?

— Papa ? Zoe ?

Tous deux firent volte-face en entendant les appels de William, qui dévalait le sentier dans leur direction.

— Qu'est-ce qui se passe ? demanda Jack, inquiet.

— Tante Rose est là, répondit l'adolescent hors d'haleine. Je suis passé à la maison de la plage pour voir si vous y étiez. Elle et moi, on est arrivés en même temps.

— Rose est déjà de retour ?

Zoe fronça les sourcils. C'était trop tôt, elles étaient convenues que l'échange de maisons prendrait fin jeudi.

— Elle a dit pourquoi ?

William secoua la tête.

— Non, mais il y a un homme avec elle.

— Quel genre ? s'enquit Jack.

— Grand, les cheveux bruns, super bien habillé. Il avait pas l'air content.

En comprenant de qui il s'agissait, Zoe sentit son cœur s'accélérer.

— Ils savent que nous sommes ici ?

— J'ai dit à tante Rose que vous étiez sûrement à la falaise. C'est elle qui m'envoie vous chercher.

Il tourna la tête vers le sentier que deux personnes étaient justement en train d'emprunter.

— Ah, je crois qu'ils arrivent.

En dépit du soleil éblouissant, Zoe reconnut Philip, qui marchait en tête à grandes enjambées, suivi de Rose. Celle-ci courut sur les derniers mètres pour les rejoindre la première.

— Je suis désolée, Zoe, je n'ai pas pu te prévenir que je rentrais un peu plus tôt avec M. Freeman. La matinée a été un peu… mouvementée.

Sans répondre, Zoe regarda fixement Philip qui se tenait à côté de Rose, le visage fermé.

— Bonjour, finit-elle par murmurer.

— Tu veux bien m'expliquer pourquoi tu n'es pas en Écosse, comme tu le prétendais ? rétorqua-t-il d'un ton acerbe, tout en toisant Jack avec hostilité.

— J'avais des choses à régler ici.

— Et tu n'as pas daigné me le dire ? Tu ne penses pas que j'ai le droit de savoir ? Tu me dois des explications !

Il hurla cette dernière phrase et fit sursauter Zoe, qui ne l'avait encore jamais vu aussi furieux. Jack s'interposa et lança à Philip un regard d'avertissement.

— Bon, ça suffit ! Vous, monsieur, vous pourriez peut-être commencer par vous présenter et expliquer ce que vous voulez à Zoe.

Cette dernière posa une main sur son bras, comme pour amortir le choc de ce qu'il s'apprêtait à découvrir.

— Jack, cet homme est…

— Je m'appelle Philip Freeman et je suis le fiancé de Zoe.

Zoe ferma les yeux quelques secondes. Lorsqu'elle les rouvrit, Jack la regardait fixement.

— Tu es fiancée ?

Elle hocha la tête et sentit son cœur se serrer à mesure que le regard de Jack se durcissait.

— Si je comprends bien, tu t'es foutue de moi ? Tu m'as joué la comédie pour que je t'aide ?

— Je suis désolée, balbutia-t-elle.

Soudain, elle se dit que c'était peut-être mieux ainsi, que si Jack lui en voulait, leur séparation n'en serait que plus facile.

— Ce n'est pas possible, dit-il, la saisissant par les bras.

— Laissez-la tranquille ! intervint Philip.

Jack l'ignora complètement et regarda Zoe dans le blanc des yeux.

— Laisse-moi partir, murmura-t-elle d'une voix étranglée, ne supportant pas la douleur qu'elle lisait dans son regard. Je t'en prie.

Jack la lâcha brusquement et recula d'un pas, ce dont Philip profita aussitôt pour se poster à côté d'elle.

— Viens, dit-il avec un dernier regard d'avertissement à Jack.

Il la prit par le bras et voulut l'entraîner vers le sentier qui montait vers la maison de la plage. Cette fois, ce fut Rose qui s'interposa.

— C'est ce que tu veux vraiment, Zoe ? Tu disais pourtant que…

Zoe s'empressa de l'interrompre.

— Oui, c'est ce que je veux. Je n'ai pas le choix, Rose.

Celle-ci, perplexe, finit par s'écarter pour les laisser passer. Lorsque Zoe se retourna au bout de quelques mètres, elle vit que Rose s'était rapprochée de William et que tous deux la suivaient du regard, bouleversés. En revanche, le visage de Jack était complètement fermé, ses yeux exprimant la même dureté que le jour où ils s'étaient revus en ce même lieu. Il la détestait, et cela était insupportable pour Zoe. Mais c'était mieux pour lui, plutôt que de rester à son chevet et de la voir s'éteindre à petit feu.

— Pourquoi tu m'as menti, Zoe ? demanda Philip, un peu plus calme mais toujours aussi perplexe. Et tu peux me dire qui est cet homme ?

Philip n'en savait que très peu sur le drame qui avait déchiré sa famille, tout comme il n'avait jamais entendu parler de Jack, ni par elle ni par son père. Il ne connaissait que les éléments factuels, à savoir que son frère était mort ici et que tout ce qui concernait de près ou de loin Penderak était un sujet tabou pour les Bevan. Zoe n'était jamais entrée dans les détails, et les explications qu'elle allait devoir lui fournir s'annonçaient longues et difficiles.

— C'est une longue histoire, lâcha-t-elle en posant péniblement un pied devant l'autre. Laisse-moi d'abord rassembler mes affaires pour que nous puissions partir au plus vite. Ensuite, je t'expliquerai. Mon père sait que je suis ici ? demanda-t-elle en s'arrêtant soudain.

— Non, mais je peux te dire qu'il se fait un sang d'encre.

Zoe poussa un soupir de soulagement.

— Je le contacterai dès que nous serons à Londres.

À ces mots, Zoe sentit une douleur sourde s'insinuer au niveau de son front. Mais elle était supportable, comparée à l'étau qui se resserrait un peu plus autour de sa poitrine à chaque pas qui l'éloignait de Jack.

*

Jack suivit du regard Zoe et Philip en serrant les poings, puis se tourna vers Rose.

— Pourquoi tu ne m'as pas prévenu ? s'exclama-t-il. J'aurais évité de me retrouver nez à nez avec ce type et de me couvrir de ridicule !

— Je n'y suis pour rien, ce Philip a sonné chez Zoe à l'aube pour savoir où elle était. Après m'avoir menacée de poursuites si je ne crachais pas le morceau, il m'a tout juste laissé le temps de plier bagage avant de prendre la route.

— Et pourquoi tu n'as pas…

— Je voulais t'appeler, ou au moins t'envoyer un message pour t'informer, mais mon portable était déchargé et je pouvais difficilement lui emprunter le sien. Je suis désolée, Jack. Crois-moi, j'aurais préféré t'épargner ça.

— Je sais bien, je n'aurais pas dû lui faire confiance, grommela Jack en donnant un coup de pied dans un caillou.

— Elle reviendra jamais ?

À cette question de William, Jack tourna la tête vers lui. Lorsqu'il vit la tristesse sur le visage de son fils, il en voulut encore plus à Zoe.

— Non, répondit-il. Je crois que nous nous trompés à son sujet.

William secoua la tête.

— J'y crois pas !

Il fusilla son père du regard, l'air de le tenir pour responsable, puis tourna les talons et courut vers la tour en ruine.

— Je ferais mieux de le suivre, dit Jack.

— Et moi, je vais voir s'ils sont partis, soupira Rose en posant une main sur l'épaule de son frère. Encore une fois, je suis désolée, Jack. J'étais persuadée que vous alliez vous retrouver.

— Tout le monde peut se tromper, marmonna-t-il avec amertume.

Jack était encore sidéré, il savait que ce n'était qu'une question de temps avant de subir le contrecoup de cette nouvelle séparation. Il avait laissé Zoe entrer à nouveau dans sa vie et ne pouvait s'en prendre qu'à lui-même. « J'aurais dû m'en douter », songea-t-il en courant pour rattraper William.

39

Lorsque Zoe ouvrit la porte du secrétariat qui menait à son bureau, elle faillit bousculer son assistante, Maureen Baker, qui s'apprêtait à sortir avec des dossiers sous le bras.

— Mademoiselle Bevan, je ne savais pas que vous rentriez aujourd'hui ! s'exclama-t-elle, sans savoir si elle devait se réjouir ou s'inquiéter de ce retour prématuré. Je croyais que nous ne vous attendions pas avant jeudi. Oh non, je n'ai pas terminé les comptes rendus que vous m'aviez demandés. Je m'en occupe tout de suite, mais avant, je dois rapidement…

— Ce n'est pas grave, répondit Zoe en posant une main sur son bras pour la rasséréner. Je ne fais que passer, je dois m'entretenir avec mon père. Ce ne sera pas long.

Maureen poussa un soupir de soulagement.

— Oh, dans ce cas… J'ai cru que je m'étais emmêlé les pinceaux.

Zoe observa la jeune assistante. Elle avait un peu plus de vingt ans et ne travaillait pas depuis longtemps chez Bevan Constructions. Mais elle apprenait vite, et Zoe l'avait tout de suite appréciée.

— J'ai toujours été très contente de vous, Maureen, dit-elle spontanément. Vous avez été une très bonne assistante.

Maureen haussa les sourcils.

— À vous entendre, on dirait que je ne vais plus occuper ce poste très longtemps.

Zoe se rendit compte qu'elle avait parlé au passé, comme si elle avait déjà tiré un trait sur cette partie de sa vie.

— Ne vous inquiétez pas, vous n'êtes pas sur le départ, lui assura-t-elle en souriant.

— D'accord. Bon, eh bien… je vais apporter ces dossiers à Larry Swanson. Votre père veut qu'il consulte une dernière fois les plans pour le projet Lombardi. À moins que vous ne préfériez vous en charger ?

— Non, non, donnez-les à Larry.

Maureen hocha la tête et allait repartir mais se ravisa.

— Aurez-vous encore besoin de moi ? demanda-t-elle d'un ton hésitant. Je sais qu'il n'est que 17 heures, mais c'est l'anniversaire de ma mère aujourd'hui et je suis venue en avance ce matin pour pouvoir partir plus tôt. Cependant, je…

— C'est d'accord, répondit Zoe. Comme je vous le disais, je ne fais que passer.

Maureen sourit avec gratitude et s'éloigna. Une fois seule, Zoe traversa le secrétariat et entra dans son bureau. Alors que ce lieu avait été au centre de sa vie pendant tant d'années, aujourd'hui, il ne suscita aucune émotion en elle, pas même un regret. Elle n'était pas à sa place ici, elle ne l'avait jamais été et s'en rendait compte à présent.

Zoe referma la porte, sortit dans le couloir et se dirigea vers le bureau de son père. En chemin, elle longea celui de Philip, dont la porte était fermée, et repensa à la conversation tendue qu'ils avaient eue. À leur arrivée à Londres, il l'avait conduite directement au siège et s'était retiré dans son bureau.

Désormais, Philip était au courant de tout, y compris de l'opération imminente et des risques qu'elle comportait. Une fois le premier choc passé, il l'avait assurée de son soutien. La colère qui s'était emparée de lui sur la falaise avait disparu, et il avait relativement bien accueilli le refus de Zoe de l'épouser. Sans doute s'y était-il préparé. Avait-il lui aussi compris qu'il manquait un je ne sais quoi à leur relation, et que son coup d'éclat en Cornouailles n'avait été que le dernier soubresaut d'une relation moribonde ? Zoe l'espérait, car ainsi, Philip aurait d'autant moins de difficultés à accepter leur rupture.

Concentrée sur la discussion à venir avec son père, Zoe avança d'un pas décidé vers la porte tout au fond du couloir. Quand elle frappa puis entra dans le secrétariat situé avant son bureau, elle sentit que la douleur pulsatile dans sa tête redoublait d'intensité. Elle souffrait d'une migraine lancinante depuis qu'elle avait quitté la maison de la plage vers midi, et le comprimé qu'elle avait pris n'avait pas eu le moindre effet.

— Mademoiselle Bevan ! s'écria Phyllis Porter, surprise de la voir. Quelle bonne nouvelle. Votre père s'inquiétait beaucoup.

Sans répondre, Zoe toisa la secrétaire de son père, comme toujours très élégante. Elle avait une cinquantaine d'années, mais derrière son grand bureau où elle organisait la vie professionnelle de George Bevan, elle paraissait curieusement sans âge. Elle était d'une politesse irréprochable à l'égard de Zoe, qui n'arrivait pourtant pas à l'apprécier.

— Mon père est là ? demanda-t-elle sèchement.

Phyllis consulta un écran.

— Il est en ligne, mais allez-y. Il sera ravi de vous savoir de retour.

Zoe la remercia d'un signe de tête, puis frappa et entra dans le bureau de George, un peu plus spacieux que le sien ou celui de Philip, et équipé d'un mobilier moderne et fonctionnel. Dès qu'il vit Zoe, il abrégea sa conversation téléphonique et bondit de son fauteuil.

— Zoe ! Mon Dieu, mais où étais-tu passée ? s'exclama-t-il entre colère et soulagement.

— Je suis retournée à Penderak, papa.

George, qui était en train de contourner le bureau pour venir embrasser Zoe, se figea et blêmit.

— Mais enfin, qu'est-ce qui t'a pris ?

— J'ai voulu découvrir ce qui était arrivé à Chris la nuit de sa mort.

À ces mots, les traits de George se durcirent.

— Tu aurais pu t'épargner le déplacement car le secret est bien gardé, et ce depuis des années.

— Je t'arrête tout de suite, Jack n'a rien à voir là-dedans. Mais tu as raison, il y a quelqu'un qui s'est tu pendant des années et qui vient seulement de trouver le courage de parler.

Son père écarquilla les yeux.

— Si je comprends bien, tu sais comment ton frère est tombé de la falaise ?

Prise d'un léger vertige, Zoe tira vers elle la chaise réservée aux visiteurs et s'assit.

— Harry Owen m'a tout raconté.

— Harry Owen ? répéta George d'une voix blanche, après plusieurs secondes d'un silence pesant. C'est arrivé par sa faute ?

— Non, c'était un accident. Mais Chris avait une liaison avec lui.

George Bevan poussa un soupir d'exaspération.

— Ce type ment, Chris était tout à fait normal. Il n'aimait pas les hommes.

— C'est la vérité, papa, insista Zoe. Je n'étais pas au courant non plus, mais il a tout consigné dans son carnet. Je peux te le montrer, si tu le souhaites. Harry Owen était l'homme de sa vie, et il voulait…

— N'importe quoi !

George cria si fort que Zoe sursauta. Puis il se leva et plaqua violemment les mains sur le bureau.

— Il avait décidé de se montrer raisonnable.

Zoe sentit une main glacée enserrer son cœur lorsqu'elle saisit la portée des paroles de son père. Et lui aussi comprit qu'il venait de se trahir, car il évita soigneusement son regard.

— Tu savais, murmura Zoe en le regardant fixement. Tu savais que Chris aimait les hommes.

40

— Quand est-ce qu'il te l'a dit ?

Tout en parlant, Zoe porta la main à son front car la douleur devenait insupportable.

— Chris devait avoir quatorze ou quinze ans, répondit George, pensif, en allant se poster devant la baie vitrée. Je voulais lui parler et je l'ai trouvé au salon de musique, en train de jouer une mélodie magnifique au piano. En approchant, j'ai vu qu'il suivait une partition manuscrite dont les marges étaient couvertes de cœurs. Dès qu'il m'a vu entrer, il s'est arrêté de jouer et a voulu cacher la partition. Après discussion, il m'a confié qu'il avait composé cette mélodie lui-même. Je lui ai demandé à qui elle était destinée, mais il n'a rien voulu lâcher. J'ai insisté, je lui ai dit : « Tu peux m'en parler, si tu es tombé amoureux d'une fille. » Il m'a regardé avec tristesse et a répondu : « Et si ce n'est pas une fille ? »

George cessa de regarder dans le vide et se tourna vers Zoe.

— Je lui ai dit de ne pas plaisanter avec ça. Mais quand j'ai compris qu'il était sérieux, je me suis mis en colère, je lui ai martelé qu'il devait se ressaisir et oublier ce penchant absurde. Qu'il le rendrait malheureux et nous aussi, que les gens se mettraient à parler dans son dos s'il ne gardait pas le secret. Et j'ai conclu en disant que je ne voulais plus jamais en entendre parler.

Zoe eut les larmes aux yeux en pensant à l'effet dévastateur que ces paroles avaient dû avoir sur Chris. Comment s'étonner qu'il eût préféré se murer dans le silence ?

— J'ai veillé à ce qu'il côtoie le plus possible de filles. Chris était beau garçon, il n'avait que l'embarras du choix. Ton frère était normal, Zoe, il n'était pas…

— Homosexuel ?

Comme son père répugnait à prononcer ce mot, Zoe acheva sa phrase à sa place et lui lança un regard noir.

— Et tu as cru que tu n'avais qu'à claquer des doigts pour qu'il change ?

— Il n'en a plus jamais reparlé, et par la suite, il a eu des petites amies. J'ai cru qu'il était revenu à la raison.

Zoe repensa alors à la première petite amie de Chris, Joanna, une camarade de classe qui avait été folle de lui. Leur relation n'avait pas duré longtemps, quelques mois seulement, de même pour les trois ou quatre autres jeunes femmes que Chris leur avait présentées par la suite. Autant de tentatives désespérées de satisfaire son père, qui avait essayé de le convaincre que ses préférences étaient honteuses.

— Comment as-tu pu agir ainsi ? s'écria-t-elle. Comment as-tu pu te montrer aussi dur envers Chris ?

— C'était ce qu'il y avait de mieux pour lui, soutint George.

— Tu l'as forcé à se cacher !

La colère de Zoe redoubla face à l'attitude fermée de son père. Celui-ci, les bras croisés sur la poitrine, soutint son regard, sans mesurer les conséquences de ses actes.

— Chris n'était pas comme toi, papa, mais il ne voulait pas te décevoir, et c'est la raison pour laquelle il a essayé d'être le fils dont tu rêvais. Il a renoncé à tout ce qui comptait pour lui. S'il a accepté de suivre des études d'économie, c'était pour aller dans ton sens. Alors qu'il ne vivait que pour la musique, il a accepté de se plier à ta volonté. Jusqu'au moment où il a découvert l'amour, le vrai, et il n'a pas pu y renoncer. Il aurait surmonté tous les obstacles pour vivre cette histoire au grand jour, comme toi et maman. Tu t'es battu pour avoir la chance de vivre avec elle, tout comme Chris était prêt à se battre pour Harry Owen.

— C'était tout à fait différent, grommela George en fronçant les sourcils encore davantage. Ce n'est absolument pas comparable.

— Si, papa, tu as beau refuser de l'admettre, c'est exactement la même chose. Tu peux continuer à prétendre que tout s'est arrêté là-haut, sur cette falaise, mais tu aurais perdu Chris quoi qu'il arrive. Il serait parti, tout comme moi. D'ailleurs, pourquoi tu ne m'as jamais transmis la lettre de Jack ? Pourquoi tu ne m'as jamais dit qu'il avait appelé ?

George Bevan décroisa les bras et ses épaules s'affaissèrent. Lorsqu'il se rassit, la surprise se lisait sur son visage.

— Comment tu le sais ? Tu as revu Jack ?

Zoe hocha la tête.

— Donc c'est vrai ? Tu as intercepté cette lettre ?

— C'était un tissu de sottises. Il voulait partir avec toi pour le Canada. Mais pour qui il se prenait, celui-là ? Tu n'es pas une paysanne !

Il croisa le regard lourd de reproches de Zoe et haussa les épaules.

— Tu étais encore sous le choc, je n'allais pas te laisser commettre une erreur que tu aurais regrettée plus tard.

— Qui te parle d'erreur ? Ça aurait été la meilleure décision de ma vie ! s'écria Zoe en ressentant, pour la première fois de sa vie, de la haine à l'égard de son père. Et si j'ai bien un regret, c'est celui de ne pas m'être battue pour Jack.

— Mais tu as Philip, maintenant. Il est parfait pour toi.

— Sauf que je ne l'aime pas. C'est Jack que j'aime, et je n'ai jamais cessé de l'aimer. Si j'avais eu le courage de m'imposer, nous aurions pu vivre heureux ensemble.

Son père haussa les sourcils.

— Si je comprends bien… vous n'avez pas renoué ?

Zoe, décelant une pointe d'espoir dans sa voix, vit rouge.

— Si, mais l'espace de quelques jours seulement. Papa, je ne peux pas m'engager car je souffre d'un anévrisme au cerveau. Les médecins l'ont diagnostiqué après ma chute. Il doit être opéré, seulement je ne sais pas si j'aurai des séquelles. Au réveil, je serai peut-être aussi diminuée que maman, si ce n'est pire. C'est la raison pour laquelle je n'ai pas dit à Jack que je l'aimais. Parce que je ne veux pas qu'il joue les gardes-malades ou, au contraire, qu'il me rejette, comme tu l'as fait avec maman.

— Ta mère ne se souvient plus de moi, répondit George, ébranlé. Crois-moi, j'ai mis du temps à l'admettre.

— Mais tu n'as pas été là non plus quand elle avait besoin de toi, rétorqua Zoe. Vous n'avez pas vécu votre deuil ensemble, tu as fait ta vie de ton côté, tu l'as abandonnée, alors qu'elle, elle n'a jamais cessé de t'aimer.

— Parce que moi, j'ai cessé de l'aimer, peut-être ?

Pour la première fois depuis longtemps, Zoe perçut, derrière le masque que portait son père, la souffrance qu'il avait toujours pris soin de cacher.

— J'étais désemparé, j'avais déjà perdu Chris, je ne voulais pas perdre Brenda, poursuivit George, les yeux embués de larmes. Seulement j'étais impuissant contre la maladie, et j'ai fini par ne plus supporter que ça me soit rappelé au quotidien. Quant à toi, Zoe, je n'ai jamais voulu te faire souffrir. Tu es tout ce qu'il me reste, et ton bonheur est essentiel pour moi.

Zoe, touchée par cette déclaration inattendue, voulut à son tour se confier à son père, lui dire sa peur, mais aussi son soulagement de ne plus vivre seule avec son secret. Cependant, elle n'en eut pas le temps car la douleur devint soudain insoutenable, envahissant tout son crâne et lui arrachant un cri.

Alors que sa vision se brouillait et que la voix de son père devenait de plus en plus lointaine, elle sentit tout son corps s'affaisser puis glisser de sa chaise sans qu'elle pût le contrôler. Le visage de Jack apparut devant ses yeux, et elle essaya de se concentrer sur lui tout en se cabrant sous la douleur insoutenable. Mais, après un dernier soubresaut, elle sombra dans un trou noir.

41

— William ?

Planté au milieu de la cour, Jack guetta une réponse qui ne vint pas. Pourtant certain que son fils se trouvait dans les parages, il soupira et regarda le border collie qui était assis à ses pieds.

— Tu ne pourrais pas me donner un coup de main, Buddy ?

En entendant son nom, le chien leva la tête, haleta quelques instants, puis s'étendit de tout son long, comme pour signifier à son maître qu'il ne fallait pas compter sur lui. Tout l'après-midi, Jack avait travaillé au pré avec Buddy à l'assimilation de nouvelles consignes. William aurait dû être lui aussi de la partie, mais il avait disparu. Depuis le départ de Zoe deux jours plus tôt, l'adolescent s'était à nouveau renfermé sur lui-même, et Jack s'en inquiétait. Jamais il n'aurait cru que cet événement affecterait autant son fils, dont la réaction exacerbait encore sa propre souffrance.

— William, bon sang ! Où est-ce que tu te caches, à la fin ? cria Jack encore une fois.

Il allait baisser les bras, quand il entendit un bruissement non loin.

— Je suis là.

La voix de William provenait de la grange. Lorsque Jack grimpa l'échelle qui menait sous les toits, il le découvrit qui faisait tourner distraitement une brindille entre ses doigts.

Jack s'assit à côté de lui.

— Pourquoi tu n'es pas venu au pré ?

— Pas envie, répondit William en haussant les épaules.

Jack hésita à insister avant de se raviser, préférant ne pas se montrer trop pressant. Et puis l'adolescent semblait tolérer la présence de son père, c'était déjà un point positif.

Ils restèrent ainsi un long moment à suivre chacun le cours de leurs pensées. Puis Jack sentit le regard de William posé sur lui et tourna la tête.

— Pourquoi elle est partie ?

Manifestement, il en coûtait à William de poser cette question. Mais, de toute évidence, le sujet le préoccupait autant que son père.

— Elle a dû rentrer à Londres, répondit Jack en sentant un poids s'abattre sur sa poitrine.

— Tu n'as pas pu l'en empêcher ?

Jack, surpris, haussa les sourcils.

— Qu'est-ce qui te fait croire que j'en avais envie ?

— Papa, j'ai presque quatorze ans, je suis pas aveugle, répondit William avec un sourire en coin.

— Tu n'es pas sourd non plus. Elle est fiancée, William. Je n'allais pas lui courir après.

— Mais elle t'aime, ça se voit. Ce type, par contre… Elle avait pas l'air ravie de le suivre.

Jack essaya d'ignorer la petite voix qui lui murmurait la même chose. Mais à quoi bon ? Une recherche Google sur Philip Freeman lui avait appris qu'il codirigeait Bevan Constructions avec Zoe et son père. C'était donc l'homme parfait pour elle, et même si l'idée qu'elle épousât ce bellâtre rendait Jack malade, il n'avait pas d'autre choix que de s'y résigner.

— Le fait est qu'elle a décidé de le suivre, et on ne peut pas aller contre sa volonté.

— Mais elle te manque, constata William. Je t'ai entendu tourner en rond dans le salon toute la nuit, comme quand maman est partie.

Jack se sentit percé à jour. En effet, quand Karen était partie pour New York, il avait passé de longues nuits blanches à se demander s'il devait informer William de ses projets. Et, aujourd'hui, c'était le chagrin provoqué par le départ de Zoe qui lui faisait perdre le sommeil, comme si un étau enserrait sa poitrine et l'empêchait de respirer. En journée, le travail était une distraction plus que bienvenue, mais les nuits passées à ressasser le minaient. Parce que, comme William, il ne comprenait pas.

— C'est quoi, leur problème, aux femmes ? demanda soudain William.

— Bonne question.

Jack ne put réprimer un sourire. Cette discussion avait au moins le mérite de remettre sa relation avec William sur de bons rails.

En entendant un véhicule approcher, tous deux allèrent à une lucarne qui donnait sur la cour et virent une Jaguar gris métallisé se garer devant la maison. Jack reconnut aussitôt l'homme aux cheveux gris qui en descendit, même s'ils ne s'étaient pas vus depuis quatorze ans.

— C'est qui ? demanda William.

— Le père de Zoe.

— Qu'est-ce qu'il vient faire ici ?

— Aucune idée, grommela Jack. On va lui demander.

Père et fils descendirent l'échelle. Lorsque George Bevan, les entendant approcher, se tourna vers la grange, Jack fut effaré de constater à quel point l'homme avait changé. Alors qu'il avait gardé de leur dernière entrevue le souvenir d'un homme aux tempes certes déjà poivre et sel, mais énergique et dynamique, aujourd'hui George Bevan avait les cheveux entièrement gris, les joues tombantes, les rides creusées et, surtout, le regard éteint.

— Qu'est-ce qui vous amène ? demanda-t-il en le toisant avec méfiance, bras croisés sur la poitrine. Si vous êtes venu me dire encore une fois que je ne dois pas approcher votre fille, vous auriez pu vous épargner le trajet.

George Bevan le dévisagea longuement avant de répondre d'une voix blanche :

— Ce n'est pas ça, je... Est-ce que je peux vous parler ? Seul à seul ? précisa-t-il en lançant un regard à William.

Jack, qui était curieux d'entendre ce que George Bevan avait à lui dire, adressa un signe à William qui acquiesça, même s'il ne semblait pas ravi à l'idée de rester dans la cour avec Buddy.

— Je vous sers une tasse de thé ? proposa Jack, une fois seul dans la cuisine avec George Bevan.

Celui-ci s'assit lourdement sur une chaise.

— Avec plaisir, la route a été longue, dit-il en promenant son regard sur la cuisine.

Cette inspection mit Jack mal à l'aise. Bien conscient que sa ferme était pour le moins modeste, comparée aux différentes demeures que possédaient les Bevan à Londres, il en vint à se demander si le père de Zoe n'était pas venu lui faire sentir, une fois encore, cet écart dans leurs niveaux de vie. Cependant, George Bevan ne semblait pas chercher querelle, et Jack en fut le premier étonné.

Une fois le thé prêt, il posa une tasse fumante devant son visiteur et retourna s'accouder au plan de travail, de façon à garder une certaine distance.

— Bon, qu'est-ce que vous voulez ? lâcha-t-il au bout de plusieurs secondes d'un silence pesant.

George Bevan hésita un instant avant de répondre. Manifestement, ce qu'il avait à dire lui coûtait.

— Je suis venu m'excuser pour mon comportement après la mort de Chris et pour vous transmettre un message de la part de ma fille, expliqua-t-il, tandis que Jack se crispait à l'évocation de Zoe. J'ai commis des erreurs autrefois. De graves erreurs. Et je ne parle pas seulement de mes accusations à votre égard suite à la mort de Chris. Rien ne saurait le justifier, et tout ce que je peux dire pour ma défense, c'est que j'étais fou de chagrin. Mais cela ne m'excuse pas d'avoir intercepté la lettre de Zoe, ni de ne pas l'avoir informée de votre appel. J'ai tout mis en œuvre pour que vous ne revoyiez jamais ma fille. Je suis allé jusqu'à subtiliser son portable et à lui en acheter un nouveau pour vous empêcher de la contacter. J'ai très mal agi et j'en suis sincèrement navré.

Jack, pensif, croisa les bras sur sa poitrine. Il s'était attendu à tout sauf à un tel *mea culpa*. Mais quelque chose lui échappait encore.

— Pourquoi venir vous excuser maintenant ? C'est elle qui vous envoie ?

George Bevan acquiesça.

— En quelque sorte.

— Et qu'est-ce que vous attendez de moi ? insista Jack, qui comprenait de moins en moins sa démarche. Que je vous pardonne ? OK, très bien, excuses acceptées. Mais, vous savez, ça ne change rien. Votre fille a choisi, elle ne veut pas de moi. Alors lettre ou pas lettre…

— Vous vous trompez, tout aurait été différent, l'interrompit George Bevan. Zoe aurait vécu heureuse à vos côtés.

Jack laissa échapper un rire amer.

— Possible, mais elle est fiancée à présent.

— Plus maintenant, car elle a rompu avec Philip, rectifia George Bevan en faisant tourner sa tasse de thé entre ses mains. Elle m'a confié que le seul homme qu'elle ait jamais aimé, c'est vous, et c'est la raison de ma présence ici. Je tenais à ce que vous le sachiez.

Jack le regarda fixement. Il aurait tellement voulu croire ce que le père de Zoe venait de lui dire, seulement tout cela ne tenait pas debout.

— Votre fille est partie et ne m'a pas informé de sa rupture. S'il y a quelque chose que j'ai mal compris, elle n'a qu'à venir m'en parler de vive voix.

— C'est certainement ce qu'elle voudrait, mais elle en est hélas dans l'incapacité.

Jack s'arrêta de respirer un instant lorsqu'il comprit enfin l'attitude de George Bevan. Et l'expression dans son regard, où se mêlaient chagrin et désespoir.

— Qu'est-il arrivé à Zoe ? demanda-t-il en sentant une étreinte glacée enserrer son cœur.

42

— Allez, raconte, dit Daisy, souriant devant l'air surpris de Rose.

Les deux femmes étaient assises dans la cuisine de la pension et épluchaient les légumes pour le dîner. Depuis son retour de Londres deux jours plus tôt, toutes les distractions étaient les bienvenues pour Rose. Dès qu'elle se retrouvait seule à la maison de la plage, elle passait le plus clair de son temps à penser à Simon. Elle avait donc pris l'habitude de passer à la pension le soir pour aider sa mère.

— Je ne vois pas de quoi tu veux parler, répondit-elle mollement, quoique étonnée par la perspicacité de sa mère. Tout va bien.

Daisy secoua la tête.

— Rose, je te connais, tu es ma fille. Je sais que tu es malheureuse. Qu'est-ce qui s'est passé à Londres ? Iris n'a pas voulu cracher le morceau, alors toi, dis-moi. Pourquoi tu es rentrée plus tôt ? Et pourquoi tu fais une tête de trois pieds de long depuis ?

— J'ai rencontré quelqu'un à Londres, soupira Rose en posant la carotte qu'elle était en train d'éplucher. Un certain Simon Fielding, dont je suis tombée amoureuse. Je sais que ça peut paraître dingue en si peu de temps, mais les quelques jours que j'ai passés avec lui étaient merveilleux. Je croyais que mes sentiments étaient réciproques, en tout cas, c'est ce qu'il m'a dit. Mais dès qu'il a su pour Sarah, Luke et Henry, il a changé d'avis. Comme il était dépassé à l'idée de devoir s'intégrer à une famille déjà existante, j'ai rompu, voilà tout.

« Bel euphémisme », songea-t-elle. Elle n'arrivait pas à se sortir Simon de la tête et rêvait de lui toutes les nuits, et encore, quand elle trouvait le sommeil. Comment pouvait-on se languir d'une personne que l'on avait connue que quelques jours, au point de presque ressentir une douleur physique ?

Elle secoua la tête pour chasser de son esprit le visage de Simon qui venait de lui apparaître.

— Je vais m'en remettre, murmura-t-elle, plus pour elle-même que pour sa mère.

— Il se serait peut-être habitué à l'idée si tu lui en avais laissé le temps, hasarda Daisy.

Rose reprit la carotte et l'éplucha avec des gestes vigoureux.

— Non, et de toute façon, avec le recul, ça n'aurait pas fonctionné. Il vit à Londres, dans un appartement hyper-luxueux, et moi, à la maison de la plage avec les enfants. Nous ne nous serions jamais adaptés à sa vie, tout comme lui ne se serait jamais adapté à la nôtre. C'était voué à l'échec entre nous, alors autant arrêter les frais.

Daisy laissa échapper un grognement que Rose ne connaissait que trop bien.

— Dis plutôt que tu as peur.

— Bien sûr, répondit Rose, je n'ai pas envie de souffrir encore une fois, et je n'ai pas envie non plus que les enfants s'attachent à quelqu'un qui finira par les laisser en plan. Ils l'ont déjà vécu avec leur père.

— Ne te cache pas derrière les enfants, Rose, ce n'est pas le problème. Tu as tout simplement peur de faire à nouveau confiance à un homme.

Cette fois, ce fut Rose qui grogna.

— Et ça t'étonne, après ce que Matt m'a fait subir ? La dernière chose dont j'aie besoin, c'est d'un homme qui se prétend amoureux et qui s'enfuit en courant à la première difficulté. Simon venait de déclarer en grande pompe qu'il était prêt à surmonter tous les obstacles pour que nous puissions continuer à nous voir, mais ce n'étaient que des paroles en l'air. Dès qu'il a su pour les enfants, hop, rideau.

Daisy soupira et jeta une pomme de terre épluchée dans la marmite qui se trouvait au centre de la table.

— Je me serais plutôt inquiétée s'il avait prétendu que ça ne lui posait aucun problème.

Elle croisa le regard perplexe de Rose et haussa les épaules.

— Reconnais que ce n'est pas évident, poursuivit-elle. Trois enfants, c'est beaucoup de responsabilités. Il t'a déclaré sa flamme en n'ayant pas toutes les cartes en main. On peut difficilement lui reprocher d'avoir pris peur.

Les paroles de Daisy piquèrent Rose au vif.

— Maman, tu es de quel côté, au juste ?

— Du tien, comme toujours. Mais je ne peux pas rester les bras ballants pendant que tu te sabordes. Tu vis repliée sur toi-même depuis le divorce, tu n'autorises aucun homme à entrer dans ta vie. Ce Simon est le premier dont tu me parles et tu ne lui laisses aucune chance. Je veux que tu sois à nouveau heureuse, Rose, mais ça n'arrivera pas si tu ne lâches pas un peu prise.

Rose la regarda, le cœur serré. C'était vrai, elle avait décrété que son histoire avec Simon appartenait au passé alors qu'il lui avait demandé un peu de temps. Cependant, cela ne changeait rien. Il n'avait pas essayé de la contacter depuis leur dispute à la villa.

Et sa mère avait tort sur un point : Rose avait bien lâché prise, et elle en payait le prix fort.

Elle en était là de ses réflexions lorsqu'une voiture s'arrêta devant la pension dans un crissement de pneus. Quelques instants plus tard, la porte de la cuisine s'ouvrit en grand.

— Jack ! s'écria Daisy, surprise de voir son fils apparaître de la sorte.

— Qu'est-ce qui se passe ? s'enquit Rose.

— C'est Zoe, balbutia Jack. Son père vient de passer chez moi, elle a eu une hémorragie cérébrale. Il faut que je parte tout de suite pour Londres. Je peux vous confier William et la ferme ?

— Une hémorragie cérébrale ? Mon Dieu ! s'exclama Rose en échangeant un regard effaré avec Daisy. Elle est consciente ?

— Non, elle est dans le coma et je n'en sais pas plus, répondit Jack, gagné par l'impatience. Alors, je peux compter sur vous ?

— Bien sûr, assura Daisy. Je demanderai à Douglas Thompson de passer à la ferme. Il nous a aidés quand Brian était à l'hôpital.

Jack hocha la tête et tourna les talons, mais Rose le retint.

— Attends, je pars avec toi ! Maman, ça va aller ? Toi et Iris, vous pouvez vous occuper des enfants ?

— Pas de problème, accompagne ton frère. J'aime autant qu'il ne reste pas seul. Et tiens-moi au courant.

Quelques instants plus tard, ils étaient assis dans la voiture.

— Je croyais que tu ne voulais plus entendre parler d'elle, murmura Rose tandis que Jack démarrait.

— En vérité, c'est tout le contraire. Je l'aime et je refuse de la perdre encore une fois, répondit Jack sombrement en écrasant la pédale de l'accélérateur.

43

Jack se précipita à l'intérieur du King Edward VII's Hospital de Marylebone, un établissement renommé dont l'élégance n'avait rien à envier aux autres bâtiments de la rue. À l'accueil, une jeune femme brune et souriante était assise derrière un comptoir en bois sculpté.

— En quoi puis-je vous aider ? demanda-t-elle à Jack.

— Je viens voir Zoe Bevan.

Il jeta à Rose, qui le suivait de près, un regard de gratitude. Heureusement que sa sœur l'avait accompagné, elle avait passé tout le temps qu'avait duré ce trajet atroce à le réconforter et à lui redonner espoir. Sans elle, il serait devenu fou d'inquiétude.

— Elle se trouve en soins intensifs, l'informa la brunette. Vous êtes de la famille ?

Jack la regarda fixement tout en pesant sa réponse. Il devait à tout prix voir Zoe, mais il était à peu près sûr qu'on ne le laisserait pas passer s'il disait la vérité.

— Tout à fait, répondit une voix derrière lui.

Jack se retourna et se retrouva face au père de Zoe.

— Comment elle va ? s'enquit-il.

— Son état est stationnaire, répondit George Bevan avec un sourire triste.

— Je veux la voir.

— Bien sûr.

George fit signe à Jack et Rose de le suivre. Lui aussi venait sans doute d'arriver. Il était parti juste avant Jack, qui avait dû prendre quelques affaires et passer à la pension avant de prendre à son tour la route avec Rose. Mais Jack avait roulé pied au plancher sur l'autoroute, hanté par l'idée d'arriver trop tard, ce qui expliquait l'arrivée rapprochée des deux hommes.

Lorsqu'ils atteignirent les portes battantes qui menaient à l'unité de soins intensifs, Philip Freeman vint à leur rencontre. Si son visage se ferma dès qu'il posa les yeux sur Jack, l'animosité qu'il avait montrée lors de leur première rencontre semblait s'être envolée. Quant à Jack, il n'éprouvait plus la jalousie qui l'avait encore rongé quelques heures plus tôt. Après avoir été rivaux, tous deux s'inquiétaient pour la femme qu'ils aimaient. Bien que Zoe eût rompu ses fiançailles avec Philip, celui-ci s'inquiétait de son sort et Jack respectait son angoisse. Il salua Philip d'un signe de tête.

— Je vous rejoins, dit George Bevan en s'arrêtant devant la porte pour parler à Philip.

Rose et Jack entrèrent et suivirent les consignes des infirmières. Après avoir enfilé des surchaussures et une blouse bleue par-dessus leurs vêtements, ils furent enfin autorisés à voir Zoe.

Celle-ci était étendue, blême et sans connaissance, dans une chambre individuelle pleine d'équipements. Au-dessus du lit et sur les côtés se trouvaient des appareils sophistiqués auxquels elle était reliée par différents branchements. En la voyant si fragile, Jack sentit son ventre se nouer.

Complètement démuni, il se tourna vers Rose, qui lui répondit par un regard tout aussi effaré. Rien de ce qu'elle avait imaginé durant le trajet ne l'avait préparée à pareil spectacle.

Jack avait beau savoir que ces appareils maintenaient Zoe en vie, ils lui apparurent paradoxalement monstrueux, comme si tous ces tuyaux aspiraient son âme, comme si ce qu'il voyait n'était plus qu'une coquille vide, et il ne supporta pas cette idée. « Elle est toujours là, songea Jack. Il suffit que j'entre en communication avec elle. »

— J'ai le droit de la toucher ? demanda-t-il à une infirmière qui vérifiait les constantes sur les moniteurs.

— Vous pouvez lui prendre la main si vous le souhaitez, concéda-t-elle, sensible à sa détresse.

Jack s'approcha et toucha délicatement les doigts de Zoe en veillant à ne pas gêner le fonctionnement de la perfusion posée au dos de sa main. Ils étaient glacés, ce qui accrut encore son inquiétude.

— Elle va se réveiller ? demanda-t-il d'une voix étranglée.

L'infirmière se posta derrière lui, les mains sur les hanches.

— C'est ce que nous espérons, et le plus tôt sera le mieux. Dans les prochains jours, nous allons diminuer la ventilation artificielle pour voir si elle est capable de respirer par elle-même. Concernant le reste, nous ne pouvons nous prononcer pour l'instant.

Jack déglutit avec difficulté.

— Mais elle va s'en sortir ?

L'infirmière ne répondit pas tout de suite. Dans son regard, l'inquiétude était indéniable.

— Je ne peux rien vous promettre, dit-elle enfin, mais sachez que nous faisons tout ce qui est en notre pouvoir.

Jack contempla quelques instants le profil joliment dessiné de Zoe.

— Je peux rester auprès d'elle ?

L'infirmière hésita à nouveau, puis désigna une chaise posée dans un angle de la chambre.

— Allez-y, asseyez-vous.

Rose réagit tout de suite et approcha la chaise pour son frère. Il s'assit en tenant toujours la main de Zoe, comme pour la retenir parmi les vivants.

— Tu dois te réveiller, tu m'entends ? chuchota-t-il en embrassant ses doigts. Je t'en prie, Zoe, réveille-toi.

Il se fichait que l'infirmière et sa sœur l'entendent. Tout comme il se fichait de la longue attente qui se profilait. Pour rien au monde il ne quitterait Zoe. Cette fois, il resterait auprès d'elle, qu'importe la tournure que prendraient les événements.

*

Rose, pensive, retira ses surchaussures et sa blouse, puis regagna la salle d'attente. Si Philip Freeman était parti, George Bevan attendait sur un banc et se leva dès qu'il la vit approcher.

— Votre frère est resté avec Zoe ?

Rose hocha la tête.

— Et j'ai bien peur que rien ni personne ne réussisse à lui faire quitter son chevet, soupira-t-elle.

Lorsque minuit sonna, Jack veillait toujours Zoe. Rose n'avait pas réussi à le convaincre de manger un morceau, tout juste avait-il accepté le gobelet de thé qu'elle lui avait apporté. Il ne lâchait pas la main de Zoe et semblait tellement désespéré que Rose sentait son cœur se serrer en le voyant souffrir ainsi.

Elle ne savait pas combien de temps il tiendrait le coup. Longtemps, sans doute. Quant à elle, elle tenait à être là pour soutenir Jack et Zoe, mais l'attente l'épuisait et elle peinait à garder les yeux ouverts.

— Je vais me chercher un autre café, dit-elle en bâillant.

— Vous devriez vous allonger un moment, répondit George Bevan, inquiet. Vous tombez de sommeil.

— Vous avez raison, je vais me reposer un peu, dit Rose en désignant du menton l'un des bancs de la salle d'attente.

Le père de Zoe suivit son regard, comprit et la retint.

— Vous serez très mal installée, allez plutôt dormir à la villa. Je vous y conduis, si vous le souhaitez.

La perspective de passer la nuit dans un nid douillet avait beau être alléchante, Rose secoua la tête.

— Merci beaucoup, mais je préfère rester ici.

Alors qu'elle repensait à la maison qui avait été la sienne la semaine passée, il lui vint une question sur un sujet qui lui était complètement sorti de la tête.

— Au fait, où en est la vente de la villa ? Zoe a accepté l'offre ?

— Vous êtes au courant ? demanda George Bevan, surpris.

— J'en ai entendu parler, répondit Rose évasivement. D'après ce que j'ai compris, l'acheteur potentiel lui avait posé un ultimatum. Elle avait jusqu'à lundi soir pour se décider. Je ne sais pas ce que ça a donné, finalement.

Le père de Zoe soupira.

— Quand elle est rentrée à Londres, elle a annoncé à l'avocat de Darios Pandakis qu'elle refusait l'offre. Philip était présent et me l'a raconté. Elle n'a pas voulu vendre.

Rose pensa alors à Simon, qui devait ignorer que Zoe était hospitalisée. Elle se prit à espérer qu'il le saurait et tenterait de reprendre contact avec elle. Bien sûr, elle se berçait d'illusions. Il avait certainement tourné la page et ne pensait plus à leur romance éphémère.

Rose poussa un profond soupir.

— Décidément, j'ai bien besoin d'un café, dit-elle en se traînant vers le distributeur.

44

— Nous devons absolument mettre ce point en exergue lors de la prochaine audience. Vous n'êtes pas d'accord ?

Hazel Cummings haussa les sourcils.

— Simon ? Vous m'écoutez ?

Simon tint la porte à la jolie rousse, la laissa passer et sortit du tribunal à sa suite.

— Oui, oui, bien sûr. C'est une très bonne stratégie, répondit-il sans grand entrain.

Il remarqua le regard perplexe de Hazel et s'excusa d'un sourire.

— Vous avez très bien manœuvré, vraiment. Vous connaissiez le dossier sur le bout des doigts, mon père sera très content.

En voyant le visage de la jeune avocate qui s'illuminait, Simon s'en voulut de l'avoir déstabilisée par son manque d'enthousiasme. Il ne devait pas gâcher cette journée importante pour sa consœur.

— Vous avez le temps de déjeuner ? demanda-t-elle en désignant l'horloge au fronton du tribunal qui indiquait 12 h 30. Je meurs de faim, et nous pourrions en profiter pour passer en revue l'affaire une dernière fois. Votre avis m'importe beaucoup.

Simon accepta, même s'il la savait parfaitement préparée pour la prochaine audience. Certes, Hazel Cummings, qui ne travaillait que depuis quelques semaines chez Fielding & Mason, manquait encore un peu d'expérience. Mais elle était ambitieuse, désireuse d'apprendre et ne laissait jamais rien au hasard, raison pour laquelle le père de Simon venait de lui confier pour la première fois la défense d'un client important. L'audience préliminaire avait eu lieu ce matin, et Hazel, comme escompté, avait fait preuve d'une grande maîtrise.

Robert Fielding avait insisté pour que Simon l'accompagnât, sans doute dans l'espoir d'un rapprochement. Hazel avait tout de la belle-fille idéale aux yeux d'Elaine Fielding, qui ne cessait de chanter ses louanges. Elle était belle, intelligente, et avait en commun avec Simon le métier et les origines sociales.

« Maman n'a peut-être pas tort », songea Simon en cherchant un taxi. Il devrait peut-être proposer une sortie à Hazel pour mieux la connaître. Ils formeraient un beau couple, et sa chevelure flamboyante lui rappelait…

Rose Riley.

Simon gémit intérieurement en se rendant compte qu'il venait de remettre ça. Pourquoi cette manie de comparer toutes les femmes à Rose ? Il avait beau essayer de la chasser de son esprit, son souvenir le hantait. Enfin, cela finirait sans doute par passer, il devait simplement se montrer patient. Après tout, il s'était toujours vite remis de ses autres ruptures.

Lorsqu'un taxi s'arrêta, Simon tint la portière ouverte à Hazel, monta à son tour et indiqua au chauffeur l'adresse d'un restaurant dans lequel il avait ses habitudes. L'établissement prisé des banquiers et des traders de la City était bondé, mais comme Simon connaissait le propriétaire, il obtint sans difficulté une table pour deux.

Quand les plats leur furent servis, Hazel était déjà en pleine démonstration de sa stratégie de défense. De son côté, Simon avait du mal à se concentrer sur ce qu'elle disait, opinant parfois du chef et répondant par monosyllabes, sans vraiment l'écouter.

— Vous serez présent au bal de charité que votre mère organise le week-end prochain à Marlton House ? demanda soudain Hazel, le regard pétillant d'espoir.

— Ma mère vous a envoyé une invitation ?

— Oui, mais j'hésite à venir. Je ne connaîtrai personne, j'ai peur de me sentir un peu perdue.

Simon comprit alors qu'elle lui tendait une perche. Elle espérait sans doute qu'il lui proposerait de l'accompagner et, l'espace d'un instant, il considéra la question.

C'était le premier rendez-vous idéal pour faire connaissance dans un cadre neutre. Ensuite, Simon l'inviterait à dîner, et à partir de là, ils aviseraient. Il s'était déjà prêté à ce rituel des dizaines de fois. Après tout, pourquoi pas ? Hazel était sympathique, séduisante et manifestement intéressée par lui.

Seule ombre au tableau : elle n'était pas Rose.

— Vous pouvez venir avec un cavalier, lâcha finalement Simon. Ma mère n'y verra aucun inconvénient.

— En effet, j'y ai pensé, répondit Hazel après une hésitation.

Après une fin de repas laborieuse, Simon eut la nette impression en sortant du restaurant que son soulagement était partagé. Il héla un taxi et aida une fois encore Hazel à monter. Mais alors qu'il allait l'imiter, il prit soudain conscience de la bêtise de son comportement et se figea.

— Monsieur Fielding ? lança Hazel, perplexe.

— Je suis désolé, je viens de me rappeler que j'ai une affaire à régler. Nous nous verrons plus tard au cabinet.

Il claqua la portière, suivit du regard le taxi qui s'insérait dans la circulation, puis sortit son portable et appela Gloria. La secrétaire qui travaillait depuis des années au cabinet avait un don pour démêler les situations les plus inextricables, et c'était justement ce dont il avait besoin.

— J'ai absolument besoin d'un renseignement sur quelqu'un, annonça-t-il à Gloria sans préambule.

— Avec plaisir, monsieur Fielding, répondit-elle d'une voix aimable et posée, comme à son habitude. Son nom ?

— Matthew Riley.

45

— Rose, attends !

En entendant qu'on l'interpellait, Rose, qui se rendait à la boutique de sa sœur, s'arrêta. Lorsqu'elle se retourna et reconnut Megan Turner qui approchait sur le front de mer, elle soupira intérieurement, pressentant ce dont Megan allait lui parler.

— Quoi de neuf à Londres ?

Tout Penderak savait que Zoe était hospitalisée et que Jack ne quittait pas son chevet. Les gens compatissaient et venaient aux nouvelles. Seulement, concernant Megan, Rose n'aurait pas osé parier sur le type de réponse qu'elle espérait entendre.

— L'état de Zoe est stationnaire, répondit Rose. Elle n'a toujours pas repris connaissance.

— Voilà une semaine qu'elle est dans le coma ! Est-ce que les médecins sont optimistes ?

— Elle finira certainement par se remettre, répondit Rose avec plus de conviction qu'elle n'en avait réellement. Elle n'a plus besoin d'assistance respiratoire, ce qui est bon signe d'après les médecins.

Or ceux-ci avaient également prévenu que chaque jour passé dans le coma augmentait le risque de lésions au niveau du cerveau. Après une rupture d'anévrisme, on ne pouvait jamais présager de l'évolution du patient. Dans son malheur, Zoe avait eu de la chance, elle avait été opérée immédiatement et l'hémorragie s'était produite dans une zone relativement restreinte. Cependant, les médecins devaient attendre qu'elle se réveillât pour procéder à des tests neurologiques et se prononcer sur les séquelles. Si elle se réveillait un jour…

— Et Jack est toujours là-bas ?

Le hochement de tête de Rose ne parut pas réjouir Megan, qui se mit à mâchouiller sa lèvre inférieure d'un air pensif.

— Enfin, qu'est-ce que ça change ? Il devrait plutôt revenir, non ? Il ne peut pas laisser la ferme à l'abandon.

— Tout est arrangé, répondit Rose, un peu agacée. Maintenant, si tu veux bien m'excuser, je dois aller voir ma sœur.

Elle prit congé et marcha vers la boutique sans se retourner. À vrai dire, elle était peinée de constater que Megan n'avait toujours pas abandonné tout espoir concernant Jack. Seulement, elle ne l'avait pas vu au chevet de Zoe, il n'avait d'yeux que pour une seule femme, et Rose souhaitait de tout cœur que tous deux se retrouveraient un jour.

La nuit de leur arrivée et la journée suivante, Jack et Rose s'étaient relayés au chevet de Zoe, puis Iris était venue la chercher pour la reconduire à Penderak.

Ici, la vie suivait son cours, ce qui convenait tout à fait à Rose et lui permettait de moins ressasser sa rupture avec Simon. Alors que celui-ci ne l'avait toujours pas recontactée, Rose, n'y tenant plus, avait failli l'appeler plusieurs fois, pour finalement renoncer à la dernière seconde.

Avec un soupir, elle poussa la porte de la boutique et s'écarta pour laisser passer une cliente qui s'en allait. Puis elle entra et sourit à Iris qui, derrière le comptoir, encaissait un paiement.

— Alors, comment vont les affaires ?

— Je n'ai pas à me plaindre, répondit Iris d'un ton enjoué, avant de demander avec gravité : Et toi, tu as des nouvelles de Jack ?

Rose secoua la tête.

— Non, il a promis de m'appeler dès qu'il y aurait une évolution. Allez, donne-moi de quoi m'occuper.

Iris lui tendit une liste des tuniques et des sacs vendus, que Rose devait remplacer. C'était le nombre habituel, et cela ne lui prendrait pas beaucoup de temps.

— J'espérais qu'il y en aurait plus, dit-elle, un peu déçue.

Iris rit.

— Attends un peu avant de râler. Regarde ce qui vient d'arriver.

Elle sortit de sous le comptoir une lettre adressée à Rose.

— M. Pine me l'a confiée quand je lui ai dit que tu n'allais pas tarder. Ça lui évitait le détour par la maison de la plage.

Le facteur procédait souvent de la sorte quand il avait des lettres ou des colis pour Rose, et cela ne dérangeait pas Iris. Rose saisit l'enveloppe et écarquilla les yeux en lisant le nom de l'expéditrice.

— Felicity Myers ? Qu'est-ce qu'elle me veut, celle-là ?

— Sûrement que tu la relookes des pieds à la tête, hasarda Iris.

Après ce qui s'était passé la dernière fois avec l'Américaine, Rose s'attendait plutôt à trouver la note du pressing pour le pantalon qu'elle avait fichu en l'air. Inquiète, elle ouvrit l'enveloppe et en sortit une lettre de deux pages.

— Alors ? C'est une nouvelle commande ?

— Non, encore mieux.

Rose, éberluée, prit le temps de relire attentivement le courrier.

— Felicity Myers me propose un entretien à Londres. Apparemment, elle gère un grand site américain de mode en ligne. En plus des marques de créateurs déjà connues, elle voudrait lancer sa propre griffe, et comme mon travail lui a plu, elle me propose une collaboration. L'idée est que je crée des modèles dont elle assurera la production et la commercialisation.

— C'est génial, tu vas devenir une vraie styliste ! Ah, je le savais !

Iris battit des mains et sauta au cou de sa sœur.

— Ce n'est qu'un entretien, nuança Rose en essayant de garder la tête froide. Peut-être que ça ne donnera rien.

— N'importe quoi. Ton talent est enfin reconnu ! Je suis tellement contente pour toi. C'est quand, le rendez-vous ?

— Elle écrit que je dois la contacter pour qu'on convienne ensemble d'une date.

— Alors vas-y, appelle-la !

Rose sourit.

— Oui, je n'y manquerai pas dès que je serai rentrée. D'abord, je dois passer à la ferme et prendre des nouvelles de William.

Quelques instants plus tard, Rose parcourait les ruelles du village à vélo en profitant du soleil, heureuse de cette bonne nouvelle qui venait de lui parvenir. Jusqu'à ce que, au croisement devant l'église, elle remarquât une Mercedes de couleur sombre qui s'inséra devant elle et tourna peu après.

Aussitôt, Rose pensa à Simon, qui avait la même voiture. Qu'aurait-il eu à dire sur cette proposition de Felicity Myers ? Elle soupira en se disant qu'elle aurait adoré partager la nouvelle avec lui. Décidément, elle ne se rendait pas la tâche plus facile. Elle se dépêcha de chasser l'image de Simon de son esprit tandis qu'elle pédalait de plus belle vers la ferme.

Toute la famille se relayait aux côtés de William et l'aidait à s'occuper des animaux, même s'il faisait preuve d'une grande débrouillardise, ayant manifestement à cœur de ne pas décevoir Jack. Lorsqu'il eut montré à Rose les dernières consignes qu'il avait apprises à Buddy, elle repartit rassérénée.

En se dirigeant vers la maison de la plage, elle distingua une voiture garée devant la porte alors qu'elle n'attendait personne. C'était une Mercedes de couleur sombre, sans doute celle qu'elle avait vue un peu plus tôt.

Plus Rose approchait, plus la voiture lui paraissait familière. Et son cœur se mit à tambouriner dans sa poitrine lorsqu'elle fut assez près pour déchiffrer la plaque d'immatriculation.

Cette voiture ne ressemblait pas à celle de Simon, c'était la sienne.

46

Rose se dépêcha de mettre pied à terre et d'ouvrir la porte d'entrée.

— Henry ? Luke ?

Elle alla voir dans la cuisine puis au salon, mais ne trouva personne.

— On est en haut ! cria Henry.

Rose monta l'escalier quatre à quatre. Alors qu'elle approchait de la chambre des garçons, des voix lui parvinrent par la porte restée entrouverte. Le cœur battant, elle approcha et passa la tête à l'intérieur.

Simon était assis en tailleur près du circuit de train, Luke se tenait accroupi à côté de lui, tandis que Henry, debout, désignait fièrement le dédale de rails, de ponts et de tunnels.

— Là, c'était super difficile à construire, donc Luke et moi… Oh, maman !

Luke et lui sourirent à Rose. Seul Simon, qui s'était levé en la voyant, avait la mine grave.

— Bonjour, Rose. Tes fils m'ont laissé entrer, et nous avons joué un peu en t'attendant. J'espère que ça ne te dérange pas.

Rose regarda d'un air réprobateur Luke et Henry qui, bien conscients qu'ils n'étaient pas censés ouvrir à un inconnu, baissèrent la tête d'un air penaud. Mais comme elle était bien placée pour savoir qu'il était difficile de résister au sourire sympathique de Simon, elle leur pardonnerait pour cette fois.

— Qu'est-ce qui t'amène ? lui demanda-t-elle, le cœur battant et les mains toutes tremblantes.

— Il faut que je te parle, répondit Simon en ramassant un dossier qu'il avait posé par terre. Enfin, si tu as le temps.

Rose acquiesça.

— Allons en bas pour ne pas être dérangés. Vous, les enfants, vous restez là, ajouta-t-elle en lançant un regard sévère à ses fils.

Luke et Henry, sentant que ce n'était pas le moment de protester, hochèrent la tête en silence. Dès que Rose et Simon eurent atteint l'escalier, ils les entendirent qui recommençaient à jouer.

Rose devança Simon au salon et l'invita à s'asseoir. Il refusa, aussi Rose resta-t-elle debout également.

— Je suis désolé, dit Simon après un long silence. J'aurais dû rester dans la voiture le temps que tu rentres.

— Ce n'est pas grave. À leur place, moi aussi, je t'aurais laissé entrer.

— Tant mieux, je n'étais pas sûr que tu approuves.

Il lui tendit la chemise cartonnée qu'il avait apportée.

— Tiens, c'est pour toi.

— Qu'est-ce que c'est ?

Rose ouvrit la chemise qui contenait différents documents et formulaires officiels. Il s'agissait de calculs de pension alimentaire où le nom de Matt apparaissait à plusieurs reprises. Elle trouva également une procuration qui autorisait Simon à représenter ses intérêts, il ne manquait que sa signature. Elle leva la tête, surprise.

— Tu veux poursuivre Matt ?

— Seulement s'il persiste dans cette attitude. Mais, après la discussion que j'ai eue avec lui, j'ai comme l'impression qu'il préférera ne pas en arriver là. Je ne serais d'ailleurs pas étonné qu'un gros virement arrive bientôt sur ton compte en banque.

— Tu as parlé à Matt ? demanda Rose, incrédule.

Simon acquiesça.

— Au restaurant, il t'a menacée de poursuites, ce que j'ai trouvé assez scandaleux étant donné ses énormes retards de paiement. Comme cet argent te revient de droit, je lui ai expliqué que tu avais fait appel à une aide juridique et que nous exigerions, s'il rechignait toujours à payer, non seulement la somme due mais aussi une revalorisation à la hausse de la pension alimentaire. Telle que je te connais, tu n'as certainement pas réclamé le montant maximal. Et ton ex-mari semble le savoir, car il a tout de suite fait profil bas et assuré qu'il se mettrait en règle. Dans le cas contraire, tu n'auras qu'à signer la procuration, et je ne le lâcherai pas.

— Je serai aux anges si Matt paie enfin, mais je ne crois pas avoir les moyens de m'offrir tes services, souligna Rose, abasourdie.

— Services qui sont gratuits pour les êtres chers à mon cœur. Rose, tu as besoin de quelqu'un à tes côtés pour te soutenir, et je serai ravi d'être cette personne. Que ce soit dans un tribunal ou en dehors.

Rose sentit une douce chaleur l'envahir. Si elle s'était écoutée, elle serait allée vers Simon pour se blottir dans ses bras. Mais, hélas, ce n'était pas si simple.

— Simon, je…

— En plus, je me suis bien entendu avec tes fils, l'interrompit-il. Ils sont vraiment gentils.

— Ce n'est pas évident tous les jours, nuança Rose. Et ils aiment bien passer le relais à leur sœur, histoire de ne pas me laisser une minute de répit. C'est animé ici, tu peux me croire.

Simon approcha d'un pas.

— Je vois clair dans ton jeu. Tu essaies de m'effrayer pour que je prenne mes jambes à mon cou.

— Je crois y être déjà arrivée, dit Rose en frémissant face à son regard déterminé.

— Tu y es *presque* arrivée, rétorqua-t-il en approchant encore d'un pas. Tu représentes un sacré défi, à plus d'un titre. Je pourrais choisir la facilité et me trouver quelqu'un qui cadrerait parfaitement avec ma vie, seulement c'est toi que je veux. Toi et personne d'autre.

À ces mots, il prit dans ses bras Rose, qui avait les jambes en coton, et l'embrassa passionnément. Lorsqu'il relâcha son étreinte, elle reprit son souffle, toute tremblotante.

— Et si ça ne fonctionne pas ? murmura-t-elle.

— Objection, répondit-il en posant un doigt sur ses lèvres. Cette question relève de la pure spéculation et n'est donc pas pertinente. Je ne peux pas présager de la suite, poursuivit-il, le sourire aux lèvres mais le regard implorant. En revanche, je peux te promettre que je suis prêt. Je t'aime, Rose, et je veux vivre avec toi. Et si c'est animé ici, eh bien soit. Je suis prêt à échanger ma tranquillité contre un peu de stress, si c'est pour être à tes côtés.

Il l'embrassa encore.

— Alors ? Quel est votre verdict, madame la présidente ? Ai-je droit à une deuxième chance ?

— Je crois que je vais suivre les arguments de la défense, répondit-elle avec un sourire rayonnant.

Après encore un long baiser, Simon appuya son front contre celui de Rose.

— Quel soulagement, soupira-t-il. Je ne tenais plus en place à Londres.

— Tu peux rester ici combien de temps ?

Rose ressentit soudain le besoin de lui montrer à quoi ressemblait sa vie à Penderak. Elle devait lui présenter Sarah, sa mère et Iris, qui l'adoreraient à coup sûr.

— Je dois repartir demain, hélas, indiqua Simon avec une grimace. Le risque que tu me mettes dehors n'étant pas négligeable, je ne savais pas ce que donnerait cette conversation. Mais tu ne vas pas te débarrasser de moi comme ça. Je vais chercher des clients dans la région et, très vite, tu ne pourras plus m'encadrer.

— Tu n'auras peut-être pas à t'installer en Cornouailles, car il se pourrait qu'on ait besoin de moi à Londres.

Rose lui parla rapidement du courrier de Felicity Myers.

— Mais c'est génial ! s'exclama Simon, qui la fit tournoyer dans les airs.

En voyant la fierté dans son regard, elle se dit que des jours meilleurs s'annonçaient. Elle s'apprêtait à l'embrasser encore lorsque la sonnerie du téléphone retentit à l'étage. Les garçons, qui avaient monté le téléphone sans fil avec eux, décrochèrent presque aussitôt.

Simon lâcha Rose en entendant quelques instants plus tard des pas dans l'escalier. Alors que tous deux n'avaient pas abordé le sujet, il parut comprendre d'instinct qu'il ne fallait pas brusquer les enfants et les habituer en douceur à la présence d'un nouvel homme dans la vie de leur mère – ce pour quoi Rose le remercia d'un sourire. Puis Luke déboula dans le salon en brandissant le téléphone.

— C'est oncle Jack, articula-t-il à bout de souffle. Il a des nouvelles de ta copine.

47

— Vous n'allez pas tenir le coup à ce rythme, monsieur Gallagher.

Susan, l'infirmière, servit une tasse de thé bien chaud à Jack tout en secouant la tête, inquiète.

— Vous devriez vous allonger un moment. Je vous réveillerai s'il y a du changement.

Jack la regarda avec lassitude et eut la même réponse immuable depuis six jours :

— Ça va aller.

Susan soupira.

— Vous savez que vous êtes têtu ?

— Je crois que vous et vos collègues me l'avez déjà dit, répondit Jack en esquissant une grimace puis, goûtant le thé : Vous avez mis du sucre ?

— Ça ne peut pas vous faire de mal, dit Susan d'un air sévère, avant de s'asseoir de l'autre côté d'une petite table.

Alors que, en temps normal, le bureau des infirmières était strictement réservé au personnel, Jack avait droit à un traitement de faveur. Il pouvait s'y servir des boissons chaudes ou s'allonger sur la couchette installée le long d'un mur quand il ne tenait plus debout. Les infirmières avaient également la gentillesse de lui apporter un plateau-repas quand elles prenaient leur garde, ce pour quoi il leur était infiniment reconnaissant. Mais il ne s'attardait jamais ici, préférant retourner auprès de Zoe, qui était toujours dans le coma. Cette attente le rongeait de plus en plus. En effet, plus le temps passait, plus les lésions cérébrales risquaient d'être importantes.

Jack essayait toutefois de se rassurer en gardant à l'esprit que Zoe respirait à nouveau sans assistance. À part cela, il n'y avait aucun changement, et les médecins avaient beau lui répéter que l'étendue des séquelles variait selon les cas, Jack les sentait de moins en moins optimistes.

Susan passait en revue des dossiers de patients posés sur son bureau tandis que Jack buvait son thé, plongé dans ses pensées. Il appréciait cette grande femme blonde d'une cinquantaine d'années qui, contrairement à d'autres, ne cherchait pas à tout prix à engager la conversation. Au bout d'un moment, il sentit qu'elle le regardait en souriant et haussa les sourcils.

— Vous l'aimez beaucoup, n'est-ce pas ?

Jack acquiesça. Visiblement, Susan avait une autre question à lui poser, mais elle hésitait.

— Et si elle se réveille paralysée ou amnésique ?, demanda-t-elle enfin, prenant son courage à deux mains. Ce n'est pas exclu, car une rupture d'anévrisme entraîne toujours des séquelles neurologiques. Elle risque de ne plus savoir parler ou marcher. Et, dans le pire des cas, il se peut qu'une rééducation même intense ne suffise pas.

Jack savait tout cela pour l'avoir déjà entendu maintes fois de la bouche même des médecins.

— Je veux seulement qu'elle se réveille, murmura-t-il. Le reste, on verra plus tard.

Susan se cala sur sa chaise et le dévisagea, songeuse.

— J'espère que votre amie se rend compte de la chance qu'elle a.

Puis elle sourit et retourna à ses dossiers.

Jack finit son thé, la remercia et se dirigea vers la chambre de Zoe. Lorsqu'il surprit son reflet dans une porte en verre, il tressaillit et passa une main sur son menton barbu. Il se laissait vraiment aller, mais il s'en fichait. Tout ce qui comptait, c'était que Zoe…

Un médecin le doubla à toute vitesse, suivi de deux infirmières. Jack reconnut Susan lorsque celle-ci se retourna vers lui sans s'arrêter de courir.

— Monsieur Gallagher, venez vite !

Jack comprit alors que toute l'équipe se précipitait vers la chambre de Zoe.

48

Comme la lumière l'aveuglait, elle referma aussitôt les yeux, mais une voix pressante insista pour qu'elle ne sombrât pas à nouveau.

— Zoe, ouvrez les yeux ! Et si vous m'entendez, serrez ma main.

Elle voulut s'exécuter, seulement son corps était comme vidé de toute son énergie. Sous l'effet de la peur, elle battit des paupières puis rouvrit péniblement les yeux.

— Fixez la lumière. Vous y arrivez, Zoe ?

Elle suivit machinalement le point lumineux qui se dirigeait vers la droite, puis distingua des visages brouillés penchés au-dessus d'elle. Peu à peu, leurs contours s'affinèrent.

À la vue des inconnus en blouse blanche qui l'observaient, Zoe eut une montée d'adrénaline. Elle voulut se redresser, sans y parvenir. Si elle sentait à présent son côté droit, le reste de son corps était tout engourdi, et lorsqu'elle essaya de les alerter, quelque chose l'en empêcha.

« Où suis-je ? songea-t-elle, prise d'une bouffée d'angoisse. Et que font tous ces gens ici ? »

Un autre visage apparut et vint se placer à quelques centimètres du sien. C'était celui d'un homme dont les yeux verts trahissaient une grande inquiétude.

— Zoe ?

En reconnaissant cette voix, elle sentit qu'un poids s'envolait de sa poitrine. Elle ne savait pas où elle était ni ce qui lui arrivait, mais elle avait désormais une bouée à laquelle se raccrocher,

— Jack..., articula-t-elle au prix d'un effort surhumain.

Sa voix était rauque, étrange, à peine audible, mais sa plus belle récompense fut le sourire qui s'épanouit sur le visage de l'homme qu'elle aimait.

— Dieu merci, balbutia-t-il, les larmes aux yeux. Ça va aller, Zoe. Tu m'entends ? Tout va s'arranger.

Pourtant, en ce moment même, elle était faible, n'avait aucun contrôle sur son corps et peinait à garder les yeux ouverts. Les ténèbres dont elle venait de s'extraire la happèrent à nouveau, brouillant le visage de Jack.

« Non, ne pars pas », l'implora-t-elle en silence, avant de sombrer dans un profond sommeil.

49

Huit mois plus tard

Encore un effort. Zoe serra les dents, la progression sur ce sol irrégulier se révélant plus difficile que prévu. Elle devait poser prudemment un pied devant l'autre, tout en veillant à maintenir son équilibre. Munie de la canne qui était devenue sa plus fidèle alliée, elle atteignit le sommet de la falaise quelques minutes plus tard, en sueur mais pas peu fière.

Elle s'appuya contre la rambarde au bois battu par les vents et inspira l'air de la mer à pleins poumons. Le vent soufflait fort aujourd'hui, il faisait frais, mais déjà, les fleurs sauvages qui commençaient à éclore un peu partout sur la falaise indiquaient que l'été n'était plus très loin.

Zoe avait hâte, car chaque minute d'ensoleillement supplémentaire repoussait un peu le souvenir de cette période sombre qu'elle venait de traverser.

Son retour à la vie ne s'était pas fait sans mal. À son grand soulagement, elle avait recouvré l'usage de son côté gauche ainsi qu'une élocution quasi normale même si, parfois, elle butait sur les mots et avait besoin de prendre son temps pour énoncer correctement une phrase. Elle y travaillait, tout comme elle travaillait à marcher sans canne, mais la route serait encore longue.

Les médecins ne cessaient de lui répéter qu'elle avait eu de la chance. En effet, son état s'était nettement amélioré, en grande partie grâce à Jack. Une fois la rééducation terminée, elle était venue s'installer chez lui, et il avait veillé sur elle dans les pires moments, jour et nuit. À présent, elle était capable de participer à la vie de la maisonnée. Elle aidait William pour ses devoirs, s'occupait de menues tâches du quotidien et apprenait à cuisiner avec Daisy. Zoe n'avait plus qu'à prendre son mal en patience, en espérant qu'un jour, elle retrouverait entièrement l'usage de ses jambes.

— Hé! Qu'est-ce que tu fais là?

La voix de Jack, qui descendait le sentier, la tira de sa rêverie. Lorsqu'il la rejoignit, Zoe lut dans son regard une joie mêlée d'inquiétude.

— Tu aurais dû me prévenir, je serais venu avec toi.

— J'ai dit à William que je sortais, et ça n'a pas eu l'air de lui poser problème. Je crois qu'il m'accorde plus facilement sa confiance que toi.

Jack sourit.

— Je dis juste que ça m'aurait fait plaisir de t'accompagner. Ce n'est pas parce que tu te débrouilles de mieux en mieux que tu dois te passer de moi au maximum. Sinon, je vais finir par croire que je ne te suis plus d'aucune utilité.

Zoe baissa les yeux, car c'était justement un sujet dont elle souhaitait discuter avec lui. Mais avant qu'elle n'eût le temps de prendre la parole, Jack poursuivit:

— Ton père a appelé, il veut savoir si le poste de présidente de la Fondation t'intéresse toujours. J'ai comme l'impression que ça lui tient à cœur.

— Ça me tient à cœur aussi, soupira-t-elle. Après tout, cette Fondation, c'était mon projet. Mais je ne suis pas sûre d'être la plus indiquée pour le mener à bien.

Elle repensa à la villa, devenue le siège de la Fondation Chris Bevan, à destination des jeunes talents musicaux, qu'elle avait fondée avec son père. En plus d'abriter toute l'administration, elle servait aussi de lieu de rencontre aux boursiers, qui y assistaient à des séminaires et à des représentations. Après quatorze années de silence, les vastes pièces vibraient désormais de vie et de musique. Il y avait toujours quelqu'un pour s'installer au piano de Chris et jouer un morceau, ce dont se serait félicitée la mère de Zoe si elle avait toujours été de ce monde.

Après une nouvelle dégradation de son état de santé, Brenda était morte en début d'année. Si cette fin rapide avait été un choc pour eux tous, Zoe avait au moins la satisfaction que George eût veillé sur son épouse, l'accompagnant jusque dans ses derniers instants.

Le père de Zoe avait changé, il était devenu beaucoup plus souple et accessible. Il avait délégué la majeure partie de la gestion de l'entreprise à Philip pour se consacrer pleinement à l'organisation de la Fondation ; une tâche qu'il prenait très à cœur, comme s'il cherchait par là à compenser ses défaillances du vivant de son fils. Il s'en sortait parfaitement bien tout seul, et Zoe était convaincue qu'il pouvait se passer de son aide. S'il voulait lui confier la présidence de la Fondation, c'était surtout pour la voir plus souvent, or ce travail pouvait difficilement s'accomplir depuis une ferme de Cornouailles.

— Je crois que je ne me sens pas prête, confia-t-elle à Jack. Et puis ça impliquerait que je passe plus de temps à Londres.

— Ce ne serait peut-être pas si mal, la vie citadine doit te manquer.

— Oh que non, protesta-t-elle.

La ville ne lui manquait même pas un tout petit peu. Elle était heureuse ici, et elle ne renoncerait à cette vie pour rien au monde. Seulement Jack, ces dernières semaines, lui avait souvent paru absent, préoccupé. À chaque fois qu'elle essayait de le sonder, il éludait ses questions, lui assurant que tout allait bien. Or plus il le répétait, plus Zoe en doutait.

Regrettait-il de s'occuper d'elle et d'adapter sa vie à ses besoins ? Le fait qu'il revînt sans cesse sur la proposition de George semblait aller dans ce sens. Peut-être espérait-il la voir retourner à Londres, pour avoir un poids en moins à porter.

— Tu n'as pas à te précipiter, dit Jack avant qu'elle ne pût lui transmettre ses inquiétudes. George te laissera sans doute encore du temps, si tu lui demandes. D'abord, il y a le mariage de Rose. Ton père sera là ?

— Rose l'a invité, acquiesça Zoe. Il viendra avec Phyllis.

Jack pencha légèrement la tête sur le côté et l'observa, dubitatif.

— Ça ira pour toi ?

— Oui, bien sûr.

C'était même Zoe qui avait poussé son père à officialiser enfin sa liaison avec sa secrétaire. Elle savait que, s'il avait tant tardé, c'était à cause d'elle et du peu de sympathie que lui inspirait Phyllis. Puis elle avait fini par comprendre l'importance de cette relation pour son père qui, tout comme elle, avait droit au bonheur.

— Je veux que papa soit heureux. Il le mérite, après tout ce qu'il a traversé.

Jack sourit.

— Et ma sœur le mérite aussi. J'espère qu'elle aura plus de chance cette fois-ci.

— Je suis sûre que oui.

Zoe n'avait jamais vu Rose aussi épanouie que ces derniers mois. Elle et Simon avaient emménagé ensemble après trois mois de relation à distance. Ils vivaient dorénavant avec les enfants dans une grande maison à Hampstead, à quelques rues de la villa, et chacun avait trouvé ses marques dans cette nouvelle vie. Les enfants aimaient beaucoup Simon, ainsi que leurs nouvelles écoles respectives, et Rose travaillait désormais pour Clive Wentworth. Le projet de collaboration avec Felicity Myers n'avait pas abouti, Rose refusant de travailler à des conditions jugées inacceptables. Loin de se décourager, elle avait persévéré et, quelque temps après, le grand couturier lui avait proposé un poste qui la comblait. Le mariage avec Simon, prévu dans deux semaines à Penderak, viendrait consacrer cette nouvelle vie – pour le plus grand bonheur de Zoe.

— Ils sont faits l'un pour l'autre, soupira-t-elle. Je crois que c'est le couple le plus heureux que je connaisse.

Cette réflexion lui avait échappé. À peine eut-elle pris conscience de ce qu'elle venait de dire qu'elle croisa le regard de Jack, qui l'observait en fronçant les sourcils.

— Tu trouves que nous ne sommes pas heureux ?

— Je sais que je le suis, dit-elle en sentant sa gorge se serrer. Mais toi… est-ce que tu l'es ?

— Qu'est-ce que tu sous-entends ? demanda Jack, surpris.

Zoe prit une profonde inspiration, tout en cherchant les mots les plus appropriés pour exprimer ses doutes.

— Jack, je ne suis plus celle dont tu es tombé amoureux, et rien ne dit que je retrouverai un jour toute mon autonomie. Je t'en prie, ne te sens pas obligé de rester auprès de moi. Tu as suffisamment donné de ta personne, et je comprendrai que tu préfères vivre avec une femme qui soit en pleine possession de ses moyens. Tu peux être franc. Si je suis un poids trop lourd à porter, alors je…

— N'importe quoi, l'interrompit Jack. Comment tu as pu te mettre une idée pareille en tête ?

— Parce que je te sens distant, depuis quelque temps, et tu remets toujours cette histoire de Fondation sur le tapis. Tu préfères que je retourne vivre à Londres ?

— Quoi ? Non ! s'exclama Jack en secouant la tête, effaré. Seulement je croyais que c'était ce que toi, tu voulais. Zoe, j'ai peur que tu te sentes prisonnière à Penderak, maintenant que tu vas mieux. Tu avais une carrière, tu as codirigé une entreprise… C'était quand même plus palpitant que la vie à la campagne. J'étais persuadé que Londres te manquait et que je n'arriverais pas à te retenir ici encore bien longtemps. Si je t'ai conseillée d'accepter la proposition de ton père, c'est parce que j'ai peur que tu t'ennuies.

Soudain, Zoe se sentit soulagée d'un poids.

— Mais c'est cette vie-là que j'adore, Jack. Je veux vivre ici, et nulle part ailleurs. Et je t'aime. Je refuse que quoi que ce soit nous sépare.

Jack sourit, soulagé.

— Dans ce cas, il y a un point que je voudrais régler une bonne fois pour toutes.

Il sortit un objet de la poche de son pantalon, et Zoe eut le souffle coupé en voyant un anneau en argent orné de deux diamants.

— Ça fait un moment que je me promène un peu partout avec cette bague, et si je ne te l'ai pas encore donnée, c'est parce que je craignais que ce soit un peu précipité. Et puis je voulais que tu sois libre d'accepter ou non la proposition de ton père. Sinon, je me serais lancé depuis longtemps.

Les yeux de Zoe se mouillèrent de larmes lorsque Jack mit un genou à terre.

— Zoe, je t'aime. Et je me fiche que tu marches sur tes deux jambes ou sur une seule. Tout ce que je veux, c'est être avec toi. J'ai failli te perdre par deux fois déjà, et j'ai bien retenu la leçon : il faut saisir le bonheur quand il est à portée de main. Tu es mon bonheur, je n'imagine pas ma vie sans toi et c'est la raison pour laquelle je veux t'épouser. Acceptes-tu de devenir ma femme ?

— Oui, répondit Zoe dans un souffle, tandis que les larmes ruisselaient sur son visage. Mille fois oui.

Après avoir passé la bague à son doigt, Jack se releva, prit Zoe dans ses bras et l'embrassa longuement, passionnément, comme pour éteindre tous ses doutes. Mais Zoe ne doutait plus, au contraire. Elle se lova contre lui et lui rendit son baiser avec bonheur.

Ils restèrent encore enlacés un long moment, puis Zoe sentit Jack tressaillir et bouger la tête.

— Qu'est-ce qui se passe ?

Jack sourit.

— Il semblerait que nous ne soyons pas seuls, dit-il en regardant la tour en ruine. Montre-toi, William, je sais que tu es là.

Les buissons bougèrent et, quelques secondes plus tard, William en sortit avec un sourire gêné.

— Je voulais pas vous déranger, dit-il en désignant la bague au doigt de Zoe. Ça y est, il a enfin fait sa demande ?

— Tu étais au courant ? demanda Zoe, surprise.

L'adolescent hocha la tête.

— J'avais un peu peur qu'il se plante, mais il s'en est bien sorti.

— Dis donc, toi !

— Allez, rentrons à la maison.

Un sourire radieux illumina le visage de Zoe tandis que tous trois remontaient vers la ferme.

Cet ouvrage a été imprimé par
CPI Firmin-Didot à Mesnil-sur-l'Estrée
en août 2021

MIXTE
Papier issu de
sources responsables
FSC® C108412
FSC
www.fsc.org

Le papier entrant dans la composition de ce produit
provient de forêts certifiées FSC®
FSC® se consacre à la promotion d'une gestion
forestière responsable.

Numéro d'éditeur : 2164661
Numéro d'imprimeur : 165789
Dépôt légal : avril 2021

Imprimé en France